Treize

Saison 2

Tome 2 : Un tournant dans l'aventure

« Le Code de la propriété intellectuelle et artistique n'autorisant, aux termes des alinéas 2 et 3 de l'article L.122-5, d'une part, que les « copies ou reproductions strictement réservées à l'usage privé du copiste et non destinées à une utilisation collective » et, d'autre part, que les analyses et les courtes citations dans un but d'exemple et d'illustration, « toute représentation ou reproduction intégrale, ou partielle, faite sans le consentement de l'auteur ou de ses ayants droit ou ayants cause, est illicite » (alinéa 1er de l'article L. 122-4). Cette représentation ou reproduction, par quelque procédé que ce soit, constituerait donc une contrefaçon sanctionnée par les articles L. 335-2 et suivants du Code de la propriété intellectuelle. »

© 2024 Julia Macfolagan
© Couverture K2K design
© Correction : Les Lectures de Maryline Correctrice, Amélie Grataloup Correctrice, Véronique Bouyenval
Édition : BoD · Books on Demand,
31 avenue Saint-Rémy, 57600 Forbach, bod@bod.fr
Impression : Libri Plureos GmbH,
Friedensallee 273, 22763 Hamburg (Allemagne)
ISBN : 978-2-3224-9773-7
Dépôt légal : Novembre 2024

À mes lecteurs,
Sans vous le rêve ne serait pas permis,

Les candidats

Sorciers

Derek Hook : Appartenant au clan des sorciers de feu, il est l'héritier de la famille Hook ; il est arrogant, provocateur et se pense supérieur aux autres.

Lévana Strain : Appartenant au clan des sorciers des bois, elle a été kidnappée par des loups et a été retenue prisonnière pendant des années dans un essaim de vampires. Pourtant, elle est l'héritière du clan des bois.

Artémis Tempest : Appartenant au clan des sorcières des eaux, on sait très peu de choses sur elle ; elle est la nièce du dirigeant actuel du clan, qui le gouverne d'une main ferme et militaire.

Loups

Gabriel : Alpha de la meute, il a dû quitter celle de son père en urgence au risque de le provoquer en duel. Il semble se plaire dans son nouveau rôle.

Lucas : Bêta de la meute, il est le meilleur ami de Gabriel depuis toujours et l'a suivi quand le moment est venu. Il est loyal, mais a du mal à trouver son rôle de bêta. Il respecte aveuglément les ordres et oublie le rôle de conseiller qui incombe au bêta.

Isabella : Sœur de Lucas, elle suit son frère et Gabriel. L'instinct de sa louve est puissant et lui fait peur. Elle compte sur Gabriel pour l'aider à le gérer.

Ethan : Plus jeune loup de la meute, il suit Gabriel et Lucas depuis qu'il est petit. Il pense qu'ils forment les trois mousquetaires, même si les deux autres le considèrent comme leur petit frère.

Vampires

Carmilla : Reine des vampires de l'essaim de Bourgogne, elle est très controversée au sein des autres essaims, car elle n'en fait qu'à sa tête et ne suit aucune règle dictée par les vampires les plus puissants.

Severn : Bras droit et le plus vieil ami de Carmilla, il la suit et obéit à ses ordres sans se poser de questions.

Joshua : Jeune vampire que Carmilla a transformé en urgence. Il ne maîtrise pas encore ses pulsions de soif, mais il suit Carmilla où qu'elle aille.

Les autres

Thya : Chamane du clan Wu, des Indiens amérindiens vivant dans une réserve au sud des USA.

Bibu : Gobelin dont on connaît peu de choses.

Ayden : Métamorphe traqué depuis des décennies, il fait partie des rares encore en vie, à la suite du génocide de leurs races cautionné par toutes les autres.

June : Jeune fée et ex-productrice de l'émission. Elle a choisi de rester sur l'île avec les candidats.

Résumé des épisodes précédents

Judith Mikelson

« Bonjour à tous, quelle joie de vous retrouver après l'interruption de notre programme ! Je sais, le temps s'est écoulé, mais nous devions mettre certaines personnes en sécurité afin de poursuivre. Pour ceux qui ont loupé la première semaine, ne vous en faites pas, je vais tout reprendre avec vous.

L'arrivée de nos candidats ne s'est pas passée sans encombre, et très vite des tensions ont émergé. Nos quatre loups, menés par Gabriel, un alpha inexpérimenté, ont rencontré Ayden, le métamorphe. Une mésentente s'est immédiatement installée entre lui et le bêta, Lucas. D'ailleurs, sa sœur Isabella essaie de le cacher, mais elle déteste les métamorphes tout autant que son frère. Est-ce que ces deux jeunes loups ont été élevés dans la haine de toute une espèce ? Je me permets de vous poser la question, bien que je pense déjà connaître la réponse ! Mais il va falloir patienter. Tout ce que je peux dire, c'est que Gabriel, ne souffrant pas de l'aversion de la race d'Ayden, lui a proposé de rejoindre la meute. Le jeune homme a accepté, ils comptent donc désormais un membre de plus. Facile pour le métamorphe qui peut prendre l'apparence de plusieurs mammifères, dont le loup. Comme on dit, il a su noyer le poisson…

Nos amis sorciers, quant à eux, sont arrivés sur l'île avec une mine de six pieds de long. Je doute que leur inscription au programme soit réellement de leur fait. On sent clairement que ce sont leurs tuteurs qui les ont envoyés pour déterminer quelle famille de sorciers est la plus puissante. Artémis, sorcière des eaux, est plutôt timide et introvertie. Lévana, sorcière des bois, est serviable et soucieuse d'aider son prochain, tandis que Derek, sorcier de feu, est un jeune homme détestable. La rencontre avec les vampires s'est passée sans encombre, un peu moins avec les loups puisque Gabriel a failli étrangler Derek. Pourquoi ? Tout simplement parce que le sorcier a pillé les tombes des loups pour récupérer des ingrédients pour des potions. Je suis offusquée autant que vous, on ne touche pas au repos éternel des morts. Même pas pour sauver sa belle… Si vous voyez ce que je veux dire.

Pendant l'altercation, ce sont les vampires qui ont secouru le jeune sorcier des pattes des loups. Dans ce programme, nous avons l'honneur d'accueillir une reine… celle de l'essaim de Bourgogne, j'ai nommé Carmilla. Elle est escortée de son bras droit, Severn, un vampire très agréable et sympathique. Elle a tenu à ce qu'un novice l'accompagne. Il ne se maîtrise pas très bien et j'ai oublié son nom… Ah oui ! Joshua ! Vous verrez, il n'a pas une place très importante…

Il ne manquait plus que deux candidats pour rejoindre l'équipe… Ils sont arrivés main dans la main, ne sont-ils pas mignons ? Thya est une chamane de la famille Wu, et je ne referai pas le débat sur sa place dans ce programme. Elle a su nous démontrer qu'elle avait complètement raison d'être là. En revanche, le choix de casting pour Bibu, le gobelin, est beaucoup moins compréhensible. Quand on connaît l'aversion que certaines races ont pour ces créatures, en voir un dans une de leurs émissions reste un mystère. Et je ne vous dis pas ça parce que je suis une fée. Je suis capable de mettre mes convictions personnelles de côté, je suis un minimum professionnelle. Vous l'aurez compris, ce n'est pas mon candidat préféré…

Après la grande rencontre marquée par des hostilités entre les différentes espèces, la règle est donnée : ils devront vivre et cohabiter pendant trois semaines. Chaque abandon, chaque mort leur fera perdre de l'argent. Eh oui ! Nous ne sommes pas chez les humains, la mort est autorisée, et même conseillée… Pour les plus humanistes d'entre vous qui crient au scandale, au fond, vous savez pourquoi vous regardez ce programme.

Ils ont très vite commencé à se mettre au travail. La cabane a été construite et un puits d'eau a été creusé. Pour la nourriture, aucun souci de ce côté-là, nous avons des chasseurs hors pair et la viande a grillé au-dessus du feu très rapidement. Pour les vampires, la situation était plus critique. Ayden, le métamorphe qui voue une haine sans égale à cette espèce, s'est arrangé pour que ceux-ci ne se nourrissent pas de ses camarades à leur insu. Comment, me direz-vous ? Il est un métamorphe et possède le pouvoir de bloquer les vampires. Il nous a effectué une petite démonstration sur Carmilla, je vous avoue avoir adoré ça. Donc, nos chers buveurs de sang ne peuvent pas hypnotiser un candidat pour une prise de sang non consentie. Très vite, la faim s'est fait ressentir et le pauvre Joshua a montré des signes de faiblesse.

Nous avons aussi appris que Carmilla, reine des vampires, était quelque peu troublée par le métamorphe. Pourquoi ? C'est l'un de ses descendants directs… Severn, aux petits soins pour sa maîtresse, a su la réconforter. Heureusement que ce brave jeune homme est là ! C'est un soutien énorme pour elle… Ah, je fais un peu d'humour ! N'en ai-je pas le droit ?

Lors du premier jeu, certaines personnalités se sont révélées et je peux vous dire que je ne regarderai plus Thya, la chamane, de la même manière. Derek non plus. Elle n'a pas hésité à s'emparer de ses bijoux de famille pour les broyer allègrement afin qu'il s'exécute. Nous avons aussi la jeune Artémis, qui avait pour mission d'aider le pauvre Ayden à remonter à la surface, et qui a oublié… Je vous rappelle que nous avons une taupe, que son objectif est de tuer le métamorphe et de faire vivre un enfer à Carmilla.

Comment ça ?! Je ne vous ai pas parlé de MacGr… Non, je refuse de dire son nom. Après tout, le dernier présentateur est mort dans le métro parisien après avoir trébuché. Une fée qui trébuche… Ne me prenez pas pour une imbécile. Je tiens trop à la vie pour qu'un malencontreux accident de la vie quotidienne m'abatte mystérieusement. Opérons un bond dans le passé…

Lorsque Carmilla était encore une jeune fille, elle était amoureuse d'un vampire sans connaître sa nature. Elle est tombée enceinte. Comment, me direz-vous ? Je ne vais pas vous faire un dessin, mais tout ce qu'on peut dire, c'est que l'ancêtre d'Ayden est né avec des pouvoirs pouvant détruire le plus puissant des vampires. Nous avons alors appris le plus grand complot de notre monde de cette dernière décennie. L'ex de Carmilla a transformé la jeune femme qui a réussi à le fuir. Elle a donné naissance à son fils qui était un métamorphe. MacGreg… – vous voyez de qui je parle – a voulu assassiner tous les métamorphes afin que ses descendants ne le tuent et le ramènent dans le royaume des morts. Pour cela, il n'a pas hésité à lancer le plus grand génocide que notre monde ait connu. Pour ce faire, il a manipulé la mémoire des loups avec ses dons d'hypnose pour qu'ils s'occupent de les traquer.

Lorsque la révélation a été faite sur le camp, nous nous attendions à ce que le jeune Ayden prenne les armes aux côtés de son arrière-arrière-grand-mère pour tuer ce monstre. Mais à notre grande surprise, il a refusé et s'est rangé du côté de son nouvel alpha, Gabriel. Celui-ci a clairement exprimé son refus de prendre part au combat.

Entre-temps, nous avons appris que Artémis, sorcière des eaux, était sous l'emprise de ce vampire diabolique. Heureusement pour elle, Carmilla a réussi à lever l'hypnose qui l'entravait. La jeune femme était prête à mourir plutôt que de se retrouver sous le contrôle d'un vampire. Un peu de croustillant… Nous avons su qu'une romance entre elle et Derek, notre sorcier de feu, était à l'œuvre. Il a tout fait pour sauver la belle sorcière des eaux des vampires. Il lui avait promis de la tuer si elle était hypnotisée, mais il n'a pu s'y résoudre. Nous avons pu assister à une scène romantique de leurs retrouvailles dans les eaux agitées de l'océan. Est-ce elle qui était la taupe de MacGregor ? Oups, j'ai dit son nom ! Vous savez que si je meurs accidentellement, il en sera le commanditaire.

Gabriel et sa meute, composée de son bêta Lucas, de sa sœur Isabella, ainsi que du jeune Ethan, ont très vite compris qu'une taupe se cachait sur le camp. C'est en partie pour cela qu'ils ne veulent pas révéler au grand jour qu'ils combattront le grand méchant… Avec l'aide de Thya, la chamane, ils avaient tendu un piège, pensant débusquer la taupe de son terrier. Et devinez qui est tombé dedans ! Joshua, notre jeune vampire qui a du mal à résister à l'appel de la soif. Une poursuite s'est engagée, mais heureusement pour le buveur de sang, sa reine est venue le tirer des griffes des loups-garous. Avec son air hautain, elle a déclaré la guerre aux loups et a juré qu'elle se porterait garante de Joshua.

Il faut dire que le début de l'aventure a été rude pour les vampires, qui étaient affamés, et pour les sorciers, sous l'emprise des vampires. Même la pauvre Lévana, sorcière des bois au cœur immense, s'est retrouvée paralysée pour avoir tenté d'empêcher Joshua de tuer. Puis, notre cher Bibu, le gobelin, a décidé de jeter un serpent venimeux pour vérifier s'il volait. En vérité, il ciblait clairement le groupe des trois sorciers, mais personne ne sait ce qu'il avait en tête. Je meurs d'envie de dénoncer ce petit fourbe. Excusez-moi, je dois rester impartiale, je reprends. Le serpent a mordu notre sorcière des bois et elle a dû engager un combat contre la mort.

Heureusement que Thya, la chamane, a des pouvoirs de guérison. Cela a soulevé une nouvelle question : n'était-ce pas Artémis, fraîchement libérée de l'emprise de MacGregor, qui était visée ? Bibu est devenu le suspect numéro un dans l'enquête pour dénicher la taupe.

Je ne vous ai pas parlé de la tentative de meurtre sur Thya par un Joshua complètement affamé. Les loups l'ont sauvée et elle nous a montré ses pouvoirs… bla bla bla… Il n'y avait pas grand-chose à dire, si ce n'est que plus personne n'ose dire que les chamans ne sont que des humains. Elle a su nous démontrer ses pouvoirs, et croyez-moi quand je vous dis qu'ils sont puissants.

Un nouveau jeu a démarré et il a tenu toutes ses promesses. Nous avons assisté à la déchéance des loups en direct. Isabella n'a pas pu reprendre sa forme humaine et a dû participer sous sa forme de lycanthrope. Hélas pour elle, la panique a pris le dessus, elle a laissé son instinct animal gouverner alors que tous les candidats étaient sur un radeau. Imaginez le massacre que cela aurait pu être ! Gabriel, je vous le rappelle, est un jeune alpha. Il n'a eu d'autre choix que de la soumettre, faisant d'elle une oméga. L'entente de la meute s'est brisée au moment où son ordre s'est fait entendre. Mais je reviendrai sur les conséquences de cela plus tard, car il y a eu encore plus de rebondissements.

Le pauvre Joshua avait de plus en plus de mal à se contrôler. La soif de sang était tellement forte qu'on le voyait dépérir à vue d'œil. Lévana n'était pas remise de sa morsure de serpent et Thya a dû intervenir. Une infime quantité de sang l'a rendu fou, et à la surprise de tous… Carmilla a sorti une dague de son soutien-gorge et a poignardé le jeune homme en plein cœur. La scène était sanglante, mais si attendrissante. Ils se sont dit adieu, tous liés les uns aux autres, puis il a disparu dans un tas de cendres, mélangées au sable de la plage.

Contrairement à ce que l'on pense, sa mort a été balayée comme le vent disperse la poussière et, très vite, les candidats se sont remis au jeu. Alors qu'ils étaient arrivés à l'énigme finale du roi des fées, la tension entre eux était palpable. Les loups étaient sur les dents avec Isabella devenue oméga. Les sorcières et Thya, la chamane, n'ont pas accepté la manière dont était traitée leur consœur féminine chez les loups et elles n'ont pas pu cacher leur haine envers un Gabriel quelque peu nerveux. Les vampires, quant à eux, ne se sont pas vraiment souciés de ce qui se passait. Il faut dire qu'ils sont venus à trois et qu'ils repartiront de l'île à deux.

À la fin du jeu, sur ordre de sa maîtresse, le vampire Severn a libéré la louve pour l'emmener à grande distance de sa meute. Elle avait repris sa forme humaine quelques minutes auparavant. Pendant que Severn la conduisait loin de tous avec son hypervitesse, un combat entre la meute et les autres membres restants s'est engagé. Le but : les retenir pour éviter qu'ils partent à la chasse de leur amie.

Une fois cet incident passé, l'alpha Gabriel nous a montré un visage bien loin de celui auquel nous étions habitués. Il a laissé de côté les bonnes manières et la compassion envers le sexe faible… Excusez-moi, mais cette expression m'horripile… Nous avions devant nous un goujat violent, détestable, et surtout hors de contrôle. Notre chère reine des vampires, Carmilla, dans un acte de charité et de bonté, lui a proposé un petit combat. Le but : qu'il puisse évacuer toute cette rage et cette rancœur accumulées. Les alphas emmagasinent la rage de la meute, mais Gabriel ne semble pas savoir comment la déverser. Avant de vous parler de ce combat spectaculaire, je dois vous dire que le jeune homme s'est retrouvé en fâcheuse posture. Son bêta, Lucas, voulait le défier dans une lutte à mort pour sauver sa sœur. Celle-ci lui a clairement lancé de se mêler de ses propres affaires, et qu'elle se sentait plus sereine en tant qu'oméga de la meute. Pourquoi ? Il semblerait que sa famille porte une tare. Les femmes laisseraient l'instinct du loup prendre le dessus, et le seul moyen pour que cela ne se produise pas… je vous le donne en mille… est qu'elles deviennent des omégas.

Revenons à notre combat épique entre Gabriel, l'alpha, et la maîtresse vampire, Carmilla. Je ne vais pas vous décrire ce combat… tant pis si cela vous déplaît… vous pouvez le retrouver sur toutes les plateformes et tous les réseaux sociaux réservés aux surnaturels. Il nous a valu un record d'audience… Ah, vous adorez voir le sang gicler !

Tout ce que nous pouvons en dire, c'est que le jeune alpha était en très mauvaise posture après le combat et que sa vie ne tenait qu'à un fil. Je ne vous raconte pas la panique chez les loups, mais la maîtresse des vampires, ne voulant pas avoir cela sur la conscience, et dans un geste de grande bonté, lui a remis la cage thoracique en place, le sauvant d'une noyade dans son propre sang. Hélas, le point faible des vampires s'est révélé : le sang ferreux qui a giclé de la bouche de notre loup a fait perdre pied à Carmilla qui a empêché quiconque de passer pour aider l'alpha. La maîtresse vampire a dû lutter contre elle-même pour ne pas le vider de son sang. Severn, qui je ne sais plus pourquoi était en colère contre sa maîtresse, regardait le spectacle avec un sourire machiavélique. Si vous voulez connaître les raisons de l'embrouille entre la maîtresse vampire et son bras droit, je vous conseille de lire le tome 1. Après tout, je ne vais pas tout vous révéler, tout de même… Oui, je suis une horrible petite fée et vous rêvez de m'arracher les ailes…

Reprenons ! La reine vampire tenait le cœur de Gabriel contre elle et luttait pour ne pas le vider de son sang. Severn ne comptait pas agir, regardant le spectacle avec un plaisir non dissimulé. Mais qui peut sauver le jeune alpha ? Je vous le donne en mille… Les trois sorciers, plus désunis que jamais à leur arrivée, ont su mener une attaque combinée, libérant Gabriel. Derek lançait des flammes tandis qu'Artémis jetait des quantités astronomiques d'eau pour retirer cette odeur de sang ferreux et éviter que les candidats ne soient brûlés. Lévana, avec ses lianes, a pu tirer le pauvre alpha des griffes de notre vampire.

Couverte de honte, Carmilla a pris la poudre d'escampette pour se réfugier sur un rocher. Gabriel, sauvé, a été soigné par sa meute… même si son bêta,

Lucas, ne s'est pas précipité… D'ailleurs, le jeune homme a perdu sa place et le nouveau à son poste n'est même pas un loup. Ayden, le métamorphe, est devenu un bêta, comme pour sanctionner encore plus Lucas.

Un autre a pris la fuite, Bibu, notamment martyrisé par les sorcières. Il faut dire que ses blagues, quelque peu douteuses, sont vite devenues agaçantes pour nos autres candidats. Mais c'était sans compter sur notre bon Severn… Il est l'heure des grandes révélations de cette première semaine… Le vampire a attrapé le gobelin et l'a menacé de tuer sa sœur s'il n'accomplissait pas sa mission. Puis, le moment était venu de dévoiler l'identité de la taupe de MacGre… Je ne veux pas dire son nom, car il me terrifie avec sa puissance et ses espions présents dans tous les domaines. Je souhaite vivre encore longtemps. Pardonnez ma lâcheté.

Reprenons. La taupe que nous cherchions depuis tout ce temps n'était autre que Severn. Dans un excès de courage que nous ne lui connaissions pas, Bibu est allé discuter avec Carmilla et Gabriel qui, après leur combat, engageaient une discussion. Il leur a fait la révélation du siècle : le terrible maître de Severn n'est autre que le plus vieux vampire du monde, manipulant Carmilla depuis toutes ces années. Il a avoué avoir intégré l'émission sous ses ordres, car sa sœur était détenue par cet être abominable.

Leur mission était de tuer Ayden et d'obliger Carmilla à revenir avec son ex. Oui, nous sommes face à un pervers narcissique, n'ayons pas peur des mots. Il aura attendu des centaines d'années pour accomplir sa vengeance sur son ex-femme, avec qui il a eu un enfant. Pour les vampires, nous savons à quel point cela est rare… c'est même impossible. Lorsque Gabriel lui a dévoilé qu'ils étaient diffusés en direct, le gobelin s'est mis à couiner, comprenant que ses révélations pouvaient causer la mort de sa sœur. Mais c'était sans compter sur la productrice, June, qui a rejoint nos candidats pour leur annoncer qu'il était temps pour elle de prendre part au combat.

Nous avons dû interrompre nos programmes pour sécuriser tout le monde, et notamment la sœur du gobelin. Nous pouvons reprendre sereinement puisque la jeune femme se trouve ici, dans la tour Surnat.

Pour conclure, il aura fallu une semaine pour tout détruire. Les loups, arrivés plus unis que jamais, sont désormais complètement disloqués, avec Lucas devenu un simple membre de la meute. Isabella est une oméga, et nous savons à quel point leur vie est difficile. Ayden, qui ne les connaissait pas avant l'aventure, se retrouve propulsé au rang de bêta alors qu'il n'est qu'un métamorphe et non un garou. Seul le jeune Ethan semble épargné, bien qu'il soit partagé entre son alpha et son ancien bêta, Lucas.

Pour les vampires, c'est encore pire : ils sont affamés et, surtout, il leur manque un membre. Joshua est mort… Severn a toujours travaillé pour l'ennemi de Carmilla. La pauvre, elle a tout perdu. Le gobelin, quant à lui, se retrouve à jouer les espions doubles. Je peux vous garantir que les dangers pour lui sont immenses, car s'il se fait prendre, il suppliera ses tortionnaires de le tuer.

Les plus chanceux sont les sorciers. Arrivés en ennemis, ils ont montré qu'en travaillant ensemble ils pouvaient être redoutables. La sorcière des eaux a été libérée de l'emprise de vous savez qui et elle a rejoint son crush, le sorcier de feu. Il ne reste plus que la chamane, qui est égale à elle-même, et nous connaissons l'étendue de ses pouvoirs.

Après cette semaine d'interruption, il est temps pour nous de reprendre les programmes. Nous allons vous révéler ce qui s'est passé au cours des derniers jours, et si nous vous diffusons les images, c'est que monsieur MacGregor n'est plus une menace... Pour moi uniquement, du moins... Je vous retrouve demain pour commenter le premier épisode de cette nouvelle semaine que nous intitulerons : *Un tournant dans l'aventure.* »

Épisode 1

Judith Mikelson

« Bonjour à toutes et à tous ! C'est un immense plaisir de vous retrouver. Est-ce que je vous ai manqué pendant cette semaine d'interruption des programmes ? Bien sûr que oui ! Vous avez pu m'apercevoir pendant le résumé, mais je sais que ce n'est pas suffisant. Alors, êtes-vous prêts ? Faites chauffer le pop-corn et laissez place à la manipulation et aux secrets. Mais je vous vois, bande de petits chenapans, vous en voulez toujours plus… Des morts, du sang… Je ne vais pas vous spoiler, mais je peux vous annoncer que je suis enfin libre de prononcer le nom de MacGregor. Pour combien de temps ? Je ne sais pas, seul l'avenir nous le dira. Mais ne vous inquiétez pas, mes chers téléspectateurs, même si nous avons une semaine de décalage… vous vivrez l'expérience comme en direct, rien ne vous sera caché. Allez, place au show… »

Épisode 1

Nous sommes à l'aube du septième jour. Severn et Carmilla se sont éloignés des candidats afin de partager une poche de sang, gracieusement offerte par Thya. La reine des vampires court à toute vitesse et Severn la suit avec un regard de haine. Lorsqu'elle estime avoir mis assez de distance entre elle et les autres, elle s'installe sur un tronc couché et lui dit :

— Je crois qu'il est temps d'avoir une petite conversation. J'ai compris que tu m'en voulais, car je ne fais rien pour Isabella. Tu dois entendre que je ne peux pas interagir dans les meutes des loups.

— Ce n'est pas ce que je te demande. Carmilla, cette jeune femme va devenir le souffre-douleur de toute une meute. Il doit bien y avoir une solution.

Nous connaissons le véritable visage de Severn et pouvons analyser le comportement de la reine des vampires. Je tiens d'ailleurs à signaler qu'elle n'est pas vraiment bonne comédienne. Lorsqu'il termine sa phrase, elle ne peut s'empêcher de grimacer et de se raidir. Je comprends, après toutes les tortures que la jeune femme a endurées du vrai patron de Severn. Elle sourit et tente de ne rien laisser paraître, avant de poursuivre :

— Le monde est ainsi fait, j'ai discuté avec Gabriel et il n'a pas vraiment le choix. La famille d'Isabella porte une tare dans ses gènes du côté des femmes. Leur instinct de loups devient si puissant qu'il prend le contrôle. La seule solution est de le brider avec le pouvoir de la meute. Ce n'était qu'une question de temps avant qu'elle soit une oméga. Puis, tu sais, c'est tout frais. Je suis sûre qu'avec le temps Gabriel arrivera à maîtriser son instinct. Je ne comprends pas que tu m'aies mise en danger pour cette histoire.

— Il n'y a pas que ça, Carmilla. Tu as tué Joshua sans même essayer de le raisonner.

— Il me l'a demandé !

La maîtresse vampire se lève pour placer de la distance entre elle et son bras droit. Enfin, je doute qu'il le soit encore. Elle serre les dents puis inspire profondément, ce qui n'est pas commun chez un vampire. Une larme de sang coule sur sa joue avant qu'elle ne lui dise :

— Il avait conscience que ce n'était qu'une question de temps. Hélas, il était pris de la fièvre de la soif depuis sa transformation. Il m'a demandé à plusieurs reprises de le tuer, car il souffrait trop. J'ai toujours refusé, lui apportant un peu de réconfort, mais je n'y arrivais plus. Je mourais de faim, tout comme vous, et il devenait de plus en plus résistant à mon pouvoir. Ce n'était qu'une question de jours avant qu'il ne se transforme en zombie tueur. Tu le sais, nous avons souvent eu ce problème avec les jeunes transformés.

— Alors, pourquoi l'avoir emmené ici ?

— Arrête de remettre mes décisions en question ! Je suis la reine de l'essaim de Bourgogne et je n'ai de compte à rendre à personne. N'oublie pas ta place, Severn ! Je te trouve quelque peu différent. Aurais-tu des choses à me dire ?

Quelle maligne ! Carmilla qui prêche le faux pour savoir le vrai ! Et regarder une vampire prêcher, je doute que ce soit habituel. Enfin, il est temps d'aller voir ce qui se passe sur la plage. Nous vous avions quittés avec la venue d'une nouvelle protagoniste. Je ne dirai jamais de mal de cette petite fée, c'est ma patronne…

Lorsque Severn est hors d'atteinte, elle rejoint nos candidats. Elle vole, et l'éclat du soleil sur ses ailes translucides est d'une beauté incommensurable. Elle dévie la lumière suffisamment pour créer un reflet arc-en-ciel sur chacune d'elles. Sa robe verte est assortie à ses yeux et tranche avec ses cheveux d'ébène. Ses traits très fins lui octroient une beauté incroyable. Je vous vois venir, je ne dis pas ça parce que c'est ma patronne. June est une fée magnifique, et personne ne peut dire le contraire. Ses pieds touchent le sol, elle se rend vers le pauvre Bibu qui semble anéanti. Elle lui pose une main sur la joue et lui déclare :

— Nous avons coupé la diffusion de l'émission juste avant que tu ne fasses tes révélations à Gabriel et Carmilla. MacGregor ne sait rien de ce qui se passe. J'ai envoyé une délégation pour ramener ta sœur dans la tour Surnat.

Bibu l'observe puis se jette dans ses bras et murmure :
— Merci ! J'ai conscience que nos peuples n'ont jamais été vraiment amis. Je tiens à m'excuser de t'avoir manipulée.

— Ce n'est rien !

Nous savions que Bibu, le gobelin, avait intégré l'émission de manière étrange. Serait-ce du piston ? A-t-il suivi le même parcours que les autres candidats ? Ne vous inquiétez pas, j'ai toutes les informations et il est temps de clarifier certaines choses. Je ne vais pas jeter la pierre à certains tabloïds ou putaclics, mais je vous saurais gré de vérifier vos sources. MacGregor a eu des informations sur le jeu, et notamment sur les participants. Qui les lui a données ? C'est un mystère, car très peu de personnes étaient au courant. Est-ce qu'il y a un traître chez les fées ? Je vous laisserai apprécier le documentaire s'appelant « Treize le préquel » et mener l'enquête. Ce que nous savons, c'est que la jeune sœur de Bibu, Xia, a été menacée par un groupe de vampires. Si le gobelin n'intégrait pas l'émission, elle mourrait. June, la productrice, tenait à clarifier les choses. Bibu l'a abordée, mais il a dû passer un casting avec le célèbre Pergo, chef du service casting de la tour Surnat. Je vous saurais gré de stopper vos fausses rumeurs, messieurs les journalistes.

Maintenant que les choses ont été précisées, nous pouvons poursuivre l'épisode. Il est vrai que la présence de la productrice sur le camp a soulevé pas mal de questions lors de notre dernier épisode. En réalité, l'émission a pris une autre tournure et j'oserais presque vous dire qu'un combat entre le bien et le mal pourrait avoir lieu. Bien évidemment, qui est qui ? Je vous laisse à vos propres appréciations.

June se dirige vers Ayden et Gabriel et leur dit :
— Je vais vous aider et prendre part à ce combat. Je ne pensais pas que mon programme révélerait un tel complot et je ne peux pas rester sans rien faire. J'ai

suspendu le direct, mais j'ai passé un contrat avec les téléspectateurs. Je leur montrerai toute la réalité.

Elle tend une oreillette à Ayden et lui dit :

— Je veux que tu en aies une pour que nous soyons en contact afin qu'il ne t'arrive rien. Je ne désire pas que tu sois assassiné juste parce que tu es un métamorphe.

Les autres candidats assistent à la scène. Soudain, Lucas se lève, s'avance vers la jeune fée et lui lance avec mépris :

— Alors les dés sont pipés ! C'est bien ce que je pensais, tu vas offrir ton aide à un candidat au détriment des autres. Tu ne cherchais qu'un prétexte pour ça.

— Ce n'est pas du tout ce que tu crois, les vampires de MacGregor ont hypnotisé un clan entier de sorciers, explique June en montrant du doigt Artémis. De plus, il a implanté de fausses croyances dans l'esprit des loups pour que vous chassiez les métamorphes. Il me semble que tu fais partie de ses victimes.

— Et alors ? enjoint Derek, je me demande bien quel rôle tu joues dans tout ça. Après tout, on a tous un lien avec le vampire MacGregor, et tu as participé à tous nos castings. Qui nous dit que nous pouvons te faire confiance ?

— Elle a la mienne, lance Gabriel en se plaçant devant la fée. Je sais que June n'a rien à voir avec ce qui se passe. Elle désirait juste créer un divertissement pour les surnats. Elle a un très bon cœur, elle voulait montrer que les espèces peuvent vivre en harmonie sans nos guerres et nos conflits.

— Tu es peut-être l'alpha de ta petite meute, mais tu n'es en rien le nôtre, hurle Artémis avec colère. Tu n'as pas à nous dire quoi faire ! Tu ferais mieux de t'occuper de tes problèmes de meute et de ta manière de traiter les femmes. Instinct ou pas, je n'accepte pas ce que tu fais subir à Isabella.

En entendant son prénom, la jeune fille se tasse sur elle-même et émet un couinement. Gabriel, qui semble avoir déchargé sa rage lors de son combat avec Carmilla, lui passe le bras autour du cou dans un esprit de protection et lui dit :

— Tout va bien. J'ai repris le contrôle sur mon instinct d'alpha. Par contre, Artémis, ne me pousse pas à bout, je ne veux pas finir dans le même état. Isabella est une oméga et ce ne sont pas tes affaires, tu ne connais pas toute l'histoire. Si Isabella souhaite t'en parler, elle le fera, mais ce n'est pas à moi de le faire.

Artémis serre les poings, mais ne dit rien. Cependant, je doute que nos candidats trouvent un terrain d'entente. Ils ont peut-être un ennemi commun, mais cela ne les rassemble pas. D'ailleurs, notre jeune fée lance une boîte à Derek avant de disparaître soudainement. Il semblerait que Severn et Carmilla soient de retour.

Mais avant de retrouver le camp réunifié, nous allons voir la fin de la conversation entre la reine des vampires et son faux bras droit. Où en étions-nous ? Ah oui ! Notre maîtresse vampire demandait des comptes à Severn. Celui-ci, d'un calme olympien, lui annonce :

— Je ne sais pas ce que je pourrais te dire ! C'est vrai que je trouve injuste d'observer la pauvre Isabella alors qu'elle est traitée de la sorte. Tu t'es tellement battue pour les droits des femmes que je ne comprends pas pourquoi tu n'interfères pas.

— Si l'un d'entre eux venait te parler de notre comportement face à une poche de sang, tu penses que tu réagirais comment ? C'est la même chose, ils ne peuvent pas lutter contre leurs instincts, comme nous ne pouvons pas vaincre la soif de sang. Ils sont des enfants maudits de la lune et nous sommes des âmes damnées. Tel est notre sort. Toutefois, Severn, je t'en supplie, ne me traite plus de la sorte.

— Promis, Carmilla ! Je serai toujours là pour toi. La poche est vide, nous devrions rejoindre les autres.

Je n'arrive pas à croire qu'il puisse lui mentir en la regardant dans les yeux. D'ailleurs, Carmilla hoche la tête, mais ne peut s'empêcher de grimacer. Attention, reine des vampires, toi qui voulais devenir comédienne, tu vas devoir améliorer tes talents d'actrice… sinon, je ne donne pas cher de ta peau. Enfin, il faudrait déjà que les anti-MacGregor soient unis parce que, pour l'instant, ils sont plus à se tirer dans les pattes.

Tout le monde se retrouve au camp et je peux vous dire que l'heure n'est pas à la fête. Les trois sorciers se sont réunis dans leur coin, jetant des regards accusateurs au reste du groupe. Rapprochons-nous pour en savoir plus. Derek chuchote aux deux filles :

— Je ne sais plus quoi penser ! J'ai l'impression que nous sommes tombés dans un nid de vipères. Nous devons détruire MacGregor pour libérer ton clan, Artémis, mais je n'ai plus aucune confiance en les autres.

— Je ne te comprends pas, dit Lévana. Il y a encore quelques jours, tu suppliais Carmilla de t'aider à le vaincre. Pourquoi ce changement si soudain ?

— Elle s'est alliée aux loups sans même se soucier de notre avis. Je crois qu'elle n'y voit que ses intérêts et je doute de sa sincérité. Regarde Severn, on lui aurait donné le bon Dieu sans confession, si je peux me permettre de dire ça pour une âme damnée. Et pourtant, il est l'un des plus fidèles sbires de l'autre tarée. Qui te dit qu'il n'y en a pas d'autres qui jouent la comédie ?

— Tu as raison ! Je te fais confiance, exprime Artémis. Et puis on a démontré qu'on n'avait pas besoin d'eux pour détruire un vieux vampire. On aurait pu abattre Carmilla à nous trois. En unissant nos pouvoirs, nous sommes les plus puissants de l'île.

Les deux autres acquiescent avec une certaine prestance dans leur attitude. Il semblerait qu'entre la confiance et le péché d'orgueil il n'y ait qu'un pas. Qu'en dites-vous ? Je doute très sérieusement qu'à eux trois ils puissent opérer quoi que ce soit contre le plus influent vampire d'Europe mais, comme on dit, l'espoir fait vivre, et dans ces cas-là, la confiance tue…

La meute de garous et Ayden se sont regroupés. Ils observent l'arrivée de Severn, sans même prononcer un mot. Encore une fois, la discrétion ne les étouffe pas et je ne comprends pas que le vampire ne se rende pas compte qu'il a été démasqué. Il faut dire que, très vite, une tension au sein du groupe apparaît. Gabriel, qui a retrouvé sa mobilité, ne porte plus les stigmates du combat avec Carmilla. Il demande à Lucas et Ayden d'aller chercher le coffre sur la plage. Avec tout ce tumulte, la récompense du jeu a été complètement oubliée. Pourtant, il y en a eu des sacrifices pour ce gain !

Ayden accepte, mais Lucas grogne et lance avec colère :

— Lui donner ma place ne t'a pas suffi. Je dois en plus travailler avec lui.

Isabella se tasse et couine avant de dire :

— Je vais y aller.

— Non, il en est hors de question ! Lucas, tu as assez créé de problèmes. Tu suis mes ordres ou tu quittes la meute. J'en ai marre de devoir me battre avec toi pour tout. Si tu es là aujourd'hui, c'est parce que tu n'as pas su remplir ton rôle de bêta sur l'île et que tu as enchaîné les mauvais choix. Tu veux me défier ?

Lucas baisse la tête pour se soumettre, mais ses poings sont fermés et sa mâchoire contractée. Ayden fait un signe de tête à son alpha et dit à Lucas avec calme :

— Allez, viens avec moi. Je pense que tu as besoin de prendre tes distances avec le camp. Nous reviendrons avec le coffre, patron !

Puis, sans laisser le droit de réponse, il entraîne Lucas avec lui loin des autres.

Il me semblait que cette histoire de place dans la meute était résolue, mais cela ne paraît pas le cas. D'ailleurs, Isabella va devoir se justifier auprès de son bêta et nous n'aurons pas à attendre très longtemps. Une fois qu'Ayden et Lucas sont hors de vue, il se tourne vers elle avec les yeux luisants et lance :

— Ne te mets plus entre ton frère et moi. Il doit savoir où est sa place ! Compris ?

Elle baisse la tête et acquiesce alors qu'Ethan jette un regard noir à la jeune fille. Ils auraient dû prendre leurs distances afin de discuter, car Thya se lève pour aller dire à nouveau le fond de sa pensée à l'alpha. Bibu la retient par le bras et lui explique avec patience :

— Tu ne dois pas t'en mêler, tu vas encore une fois lui attirer plus de problèmes. Gabriel se contient, c'est un très bon alpha. J'en ai vu et connu, et je peux te dire qu'il sait contrôler son instinct pour un jeune loup. Tu n'as pas conscience du combat qu'il livre contre lui-même depuis que son pouvoir de chef s'est révélé. Souvent, les jeunes comme lui sont violents et ils ont de grosses sautes d'humeur. Il deviendra un alpha puissant, c'est sûr.

— Je n'aime pas sa façon de traiter les femmes.

— Ce n'est pas les femmes, crois-moi. C'est la place d'Isabella qui veut ça. Il existe des hommes omégas et ils subissent bien pire. Ce qui fait que les autres se contiennent, c'est justement parce que c'est une femme. L'oméga est le souffre-douleur de la meute, il reçoit brimades, moqueries et coups. C'est un peu le fusible qui les empêche de devenir un groupe de mercenaires. Son rôle est aussi important que celui de l'alpha.

— Nous n'appartenons pas à leur clan, je ne comprends pas pourquoi mon comportement influe sur sa meute.

— Car nous vivons en société. Quand tu as une mauvaise journée, tu rentres chez toi. Tu ne dois pas t'en rendre compte, pourtant, je suis sûr que tu vas bougonner pour des petits trucs dont tu te moquerais normalement. Cette image illustre parfaitement ce qui se passe. Lorsque la meute est énervée par quelque chose, que ce soit interne ou externe, l'oméga sert de fusible. C'est injuste et incompréhensible, mais c'est ainsi que fonctionnent les enfants maudits de la lune. Tu devrais prendre le temps de demander à l'un d'entre eux de te raconter cette histoire, cela pourrait t'ouvrir les yeux.

— Tu sais, Bibu, je crois que tu es plus sage que la plupart d'entre nous.

— Tu veux dire pour un gobelin !

Une fois de plus, les deux amis éclatent de rire. Il semble que, quoi qu'il se passe, lorsqu'ils sont ensemble, la bonne humeur est de mise. Pourtant, le visage de Bibu reste fermé. Je me demande ce qu'il y a dans sa petite tête. Severn s'approche de lui et, de toute sa hauteur, lui réclame :

— Nous devons aller chercher de l'eau. Peux-tu m'accompagner vers le puits que tu as construit ?

Le gobelin ne dit plus rien. Il se lève pour suivre le vampire, mais il ne peut pas nier son trouble. Il tremble, et si nous le voyons à la caméra, imaginez ce que cela doit être en réalité. Thya lui attrape la main et dit :

— Je vous accompagne !

Le vampire se retourne et lui lance avec autorité :

— Nous n'avons pas vraiment besoin de toi ! Tu devrais aller chercher des herbes médicinales. Après tout, tu es une chamane, je suis sûr que tu peux nous préparer des potions en cas de blessure. Et puis, je dois traiter un sujet important avec le gobelin.

Le message est plutôt clair. Et parce que j'adore savoir que vous me détestez, il est déjà l'heure de nous quitter. Cependant, j'espère que vous aurez remarqué que les épisodes sont un peu plus longs. Je vous laisse avec cette grande question : est-ce que Bibu va réussir à tenir tête au traître Severn ou va-t-il avouer qu'ils ont été démasqués ? Je me demande ce que notre petit agent double va faire, mais vu comme il tremblait, je doute de ses capacités, pas vous ? Allez, vous connaissez la chanson… la suite au prochain épisode.

Épisode 2

Judith Mikelson

« Bonjour, mes très chers amis, je suis heureuse de vous retrouver pour ce nouvel épisode de « Treize ». Je vous ai quittés avec un petit suspense comme vous les aimez… ou pas. En tout cas, je peux vous dire que Severn va enfin nous montrer son vrai visage. Je vous assure que, entre lui et MacGregor, je ne sais pas qui est le plus machiavélique. J'ai une question qui me brûle les lèvres… Peut-on faire confiance à un gobelin ? Tout ce que je peux vous dire c'est que, si j'étais avec les candidats, je ne lui tournerais jamais le dos. Encore une fois, je vous prie de m'excuser, ce n'est que mon avis personnel et je dois rester impartiale. L'avenir nous dira si j'ai tort ou raison…

Je souhaitais aborder un autre point avec vous… Vous ne trouvez pas que l'ambiance au sein de la meute n'est qu'un reflet de celle du camp ? Je m'explique ! Si nos loups retrouvent une entente cordiale et apaisée, pensez-vous que le camp sera plus serein ? En tout cas, ce n'est pas près d'arriver ! Hé ! Je vous vois vous délecter de ça comme du pop-corn présent sur vos tables basses. Il ne manquerait plus que nos candidats soient aussi ennuyeux que leurs homologues de la téléréalité humaine. Oups ! Est-ce que j'ai dit ça à voix haute ?

Un dernier point… oui, je sais que vous soupirez, mais ne vous en faites pas, j'ai augmenté la durée des épisodes, donc vous avez le droit à un peu plus de… moi ! Vous ne trouvez pas que Carmilla prend la trahison de son bras droit assez bien ? On ne connaît pas son ressenti ! Allez, je lance les paris… Va-t-elle être anéantie quand l'adrénaline sera retombée ou au contraire se relever plus forte avec une rage de vaincre ? En tout cas, elle a tué le mauvais sbire pendant l'épreuve… j'arrête de vous torturer… place à nos candidats préférés. »

Épisode 2

Vous pensiez vraiment que nous allions commencer par l'altercation entre Severn et Bibu ? Mais vous rêvez les yeux ouverts, mes amis. Je vous rappelle que nous sommes un programme légèrement diabolique, nous adorons vous voir souffrir comme vous aimez regarder nos candidats en grande détresse. Qui est pire, entre vous et nous ? Je vous laisse en discuter demain devant la machine à café.

Pour vous faire languir, nous allons plutôt observer ce qui se passe entre l'ancien et le nouveau bêta de Gabriel. Lucas marche devant comme pour montrer son irrespect à Ayden. Celui-ci, n'étant pas vraiment un loup, n'en a que faire. Il finit par accélérer le pas et lui attrape le bras pour le ralentir.

— Attends, Lucas ! Je ne veux pas de ta place ! Je te l'ai déjà dit. J'ai conscience que tu ne peux pas faire autrement avec l'instinct de ton loup, mais j'aimerais te rassurer. Je ne resterai pas dans votre meute. Je souhaite juste que le complot concernant le génocide des métamorphes éclate au grand jour. Lorsque MacGregor et tous ceux qui l'ont aidé seront punis, tués, sanctionnés ou je ne sais quoi, je retournerai à mes occupations et tu récupéreras ta place.

— Et tu veux que je te dise quoi ? Je m'en fous, tu crois vraiment que je vais rester avec Gabriel après ce qu'il a fait à ma sœur ?

— Je ne te comprends pas. Tu as conscience que ta sœur est un danger pour elle-même puisqu'elle peut perdre le contrôle à tout moment ? C'est une bonne chose qu'un alpha ait la main sur elle.

— Oui, mais nous avions un accord. Ma mère a perdu pied et mon père a dû la tuer. Il était tellement rongé par le chagrin qu'il s'est suicidé. Nous avons parlé de cette situation un nombre incalculable de fois avec Gabriel et Isabella, et la seule solution était qu'elle devienne une oméga.

— Et c'est ce qui s'est passé. Pourquoi remets-tu tout en cause ?

— Il doit la prendre pour compagne afin qu'elle soit protégée et qu'elle gouverne avec lui. Les autres ne pourront pas se décharger sur elle, et lui, il est capable de maîtriser son loup.

— Est-elle en danger sur l'île avec la meute ?

— Non, toi, tu n'es pas régi par l'instinct du loup et Ethan ne fera rien.

— Alors, laisse-leur du temps. C'est comme un mariage arrangé. Tu ne peux pas leur demander de s'afficher de cette manière, et encore moins devant les caméras. Mais tu me caches autre chose ?

Lucas ne répond pas et accélère le pas pour arriver à la dernière étape de l'épreuve. Le coffre est toujours là et n'a pas bougé d'un centimètre. Après tout ce qu'ils ont dû faire pour l'obtenir, comment ont-ils pu le laisser à l'abandon ? Peut-être que le prix pour cette récompense n'était pas assez élevé à leurs yeux. Lucas soulève le coffre sans problème, bien qu'il soit imposant. Ayden lui lance :

— Arrête de te comporter comme un gros con ! On va l'emporter à deux. Avant, je souhaite que tu me dises ce qui ne va pas, et pourquoi tu désires tant précipiter les choses entre Gabriel et ta sœur.

Est-ce que le jeune homme va baisser sa garde ? Vous n'aurez pas l'information tout de suite… Ne m'en veuillez pas, mais nous allons jeter un œil sur le camp.

Je ne sais pas si June n'a pas lancé une nouvelle épreuve intitulée : le roi du silence. Le septième matin est difficile et le bilan est lourd. La meute coupe des bûches et agrandit le stock de bois déjà bien garni. Les sorciers améliorent l'isolation de la cabane. Il faut dire que la nuit a été plutôt fraîche, et c'est beaucoup plus complexe de se réchauffer quand on n'est pas collé à un métamorphe changé en ours. Lévana fait pousser de grandes feuilles de palmier, Artémis, aidée de Thya, les coupe et les tresse pendant que Derek les installe sur le toit ou contre les murs. Carmilla les observe, le regard dans le vague. Est-ce qu'elle n'a pas tout perdu sur cette île ? Je vous pose la question, qu'en pensez-vous ? Elle a cherché son descendant pendant des années, et lorsqu'elle l'a trouvé, disons qu'il l'a rejetée, pour rester courtois. Elle a poignardé Joshua, son ami. Severn, son bras droit depuis des décennies, n'est qu'un espion de son ex-petit ami jaloux… Laissons-la contempler ses démons dans sa jolie petite tête blonde… Je vois deux loups revenir de la plage avec une grosse malle et leurs lèvres qui bougent. J'ai hâte d'en savoir un peu plus… Pas vous ?

En effet, les deux hommes sont dans une conversation profonde, remontons l'enregistrement où nous l'avons abandonnée. Alors qu'Ayden demande à Lucas pourquoi précipiter les choses entre l'alpha et l'oméga, Lucas garde le silence ; mais devant le regard insistant du métamorphe, il murmure :

— J'ai peur de moi ! J'ai toujours adoré ma sœur et je l'ai protégée ! Aujourd'hui, elle m'exaspère ! J'ai envie de lui rentrer dedans et de la secouer. Et si j'étais incapable de me contrôler et que je la blessais, ou pire ? Je n'aime pas ce que je ressens, et plus vite elle sera la compagne de Gabriel, plus vite je serai débarrassé de ces sentiments puisqu'elle sera la louve alpha.

— Je comprends mieux ! Pourquoi tu ne nous l'as pas dit ? Tu n'es qu'un crétin ! Je n'éprouve pas ces choses-là, mais je peux te dire que ta sœur est en sécurité. Si tu tentes quoi que ce soit, je serai là pour te rappeler à l'ordre. Et si vous déconnez tous ensemble contre elle, je la protégerai comme Carmilla ou les sorciers.

— L'arrivée de June m'a aussi effrayé.

— Pourquoi ? Je peux me porter garant de la petite fée. Elle est digne de confiance, et crois-moi quand je te dis que je ne fais jamais confiance en temps normal.

— Oublie ça ! Par contre, tu te berces d'illusions si tu t'imagines si inaccessible... Je te rappelle que tu as fait confiance à Gabriel et à la meute une minute après nous avoir rencontrés.

Ils rient tous les deux tandis qu'ils regagnent le camp. Mais suis-je la seule à avoir pressenti quelque chose ? Notre productrice et l'alpha... Est-ce que les inquiétudes de Lucas sont fondées ? Vous savez ce qu'on dit, il n'y a pas de fumée sans feu... tous à vos carnets, nous allons creuser cette piste.

En parlant de piste, si nous mettions ce pauvre Bibu en tête-à-tête avec le grand méchant Severn... Je peux vous dire qu'il n'en mène pas large, notre petit gobelin. Est-ce que je suis contente ? Non, je vous l'annonce depuis des jours, je sais rester neutre et professionnelle. Mon sourire est tout simplement pour vous, mes chers téléspectateurs...

Severn n'attend pas d'arriver vers le puits pour passer à l'action. Il jette un regard derrière lui, et lorsqu'il se rend compte qu'il est hors de vue, il attrape Bibu par les cheveux et le soulève jusqu'à sa hauteur. Le gobelin pousse un petit cri de surprise, mais le vampire lui murmure :

— Je te conseille vivement de ne faire aucun bruit, sinon je te tue.

Le gobelin pose ses deux mains sur sa bouche, des larmes se présentent à la commissure des yeux, il me ferait presque de la peine, c'est pour dire ! Severn le jette en direction du puits. Bibu roule sur plusieurs mètres, tout en retenant ses cris de douleur. Le buveur de sang, avec un sourire carnassier, lui annonce :

— Tu es beaucoup moins drôle sans tes couinements. Dommage, je vais voir pendant combien de temps tu peux rester silencieux. Mais avant, je veux savoir ce qui se passe sur le camp.

— Je ne suis pas un jouet pour le chien que tu es, lance Bibu avec un courage qu'on ne lui connaît pas.

Il semble le premier surpris. Il reprend avec moins de certitude que sa réplique cinglante :

— Je te rappelle qu'on est du même côté. C'est moi qui ai jeté le serpent sur les sorciers pour éliminer la folle de l'eau. Après tout, elle a été désenvoûtée et elle représente une menace pour ton patron. Tu devrais mieux te comporter avec moi.

Severn le regarde d'un air suspicieux puis lui déclare avec mépris :

— Tu es là seulement pour me servir, ne l'oublie pas. Tu sais, j'adorerais faire couiner ta sœur… Alors, ne fais pas trop le malin. Maintenant, tu vas me dire ce qui se passe dans le camp, car quelque chose a changé.

— Rien du tout ! Les loups se déchirent, les sorciers sont plus unis que jamais. Ils ont compris qu'ensemble ils pouvaient soulever des montagnes. D'ailleurs, ce sont eux la vraie menace…

Severn se jette sur le gobelin qui n'a pas le temps de faire quoi que ce soit. Il le place au-dessus du puits rempli d'eau et lui dit :

— Je me demande combien de tasses un gobelin peut boire avant de suffoquer. La race supérieure, ce sont les vampires, et si tu penses que tes trois petits sorciers peuvent m'atteindre, tu te mets le doigt dans l'œil. Vérifie si ton puits est profond.

Sans ménagement, il lui plonge la tête sous l'eau et la maintient pendant que le pauvre Bibu se débat comme un beau diable. Mais qui va pouvoir lui venir en aide ? Mon côté diabolique réclame une pub, d'autant plus que, moi, je sais ce qui va se passer... Mais la production est gentille, d'ailleurs, c'est grâce à June que notre cher gobelin va obtenir une grande bouffée d'oxygène.

Soudain, Derek laisse tomber une feuille de palmier tendue par Artémis. Il se fige un moment puis s'élance en direction du puits. Il s'arrête à quelques mètres puis reprend calmement la marche en faisant un maximum de bruit. Mais quelle mouche l'a piqué, me direz-vous ? Une mouche ou une fée ? Allez, je vous mets la transmission dans l'oreillette de notre cher sorcier de feu.
— Derek, Bibu est en sale posture, rends-toi au puits le plus vite possible... Non... ne cours pas, sois bruyant pour t'annoncer, il ne faut pas que Severn ait des soupçons... S'il nous repère, nous n'aurons plus d'avantage.

Derek siffle un air entraînant, je suis surprise par ses goûts musicaux. Je m'attendais plutôt à un air de hard rock. Severn redresse le nain qui tousse et recrache une quantité d'eau astronomique. Je n'aurais jamais pensé qu'un si petit corps pouvait absorber autant de liquide.

Alors qu'il reprend une couleur à peu près normale, Severn lui murmure à l'oreille :

— Je t'avertis, si tu ne sauves pas les meubles, tu es le premier que je tue.

— C'est bon, je sais ce que j'ai à faire.

Bibu se dégage de l'étreinte du vampire et tente de retrouver une contenance. Il lui chuchote :

— Heureusement que je suis dans ton camp, j'aurais peut-être dû aller te balancer à Carmilla.

Severn s'avance vers lui. Ses yeux sont couleur rubis, mais il est vite interrompu par Derek qui arrive vers eux, les sourcils froncés.

— Tout va bien ? On aurait dit que l'un d'entre vous était sur le point de passer l'arme à gauche.

— Le gobelin m'exaspère, et j'ai eu envie de le noyer.

— J'avoue, j'ai fait une blague douteuse sur la mort de son ami et je m'en excuse. Je ne le referai plus, j'ai compris la leçon.

Le gobelin a le visage fermé et Derek s'avance vers lui. Il lui pose une main sur l'épaule et lui dit :

— Je crois que tu as beaucoup d'ennemis ici, tu ne devrais pas t'aventurer loin du groupe. Tes blagues finiront par te tuer.

Le gobelin acquiesce et reprend le chemin du camp. Par contre, son regard en dit long, je doute qu'il en reste là. Severn a remis le masque du gendre parfait, néanmoins on sait tous ce que fait le gendre à la jolie petite fille dans la chambre à coucher, si vous voyez ce que je veux dire.

Une question me brûle les lèvres… Est-ce que Severn est aveugle ? On parle souvent de la clairvoyance des vampires, pourtant je ne le trouve pas si alerte concernant les derniers éléments. Il a seulement des doutes. En tout cas, Derek s'est positionné comme le sauveur du gobelin et il a pris une posture défensive en se posant près de lui. Comment Severn ne peut-il pas voir les signes ?

Bibu arrive au camp et Thya court à sa rencontre. Son visage est rongé par le stress. Si le gobelin lui révèle ce qui s'est passé, je doute de ses capacités à garder son calme. Elle s'agenouille devant lui et lui attrape la tête. Elle le regarde dans les yeux et lui demande :
— Qu'est-ce qu'il t'a fait ?
— Rien, ne t'en mêle pas ! Nous avons tous un rôle à jouer et je dois faire ma part du travail. Ne t'en fais pas, il doit me croire faible et à ses pieds. Ils comprendront très vite que les gobelins ont un esprit vengeur. Mais je t'en supplie, ne t'en mêle pas !

Elle ne prononce pas un mot et acquiesce avec un visage grave. Elle s'éloigne de Bibu avant le retour de Severn, mais je doute qu'elle en reste là. Elle s'installe sur le tronc d'arbre où Carmilla est encore en train de rêvasser. Il faut dire que, lorsqu'il s'agit d'effectuer les tâches quotidiennes, notre reine de l'essaim de Bourgogne a d'autres rêves à fouetter. Non, je ne suis pas mauvaise langue, juste réaliste. La chamane pose son bras sur Carmilla et lui demande :
— Tu es sûre que tu vas bien ?
— Je ne sais pas, j'ai des milliers de questions qui tournent dans la tête. Est-ce que dans mon essaim j'ai plusieurs traîtres ? Est-ce que je ne vis pas dans une illusion créée par MacGregor où je ne suis que sa

marionnette ? Et Ayden ? Il ressemble tellement à mon fils, même si j'ai conscience que ce n'est que son descendant. Mon cœur ne bat pas au même rythme que vous, les vivants, pourtant il est encore là et je peux te dire qu'à l'heure actuelle il est brisé.

— Je te comprends. Je peux t'aider, Carmilla, bien plus que ce que tu penses. Et je le ferai avec Ayden quand il sera prêt !

La vampire, quelque peu perplexe, regarde la femme et lui dit :

— Je ne remets pas en cause tes capacités, loin de là, mais quand je vois que mon regretté Joshua t'a anéantie alors que ce n'était qu'un jeune vampire…

La chamane lui tapote la main et lui murmure :

— Je peux t'aider, mais pas comme tu le penses ! Je guéris les blessures de vie et les âmes, je ne combats pas.

Elle s'éloigne pour rejoindre Ayden et Lucas qui arrivent avec le coffre, laissant Carmilla à ses pensées. Mais qu'a-t-elle voulu dire ? Je ne sais pas ! Les chamans sont étranges tout de même. Nous ne les considérons pas comme faisant partie de notre monde, car ils ont un pied chez les humains, mais je repense à ce que la jeune femme a dit à son arrivée : « Nous sommes le trait d'union entre les humains et les surnaturels. » Si j'étais chercheur sur les créatures, je me dépêcherais d'en séquestrer un pour l'étudier. Quoi ? Non, ces pratiques ne se font plus, bien sûr !

Tout le monde est sur le camp, et je peux vous dire que l'ambiance n'est pas à la franche camaraderie. Du point de vue de la survie, c'est sûr que nos candidats sont bons, ils n'ont pas juste un abri, mais une véritable maison. La nourriture ne manque pas et l'eau coule à flots. Par contre, c'est loin d'être une ambiance festive, croyez-moi.

Vous l'avez compris, il est temps de nous quitter et, dans ma bonté extrême, ce soir, je ne vous laisse pas sur un suspense insoutenable. Je ne veux pas épuiser mes téléspectateurs adorés, alors, allez vous coucher, car les jours à venir vont être… La suite, au prochain épisode !

Épisode 3

Judith Mikelson

« Bonjour à vous, peuple des surnats… Je suis si heureuse de vous retrouver, malgré vos très nombreux messages de haine sur les réseaux. Vous pourriez montrer un peu de courtoisie tout de même… Eh oui, je vous ai menti, trahis… non, ce mot est beaucoup trop fort à mon goût ! Je ne vous ai pas laissés sans suspense, mais plutôt avec une interrogation qui vous a causé une nuit d'insomnie. Mais aussi, pourquoi vivez-vous à travers le programme que nous vous présentons ? Je ne sais pas ! Allez vous acheter une vie plus intéressante ! Je plaisante, je vous apprécie, je vous aime même… et comme vous adorez me haïr…

Oui, dans l'épisode d'aujourd'hui, nous connaîtrons enfin le contenu de la récompense du jeu qui a fait basculer nos candidats de l'horreur au chaos. Le coffre va s'ouvrir et nous saurons combien valaient la vie de Joshua, jeune vampire, et la liberté d'Isabella, la louve. Je ne vous fais pas languir plus longtemps, et ce n'est pas à cause de vos messages effrayants et vos menaces de torture… Quoique ? J'ai presque cru que MacGregor avait réussi à sortir de… oups ! j'en ai trop dit… ou pas assez… place à l'épisode d'aujourd'hui ! »

Épisode 3

Tout le monde est sur le camp, Gabriel est en train de cuire de grands morceaux de viande. Thya s'approche de lui. Est-ce que notre chamane versatile va encore faire des siennes ? Pour moi, les chamans sont comme de vieux sages, calmes et apaisants. C'est clair que Thya ne répond à aucune de ces qualités. Qui ne serait pas aussi virulente en découvrant une amie être traitée de la sorte ? Mais tout de même ! Elle s'approche de l'alpha et lui déclare :

— Encore de la viande ! Je ne dirais pas non à des légumes ou une bonne purée.

— Je peux chasser, mais je n'ai jamais vu une pomme de terre traverser la forêt !

Ils explosent de rire, il semblerait que Thya soit venue rompre la glace. Continuons à les observer, elle reprend :

— Je tenais à te faire savoir que je ne cautionne pas ce qui se passe dans ta meute. Mais j'ai pris conscience que tu combattais tes instincts primaires. Alors, je te demande de m'excuser pour mon attitude austère envers toi.

— Merci ! Je pourrais t'expliquer en long, en large et en travers que je protège Isabella en faisant ça, mais je n'ai pas envie de me justifier. Et surtout, ce n'est pas à moi d'en parler.

Isabella, qui n'est jamais loin de son alpha, s'approche et, dans un geste très tendre, pose sa tête sur l'épaule de Gabriel. Elle regarde les flammes lécher la viande et répandre une odeur de barbecue. Thya commence à s'éloigner, mais Isabella lui dit :

— Je vais t'expliquer ce qui se passe, si tu le veux bien.

À ma grande surprise, je vois Severn tendre l'oreille. Est-ce que le vampire aurait un début de sentiment pour notre belle oméga ? Je pense que la petite promenade en tête-à-tête lors de la première semaine n'y est pas pour rien. Mais nous en reparlerons, chaque chose en son temps. Isabella reprend calmement :

— Je devais devenir une oméga, ce n'était qu'une question de temps. Ma maman porte une tare dans son schéma génétique, c'est un peu comme les chiots. Sauf que, pour les lycanthropes, cela entraîne de plus graves conséquences. Pour ma famille, seules les femmes sont touchées. Nous avons le gène de l'instinct du loup qui prend le dessus, donc nous nous transformons peu à peu en bête sauvage et nous perdons notre humanité. Ce que vous avez vu l'autre jour, ce ne sont que les prémices de ce qui m'attend.

— Donc, si je comprends bien, tu vas devenir une louve sauvage.

— Ce n'est pas si clair… je vais évoluer pour n'être qu'une garou sans humanité. Pour faire plus simple, je vais vouloir mordre beaucoup d'humains, me battre contre tout le monde et commettre des massacres incommensurables.

Certains regards se tournent vers Lucas, son frère, qui reste prostré sur la caisse qu'il a ramenée avec Ayden.

Le silence dure un moment, comme pour signifier que l'instant est à la confidence. C'est Gabriel qui reprend :

— Nous avons une solution pour éviter qu'elle sombre, mais nous pensions que nous aurions un peu plus de temps. Nous en avons longuement parlé et nous avons effectué quelques recherches. Il suffisait qu'Isabella soit réprimée par un alpha en devenant une oméga. Lorsque mon pouvoir a pointé le bout de son nez, nous avons fait un pacte. Elle sera mon oméga et ma compagne, ainsi la meute ne pourra pas s'en prendre à elle. Et moi, je pourrai réfréner ses instincts primaires et contrôler sa louve lors de ses crises.

Carmilla se lève de son tronc d'arbre et s'avance vers le couple, toujours face à la viande qui grille. Elle regarde le jeune alpha avant de se tourner vers les autres et dit :

— Gabriel est un alpha inexpérimenté qui vient de voir ses capacités se développer. Il est loin d'être parfait, cependant, je trouve qu'il a géré les choses extrêmement bien pour son amie. Il m'a demandé de protéger Isabella, dès les premiers signes de perte de contrôle de sa part. Je connais beaucoup d'alphas, et très peu sont capables de reconnaître leurs faiblesses, encore moins face à une autre espèce. Je souhaite que les tensions cessent entre nous ; nous allons devoir travailler ensemble si nous voulons repartir avec l'argent.

En finissant sa phrase, elle lance un regard à Severn qui acquiesce. Il n'est pas vraiment futé, car tous les autres ont compris que, le travail d'équipe, c'est pour le détruire.

— Pour célébrer ce moment de confidence, je propose d'ouvrir la caisse qui nous aura valu autant de sacrifices.

Tout le monde se réunit autour et Lucas bascule le couvercle du coffre. Un mélange de déception et de culpabilité apparaît sur les visages. Comme pour confirmer mes propos, Lévana lance :

— Est-ce que ce kit de pêche et ces maigres provisions méritaient la mort d'un membre du groupe et tout ce qui en a découlé ?

Elle secoue la tête et s'éloigne, bouleversée. Ayden court la rejoindre et passe son bras autour de ses épaules, il pose sa tête contre la sienne et lui murmure à l'oreille :

— Tu es une bonne personne avec beaucoup d'empathie. Mais le monde est cruel et certains s'entretuent pour moins que ça. Je suis terriblement désolé, Lévana.

Elle se blottit contre lui, devant le reste du groupe, gêné d'assister à ce rapprochement soudain. Mais je me demande si une petite fée n'a pas jeté une poudre rose, vous savez, celle que Cupidon leur avait volée pour en enduire ses flèches. À moins qu'une stratégie commune émerge pour endormir la méfiance de notre vampire. En tout cas, les couples commencent à se former et je doute que les gouvernements acceptent. Une sorcière des bois avec un métamorphe, et pas n'importe qui : la princesse de la famille Strain. Je vois déjà sa mère s'étouffer devant la télé avec du pop-corn salé…

Alors qu'ils contemplent l'horizon tous les deux, les autres s'affairent sur le camp. Le repas semble prêt. Ayden et Lévana reviennent vers le groupe. Carmilla explique :

— Nous allons prendre nos distances pendant votre repas. Nous avons pu manger un peu, mais nous étions sur la réserve depuis trop longtemps. Je crains de ne pas arriver à me contrôler. Severn, tu viens !

Le jeune homme lui jette un regard noir, puis se tourne vers Bibu, comme pour le menacer. Le gobelin baisse la tête, mais ne pipe mot, il n'en mène pas large. Est-ce que Severn redoute une trahison ? S'il survit et qu'il regarde l'émission en replay, il verra qu'il est le dindon de la farce depuis déjà quelques heures.

Thya observe les vampires s'éloigner, puis elle court les rejoindre. Elle prend les mains de Carmilla et lui dit :
— Je veux bien vous fournir un peu de sang. Nous avons eu des jours éprouvants, nous devons partager ce repas pour unir le groupe.
— Je refuse, tu nous en as donné une poche, il est hors de question que tu te mettes en danger.

Leur conversation n'est pas tombée dans l'oreille d'un sourd car, sur le camp, tout le monde s'agite. Bibu, avec une discrétion plus que moyenne, dit aux sorciers :
— On ne va quand même pas nourrir le psychopathe qui veut notre mort à tous. Maintenant, si on se met à alimenter nos ennemis...
— Je suis d'accord, il est hors de question que je partage mon sang avec eux. Lorsqu'ils boivent celui d'un sorcier, ils prennent une partie de leur pouvoir. Imagine que Severn puisse contrôler l'eau, la nature ou le feu. Je me demande de quel côté est Thya.
— Je lui parlerai, lance le gobelin.

Nous ne savons pas ce que Thya a dit à Carmilla, mais elle a réussi à la convaincre de revenir vers les autres. La chamane les observe et annonce :

— Il nous faut nourrir les vampires. Si nous en sommes arrivés là, c'est en partie de notre faute, nous les avons regardés mourir de faim. Et…

Elle s'arrête pour essuyer une larme qui coule sur sa joue, respire profondément et reprend :

— C'est ce qui a tué Joshua ! Je refuse que l'on continue ainsi. Nous devons nous entraider pour tous survivre.

— Tu oublies un détail, si je donne mon sang, ils auront une partie de mes pouvoirs. Je n'ai pas envie de faire face à un vampire cracheur de feu, lance Derek avec un regard en direction de Severn.

— Moi, je suis petit, annonce Bibu.

— Et surtout, ton sang n'est pas comestible pour nous, il est vaseux et nous rend malades. Ne t'en fais pas, on n'en voudrait même pas une goutte, lâche Severn avec mépris.

— Si je comprends bien, il ne reste que les loups, Ayden et moi ? demande Thya.

Carmilla observe Ayden. Il s'avance vers elle et lui dit :

— Je t'autorise à boire de mon sang, mais à une seule condition, il n'y a que toi. Tu es mon ancêtre et je pense que tes pouvoirs et les miens doivent s'entremêler. Par contre, lui, il en est hors de question… Je ne veux pas qu'il y touche. Compris ?

— J'accepte.

Elle s'approche de lui et lui caresse la joue dans un geste tendre, comme une mère envers son fils. Sauf que Carmilla a une centaine d'années de plus que lui et, physiquement, elle ressemble plus à sa petite sœur. Isabella s'avance vers Severn et lui dit :

— Pour ce soir, je te donnerai le mien. J'ai conscience que le sang des loups n'est pas votre mets préféré mais, au moins, il te nourrira. Et je te dois bien ça pour m'avoir secourue à la fin du jeu.

Le vampire acquiesce, mais je ne saurais dire si je vois des cœurs dans ses yeux ou plutôt la promesse d'un bon repas. Les autres devraient rester sur leurs gardes, si vous voyez ce que je veux dire. Je crains que notre belle Isabella aille batifoler avec le grand méchant vampire.

Les prélèvements sont rapides avec notre chamane dévouée. Tout le monde passe à table tandis que le soleil se couche. Le repas est plutôt silencieux et, mis à part quelques bribes de conversation, je peux vous dire qu'il n'y a rien eu d'intéressant. Ah si ! J'oubliais, les petits jeux de regards entre notre belle Isabella et Severn alors qu'il se délectait de son sang. Assistons-nous à quelque chose d'inédit ? Est-ce que l'instinct de la louve a trouvé un moyen d'échapper à la laisse que lui a placée Gabriel autour de son cou ? Pour l'instant, observons tout ça de loin, mais il y a anguille sous roche ! J'en mettrais mes ailes à couper !

Tout le monde va se coucher avec le ventre plein. Enfin, pas tous. Carmilla et Severn s'installent sur la plage. Comment notre reine des vampires va-t-elle passer la nuit ? Imaginez… Devoir regarder son ami qui la manipule depuis des décennies et faire comme si de rien n'était… Mais qui pointe le bout de son nez ? Est-ce que le jeune homme souhaiterait aider son aïeule ? Ayden s'assoit à côté et lui dit :

— Je prends ce tour de garde et je veux surveiller si mon sang te donne des capacités.

— Je comprends, mais tu sais, il aurait plus tendance à me tuer. Ce sont tes pouvoirs qui peuvent nous anéantir.

Le silence s'installe, mais la main qu'Ayden pose sur Carmilla en dit long. Il est là pour la soutenir et surtout pour qu'elle ne soit pas seule avec Severn. Ne sont-ils pas mignons ? Ah, je vous vois fondre comme un chamallow dans un chocolat chaud. Il y en a aussi un autre qui observe la scène au loin. Gabriel est debout, accoudé à la porte de la cabane, qui scrute la situation. Je me demande ce que peut bien penser l'alpha de la meute sur ce rapprochement. En tout cas, j'ai hâte de découvrir ce qui va se dérouler le huitième jour. Pour le savoir… Non, l'épisode est loin d'être terminé… Allez, on passe à la suite !

Je dois vous dire que la nuit a été calme. Ayden s'est endormi sur la plage auprès de son ancêtre qui veillait sur lui comme une grand-mère. Gabriel a observé ce rapprochement de loin. Clairement, il montait la garde pour protéger les autres. Il a fini par se coucher, et seuls les deux vampires sont restés à surveiller le feu. Est-ce que la confiance règne sur le camp ? Est-ce que nos candidats deviennent imprudents ? Il faut peut-être faire confiance à June, la productrice de l'émission, si Severn passe à l'action. Il est vrai qu'Ayden et Derek ont des oreillettes.

À vrai dire, la confiance n'est qu'une apparence, Derek s'est réveillé et c'est lui qui a demandé à Gabriel de dormir pendant qu'il veillait au grain. Ce qui est sûr, c'est que les sorciers et les loups sont en train de pactiser. Si j'étais Severn, j'ouvrirais mes mirettes en grand, car je crains que pour lui la fin soit proche… ou pas ! Il a plus d'un tour dans son sac.

Le soleil est déjà levé quand une transmission tombe dans les oreilles de Derek et d'Ayden. June a un message important :
— Derek, Ayden, vous devez éloigner Severn de Carmilla, car je dois lui parler. Si vous m'avez entendue, grattez-vous le bout du nez.

Les deux hommes s'exécutent et ça en est presque risible, mais terriblement efficace. June reprend :
— Super ! Soyez discrets ! Dites à Carmilla que je la rejoindrai au bord de la plage près du rocher où elle était avec Gabriel. Arrangez-vous pour que Severn ne se rende compte de rien. Merci !

Les deux hommes échangent un regard complice, encore une fois, la discrétion n'est pas leur point fort. Je vous garantis que si nous étions dans une série d'espionnage, dont raffolent les garous, ils seraient tous percés à jour… Derek appelle Severn :
— Tu peux venir, s'il te plaît ? J'ai besoin de toi.

— Pourquoi ?

Ayden regarde Derek avec soupçon et angoisse. La précipitation n'a jamais rien amené de satisfaisant. Il semblerait que les deux jeunes gens manquent de maturité. Mais comme leur jeu de regards est loin d'être discret, c'est Gabriel qui arrive à la rescousse. Il dit :

— C'est bon, Derek, je vais y aller avec Severn. Nous devons aller chasser. Pour vous donner du sang, il nous faut de la viande.

— Je comprends, je t'accompagne, lance le vampire en le rejoignant. Gabriel fait un signe de tête aux deux hommes puis s'éloigne dans la forêt en effectuant le plus de bruit possible. Pourtant, leur plan comporte une faille. Comment savoir si June sera partie à leur retour ? Leur fenêtre d'action va être très courte. Discrètement, Ayden explique à Carmilla que June l'attend.

Notre reine vampire préférée s'y rend à l'aide de l'hypervitesse. June est déjà assise sur le rocher, ses ailes scintillantes, qui reflètent les rayons du soleil, octroient une scène divine. La vampire s'installe à ses côtés et lui dit :

— Nous avons juste le temps d'une partie de chasse entre Gabriel et Severn.

— Ne t'en fais pas, on m'avertira de sa venue. Il faut que nous discutions. Je ne veux pas que mon émission serve de règlement de comptes. Hélas, c'est ce qui s'est passé, et les complots révélés sur notre monde sont bien plus graves. Nous avons appris que certaines fées de la production étaient sous l'influence de MacGregor et qu'il avait un plan pour parvenir sur l'île. Nous allons devoir nous organiser, car je crains qu'il soit accompagné de tout son essaim.

— S'il vient avec tous ses sbires, nous sommes tous morts. Mais s'il est seul, je te garantis que nous pouvons le vaincre.

— Est-ce que tu penses pouvoir désenvoûter les fées ? Ainsi, elles pourront jouer un double jeu et lui faire croire que tout est en place. Nous nous arrangerons pour baisser la barrière uniquement pour lui. Les autres seront bloqués tout autour de l'île.

— Je ne peux pas faire ça, il s'en rendrait compte. Je suis beaucoup plus jeune que lui et c'est lui qui m'a transformée.

— Alors nous allons devoir nous creuser les méninges pour trouver un plan.

— J'en ai un, jolie fée ! Crois-moi, il fonctionnera, je connais bien mon ennemi…

Enfin, un peu d'action ! Vous avez hâte de savoir ce qui va se passer ? Mais cette fois-ci, ce n'est pas une blague, il est déjà l'heure de nous quitter. Quoi ? Vous souhaitez avoir les détails du plan ? Alors, essayez de demander à une voyante, celle qui vous raconte votre bonne aventure. Sinon, vous allez devoir patienter… parce que la suite est au prochain numéro…

Épisode 4

Judith Mikelson

« Hey ! Quelle joie de vous retrouver pour ce nouvel épisode ! J'ai tellement hâte que vous découvriez la suite. Il semblerait que notre reine vampire ait un plan pour que MacGregor arrive seul sur l'île. Enfin, il aura toujours le soutien de Severn et je me méfierais de Bibu. Ces gobelins peuvent se montrer sournois et… Excusez-moi, je laisse mes a priori prendre le dessus, ce n'est pas digne de mon rang. Mais vous avez compris ma pensée, c'est le plus important ! En revanche, vous avez vu, des petites fées se seraient fait prendre dans les griffes hypnotiques du clan MacGregor ! C'est simple, à la production, je n'ose plus rien dire. Nous sommes entourés d'espions au cerveau lobotomisé, qui servent les intérêts des buveurs de sang. Honnêtement, nous ne devrions pas laisser faire ces gens, et les dirigeants de chaque espèce devraient monter au créneau… On m'a dit de ne pas faire de politique… Place à votre divertissement préféré… »

Épisode 4

Pour me faire pardonner de vous donner mon avis sur la situation, je ne vais pas vous faire attendre. Nous allons directement rejoindre June et Carmilla. Elles sont toujours confortablement installées sur leur rocher. Carmilla lui dit :

— J'ai un plan pour que MacGregor arrive seul. Mais il faut que tu sois vigilante, car si une de tes collègues sous l'emprise du vampire venait à apprendre notre plan, il le saurait immédiatement.

— Ne t'en fais pas ! J'ai mené l'enquête. Ce sont nos fées responsables de la sécurité de l'île qui sont tombées entre les ondes hypnotiques de ton bras droit. MacGregor n'est pas là, il ne peut pas nous atteindre.

— Je préfère laisser en place ce qu'a fait Severn. Il ne doit pas savoir que nous l'avons démasqué.

— Je suis d'accord, Carmilla. Quel est ton plan pour que MacGregor arrive seul ?

— Je suis persuadée que Severn est en contact avec lui. Je vais le manipuler pour qu'il lui dise de venir sur l'île. Tu devras t'arranger pour baisser les barrières magiques, mais tu devras aussi faire en sorte qu'il n'y ait que lui qui puisse entrer.

June regarde Carmilla, quelque peu perplexe, et lui lance :

— Tu sais, les systèmes anti-intrusion qui nous entourent et qui empêchent quiconque de passer, ce n'est pas un interrupteur. Je ne pourrai pas les ouvrir et les fermer comme ça. La magie peut se montrer capricieuse et il faut du temps pour refaire la barrière. D'autant que mes fées responsables de la sécurité ont été hypnotisées.

— À toi de trouver une solution. Moi, je m'occupe de le faire venir, toi, tu dois le faire entrer seul.

Comme si la discussion était close, la reine vampire saute du rocher pour retourner au camp. June la regarde s'éloigner, décontenancée. Elle ouvre puis referme la bouche comme une carpe hors de l'eau. J'avoue que le plan de la reine vampire est simpliste. Pourtant, la légende déclare que ce sont de bons stratèges. Permettez-moi d'en douter !

Ayden rejoint Carmilla et l'interroge du regard. La reine vampire ne mâche pas ses mots et lui dit :

— Rien d'important ! Elle nous a fait prendre des risques pour rien. Elle n'a enfoncé que des portes ouvertes et nous ne sommes pas mieux avancés. Arf ! Les fées me fatiguent pour ça, elles sont trop molles.

— Elle ne t'a rien appris ?

— Si, les fées de la sécurité sont sous l'emprise de Severn et laisseront entrer MacGregor. Mais je le savais déjà. C'est la première chose que j'aurais faite en arrivant sur l'île, d'autant plus que nous l'avons laissé un paquet de fois seul.

June est toujours assise sur le rocher, elle regarde l'horizon, perturbée par sa discussion avec Carmilla. Heureusement qu'elle doit se montrer discrète, car Lucas s'approche d'elle. Il lui demande :

— Je peux te parler ?

— Oui, très vite ! Je dois retourner vers la régie. Severn et Gabriel ne vont pas tarder à revenir.

— Est-ce que Gabriel…

Le silence qui suit est gênant et la jeune fée ne semble pas comprendre les paroles de Lucas. Elle finit par le rompre.

— Je ne saisis pas ce que tu veux dire ! Lucas, tu devrais arrêter ta vendetta, je pense que notre ennemi commun est plus important. Tu crains pour la vie de ta sœur, mais on ne sait pas ce qui va se passer dans quelques heures. Et puis... on a vu des images étranges...

Elle n'en dit pas plus et, dans un bruissement d'ailes, elle s'approche de lui. Elle le regarde dans les yeux avant de lui lancer :

— Severn revient ! Tu devrais te méfier de ta sœur, pas de Gabriel !

Elle s'éloigne, laissant le jeune homme pantois. Mais qu'est-ce qu'elle a voulu dire ? Même moi, je suis complètement perdue. En effet, nous avons vu un rapprochement entre Severn et la louve, mais elle ne savait pas qui était réellement le vampire. Je me demande à quoi joue notre productrice. Est-ce qu'elle ne tenterait pas d'allumer un feu de la discorde pour gagner en audimat ? Oh non ! Je la pensais différente. Je sens le goût de la déception dans ma bouche. June ne serait-elle pas aussi bien attentionnée que nous l'espérions ? Est-ce qu'elle vendrait son âme pour avoir un peu d'audimat ? Promis, je vais mener l'enquête dans les backstages...

Severn est de retour au camp et la tension est montée d'un cran. Lucas regarde sa sœur avec un air soupçonneux, mais il ne va pas clarifier la situation. Bibu observe la scène, je suis sûre qu'il a pressenti quelque chose. Mais nous allons devoir abandonner cette piste pour le moment, car il y a du remue-ménage chez les sorciers. Ils paraissaient si unis, pourtant... Il semblerait que la jeune Lévana ait des reproches à faire aux deux autres.

— Comment ? Comment tu as pu faire ça et me l'avouer ?

— Je suis désolée, mais je ne veux pas te mentir, lui dit Artémis. Je sais que tout ce que tu as vécu pendant ces années de captivité est ma faute.

— Mais tu étais sous l'emprise des vampires ! C'est ce que tu m'as dit !

— En réalité, Lévana, nous vendons les sorcières des bois aux vampires depuis des décennies. C'est un accord entre nous, même ta mère est au courant. Vos pouvoirs sont moins dangereux que les nôtres, lance Derek, décontenancé.

La sorcière des bois est révulsée, elle pleure et hurle à l'injustice. Je ne sais pas ce qu'on vient de lui apprendre, mais je peux vous garantir qu'elle est dans tous ses états. Carmilla rejoint Lévana et lui attrape les épaules. Elle observe autour d'elle et, dans un murmure presque inaudible, dit :

— À quoi tu joues ? Tu savais qu'Artémis t'avait vendue !

— Il y a une différence, et pas des moindres. Elle n'était pas sous l'emprise de MacGregor. C'est un accord passé pour que les sorcières des bois soient traitées comme du bétail pendant qu'ils se pavanent en pillant les tombes des loups ou se font diriger par des buveurs de sang, hurle Lévana.

Elle entreprend de se déshabiller devant tous les candidats. Sa robe tombe au sol, laissant la jeune fille en sous-vêtements. Mais ce n'est pas son corps que nous regardons avec attention. Ce sont plutôt les stigmates de sa captivité. Ses bras sont couverts de cicatrices, et son dos... Clairement, il semblerait qu'on l'ait battue. Elle reprend sa grande robe et l'enfile à la hâte. Artémis a porté les mains à sa bouche tandis que Derek a détourné les yeux. Pourtant, ils viennent tous les deux d'être confrontés aux accords de leurs parents. Lévana les regarde et leur dit, avec un ton redevenu calme mais glaçant :

— Que je n'entende plus l'un d'entre vous parler de sacrifice ! Seules mes sœurs connaissent ce mot. L'eau et le feu ont toujours été corrompus.

Elle tourne les talons et prend la direction de la forêt. Le silence retombe sur le camp et je peux vous garantir que le nuage de gêne est épais. Artémis demande à Derek :

— Tu savais qu'ils les maltraitaient ?

— Non, je ne me suis jamais posé la question. J'ai entendu mon père en parler une fois. Il a dit que les sorcières des bois étaient vendues aux vampires les plus fortunés pour leur donner un peu de sang afin qu'ils puissent se divertir avec leurs pouvoirs. En contrepartie de ce sacrifice, nous devions assurer la sécurité de la famille Strain lors de grands événements. Mais je me souviens qu'il avait été stipulé que les jeunes captives ne devaient pas être maltraitées.

— J'ai entendu la même chose. Elles ne devaient pas souffrir. Je ne comprends pas les marques sur le corps de Lévana. Elle a été...

Les mots ne sortent pas de la bouche de la sorcière des eaux. On peut compter sur Carmilla pour mettre les points sur les i et les barres sur les t. Elle s'avance vers eux et leur dit, avec une pointe d'humour :

— Les vampires sont comme de petits chats. Ils griffent à peine pour boire quelques gouttes. Vous êtes si ignorants et ridicules. J'ai pu voir comment sont traités vos semblables. Elles sont dans une cage derrière un bar, elles ont les bras scotchés contre une plaque métallique, noués par des liens. Les vampires choisissent leur boisson par le contenant, donc je vous laisse imaginer les tenues de ces pauvres filles. Ensuite, le barman prend un couteau et un verre et il fait une petite incision, juste de quoi faire couler la quantité souhaitée. Puis, on leur met du sel pour que les cicatrices se referment vite. Pour les bars les plus miteux, et pour d'autres, on applique une poudre cicatrisante. Il est interdit de lécher une plaie, sinon la sorcière perdra son pouvoir. Quand elles n'ont plus rien à donner, on les bat, certains pensent qu'elles arrivent à se retenir de saigner. J'ai toujours milité contre ces lieux, car on n'y trouve pas seulement des sorcières des bois, mais toute autre créature pouvant divertir un vampire. Enfin, je vous laisse tous les deux à votre conscience, même si vous n'y êtes pas pour grand-chose. Après tout, ce sont vos parents qui ont signé des accords.

Carmilla s'éloigne d'eux avec un franc sourire aux lèvres, elle se retourne et jette un regard à Severn avant d'ajouter :

— Il n'y a qu'un seul propriétaire de ce type d'établissement, et je peux vous dire qu'il empêche quiconque d'en ouvrir... c'est MacGregor ! S'il n'existe plus, vous ne devriez plus avoir ce genre de problème.

Elle rejoint Severn qui serre les dents et lui dit :
— Pourquoi as-tu révélé ça ? Tu vas nous attirer des ennuis !
— Non, c'est MacGregor le propriétaire, il est temps que les autres espèces se rendent compte de la vérité. Je doute que le roi des fées reste sans rien faire s'il apprend que certaines de ses petites créatures ont été dans la même situation que Lévana.

En prononçant ces mots, elle regarde la caméra, comme pour adresser son message à notre bon roi. J'en ai les ailes qui s'agitent d'horreur, pourvu que ce ne soit qu'une stratégie de la reine vampire pour détruire son ex-petit ami. Je n'ai jamais entendu parler d'une fée captive des buveurs de sang, mais il est vrai qu'avec leurs pouvoirs hypnotisants tout est possible, et leur fâcheuse tendance à effacer la mémoire n'arrange rien.

Ayden n'est pas allé consoler Lévana, il est resté près de la meute. Il faut dire qu'ils se sont rassemblés pour observer la scène. Tous, je ne crois pas, non, il semblerait qu'une oméga manque à l'appel ! Ne vous en faites pas, on ne se cache pas des fées-caméras aussi facilement. La jeune femme avance à pas feutrés le long de la lisière de la forêt. Elle profite des cris de Lévana pour... Je n'y crois pas... parler à Severn. Alerte ! Spoiler Alerte ! Une traîtresse dans les rangs des loups... Mais ce n'est pas possible. Je refuse d'y croire. Isabella lui murmure :

— Nous devons discuter. Rejoins-moi ce soir dans la clairière.

Le vampire acquiesce et lui fait signe de partir. Carmilla arrive déjà à sa rencontre. Comment avons-nous pu passer à côté de ça ? Il me vient mille questions, et pourtant je n'ai aucune réponse. Comment peut-elle trahir les siens pour aller avec un sbire de MacGregor ?

Il semblerait qu'une autre personne ait vu ce rapprochement. Je doute qu'elle en reste là. Thya a peut-être eu l'aide de ses guides qui lui ont soufflé où regarder. Ce qui est sûr, c'est que la jeune femme observe la louve rejoindre la meute. Étrangement, elle ne dit rien ! Est-ce qu'elle garde l'information pour plus tard ? Connaissant son caractère explosif, je ne doute pas une seule seconde qu'elle nous promette un feu d'artifice des plus grands. Soyons patients !

Lévana est allée à l'abri des regards des autres. Elle relève ses manches et observe à nouveau ses cicatrices du passé. Elle passe le doigt sur chaque entaille, comme pour apaiser la souffrance de la trahison de sa propre espèce. Quelqu'un l'observe et je doute que la jeune fille souhaite être consolée par elle. Pourtant, personne d'autre ne vient à son secours. Carmilla toussote pour s'annoncer. Lévana sursaute puis rabaisse ses manches à la hâte. La sorcière des bois lui dit :
— Je vais bien, je n'ai pas besoin qu'on me colle l'étiquette de victime.
— Je ne suis pas là pour ça ! Je suis ici en tant que… compatriote, amie ou je ne sais pas quoi.

— Toi ? On n'a jamais vraiment été proches. Je n'ai pas besoin de ta compassion. Pour moi, tu restes de la même espèce que ces tordus qui m'ont fait subir l'enfer pendant un an.

Les deux femmes se tiennent à bonne distance l'une de l'autre. Elles s'observent. Allons-nous assister à un combat ? Je ne donne pas cher de la peau de la sorcière, car sans ses compatriotes de feu et d'eau, elle n'a aucune chance. Carmilla se rapproche à pas feutrés et lui dit :

— Je ne te veux aucun mal, crois-moi ! J'ai été à ta place il y a très longtemps. Après avoir mis mon fils en sécurité, ils m'ont retrouvée. Je suis alors devenue l'une de leurs marchandises. Je n'ai pas vécu les mêmes atrocités que toi, car mon sang ne les intéressait pas, mais j'étais exposée comme un trophée.

La sorcière reste sur la défensive, elle regarde Carmilla avec un air soupçonneux. Elle s'avance vers elle et lui lance avec une pointe d'ironie :

— Je connais ton plan, tu désires me faire parler devant les caméras. Tu souhaites que tout le monde voie le visage de MacGregor. Ainsi, si on échoue, il ne sera pas tranquille pour autant, car il sera traqué par les autres espèces.

— C'est vrai, tu as raison, tu m'as percée à jour. En réalité, tu ne voudrais pas te venger ? Lévana, c'est le moment de révéler à tous les surnats l'être ignoble qu'il est. Tu penses vraiment que le roi des fées ne fera rien en apprenant que certains de ses sujets ont subi le même sort que toi ? Tu penses que certains groupes de sorciers ne vont pas tenter de sauver les femmes encore captives ?

Oui, je te l'accorde, c'est une campagne de publicité, mais je ne veux pas qu'il s'en sorte.

Pendant la tirade de Carmilla, les deux femmes se sont rapprochées et se sont installées sur un vieux tronc. Lévana regarde dans le vide, comme si elle avait été hypnotisée. Est-ce que Carmilla aurait fait ça ? Non, elle n'est pas aussi fourbe… Quoique ? Ce qui est sûr, c'est que la sorcière prend une profonde inspiration et dit :

— MacGregor adorait boire mon sang. Je n'ai été exposée que les premiers soirs après mon kidnapping. Ensuite, il me gardait dans une pièce pour sa consommation personnelle. Il lui arrivait de proposer mon sang à des vampires proches ou avec qui il était en négociation. J'étais comme le cru millésimé d'une bouteille de vin. Il me faisait venir en me présentant comme la princesse des bois. Personne n'avait le droit de s'approcher de moi, il n'y avait que lui. Alors, il prenait sa dague et me coupait délicatement pour faire couler un peu de mon sang qu'il mélangeait à celui d'autres personnes, dans une carafe. Souvent, il y avait les corps d'humains qui avaient été vidés dans un coin de la pièce. Il disait que j'étais son digestif. « Rien de mieux pour finir un repas que ces notes boisées. » Cette phrase, je l'ai tellement entendue que j'en fais encore des cauchemars. J'ai tenté de m'échapper plusieurs fois, mais pour lui ce n'était qu'un jeu. Il hurlait que je n'avais aucune échappatoire et que je lui devais la vie. Je passais mon temps enfermée dans une pièce, et lorsqu'il avait des rendez-vous et souhaitait m'exposer, il me droguait et m'incarcérait dans une cage. Puis un jour, comme s'il s'était lassé de moi, il m'a jetée près de la forêt où j'ai grandi. Il m'a murmuré à l'oreille : « Tu étais très divertissante, jeune sorcière. Je te rends ta liberté, le temps que tu retrouves une note boisée, et je reviendrai te chercher. » Puis il m'a abandonnée là. Je me suis juré que si je redevenais captive, je me tuerais.

Devant cette révélation, je me dois de vous annoncer la fin de notre épisode. Suis-je cruelle ? Complètement ! Mais je ne vais pas vous laisser le bec dans l'eau. Il se pourrait bien qu'un petit espion écoute les confidences des deux femmes. Qui est-ce ? Dites, ne me pressez pas comme un citron ! Si vous tenez à le savoir, vous n'avez qu'à patienter jusqu'au prochain épisode…

Épisode 5

Judith Mikelson

« Bonjour à toutes et à tous. Je suis si heureuse de vous retrouver pour ce nouvel épisode. Je ne vais pas vous mentir, j'ai un goût amer dans la bouche depuis le dernier numéro. Pourquoi ? Je suis partagée sur les images que nous avons vues, pas vous ? June, notre productrice fée, aurait lancé des rumeurs sur Isabella pour faire un peu d'audience, sans avertir les autres candidats. Celle-ci s'acoquine avec Severn, pour quelles raisons ? Une aventure d'un soir, une liberté différente de celle avec Gabriel ? Je ne la comprends pas, surtout quand on voit ce qu'a subi la pauvre Lévana. Je ne doute pas que la louve oméga se retrouve en cage, pendue dans le salon de ce cher MacGregor. Mais veut-elle prendre le risque pour se rapprocher du ténébreux Severn ? Je me pose la question. Est-ce nous, les téléspectateurs, qui sommes les dindons de la farce ? Il est temps de découvrir la suite de nos aventures… Et je peux vous dire que la discussion entre Carmilla et Lévana ne va pas tomber dans l'oreille d'un sourd. Place à votre épisode… »

Épisode 5

Carmilla et Lévana sont en pleine conversation concernant les techniques de détention de MacGregor, mais Severn veille au grain. Carmilla demande à la jeune femme :

— J'ai eu plus ou moins le même traitement et j'ai souvent été exposée comme toi. Mais tu ne te rends pas compte de l'avantage que tu as. Tu as certainement pu identifier des personnes qui traitent avec lui ?

— C'est vrai ! Il y en a certains qui jouent les surpris, mais ils étaient au courant de ce qui se passait. Je sais que les familles de Derek et Artémis ont visité l'antre de MacGregor. Je les ai reconnus malgré mon état second, et ce ne sont pas les seuls.

Carmilla ouvre les yeux en grand, mais il est déjà trop tard. Sans s'en rendre compte, la sorcière des bois vient de signer son arrêt de mort. Carmilla jette un bref coup d'œil et voit Severn. Il est là et il a entendu les paroles de la jeune femme. Nous savons tous que c'est une taupe, mais lui, il n'a pas conscience que nous le savons. Lévana pourrait identifier Severn chez MacGregor si la mémoire lui revenait. Comment a-t-elle pu se mettre en danger de la sorte ? Avec le gros plan que nous faisons sur la tête de Severn, nous comprenons très vite son intention. Ses pupilles brillent d'un éclat rouge, sa mâchoire est serrée et la rage qui se lit sur son visage ne laisse aucun doute sur son ressentiment. Carmilla a posé la main sur la cuisse de la jeune femme pour l'arrêter, mais elle a conscience que c'est déjà trop tard. Elle lui murmure dans un souffle presque inaudible :

— Il est temps pour toi de vivre au sein de la meute. Tu devras toujours être avec eux.

La sorcière ne semble pas vraiment comprendre, mais elle acquiesce. Elle n'a pas vu Severn et n'a pas conscience du danger. Carmilla décide de prendre les choses en main et dit :

— Severn, je te ressens ! Je sais que tu es tout proche. On ne t'a jamais appris que c'était moche d'espionner les filles ? Encore plus quand elles se font des confidences !

Le silence qui suit n'est pas naturel et le vampire finit par se montrer. Il sourit, l'air faussement gêné. Il lance avec désinvolture :

— Je n'aime pas te savoir seule, Carmilla. Je redoute que l'on s'en prenne à toi. Après tout, je suis là pour te protéger.

— Oui, tu as raison ! As-tu entendu les confidences de Lévana ?

Il acquiesce sans rien laisser paraître. Pourtant, son attitude montre sa nervosité. Il oscille de gauche à droite et se gratte la tête comme s'il était gêné. Carmilla reprend avec calme :

— Je souhaite que tu gardes ça pour toi ! Compris ?

— Oui, je ne dirai rien. Il ne vaut mieux pas que cela s'ébruite, sinon je crains que beaucoup veuillent sa mort.

Lévana garde le silence, elle fixe ses pieds. Elle semble complètement hypnotisée. Carmilla regarde la jeune femme et explique à Severn :

— Je l'ai hypnotisée pour avoir ces informations. Maintenant, nous savons qu'elle est le témoin le plus précieux. Elle pourra faire de grandes révélations, tu ne crois pas ?

Mais à quoi joue Carmilla ? Nous avons vu que Lévana n'est pas sous son emprise, et surtout, elle avoue à Severn qu'elle a connaissance de sa trahison. À force de jouer avec le feu, on finit par se brûler les ailes et Carmilla danse un peu trop près des flammes. Severn acquiesce tout en restant impassible.
— Ne t'en fais pas ! Je vais veiller sur elle comme sur la prunelle de mes yeux !
— Non, tu vas avoir une autre mission. Nous allons faire en sorte que tous les crimes de MacGregor soient exposés au grand jour. Je ne peux pas le détruire physiquement, mais je te garantis qu'il finira sa vie comme un fugitif. J'ai déjà commencé en révélant ses bars de sang clandestins, les petites fées prises au piège, ce n'est que le début, et Lévana est ma garantie. Je veux que tu ailles sur le camp et que tu couvres mon absence, je vais faire parler cette sorcière et elle va devenir un vrai moulin à paroles. Fonce !
— Mais…
— Severn, c'est un ordre direct, nous n'avons pas le temps de jacasser comme des pies. La connaissance, c'est le pouvoir, et dans la tête de notre sorcière, il y a de quoi avoir une grande puissance.
Le vampire serre les dents, mais il se résigne et se rend sur le camp. Lorsqu'il est hors de portée, Carmilla murmure :

— C'est bon, tu peux te redresser. Je ne plaisantais pas quand je t'ordonnais de vivre avec les loups. Ils pourront te protéger, car à la moindre occasion, Severn te fera taire pour toujours.

— Je sais, mais ainsi nous l'avons obligé à se découvrir un peu. Je suis sûre qu'il est déjà en train d'appeler MacGregor pour lui dire. Ton plan était parfait.

— Je n'aime pas me servir de toi comme appât.

— Ne t'en fais pas ! Si cela continue à le détruire, alors je le referai. Pour toutes les créatures qui ont subi le même sort que nous, je me battrai.

Carmilla se lève et prend la sorcière des bois dans ses bras. Je crains que nous ayons été dupés par la production, ils ont omis de nous dire qu'un stratagème était en place. Les deux femmes retournent sur le camp, mais je ne saurais dire ce qui est vrai ou faux. Derek et Artémis n'osent pas regarder Lévana revenir, ils ont la tête baissée, tandis que Lévana, escortée par Carmilla, rejoint Ayden. La reine vampire lance à l'alpha :

— Je te la confie, tu es responsable de sa sécurité. Elle doit rester en vie. Compris ?

— Je sais ce que j'ai à faire.

La meute acquiesce, mais le regard d'Isabella scrute les environs. Est-ce qu'elle joue la comédie ? Ou est-ce vraiment une taupe ? En tout cas, son frère ne la lâche pas des yeux. Mais nous reviendrons vers eux un peu plus tard. Severn a foncé droit dans le piège et s'est empressé de rejoindre son seul allié. Enfin, son jouet, car j'ai l'impression qu'il considère plus Bibu comme son jouet qui couine que comme un être vivant. Heureusement que le gobelin est malin, il reste à la vue du camp pour éviter les coups de son tortionnaire. Le vampire s'approche de lui discrètement, le gobelin sursaute et se place en position défensive.

— Arrête, crétin ! Je ne vais pas te frapper devant tout le monde, lance Severn de manière nonchalante. On a un grave problème, Carmilla a pris la décision de révéler tous les secrets qu'il y a dans la tête de la sorcière des bois. Et il se pourrait bien qu'elle puisse connaître les miens.

— Et ? Ton masque va tomber et je serai libre !

— Tu oublies que ta sœur doit certainement pleurer et te supplier de lui venir en aide. Alors si tu veux qu'elle survive, je te conseille vivement de tuer la sorcière des bois. De toute manière, c'est toi ou elle ! Compris ?

Le gobelin ne dit rien, mais ce n'est pas au goût de Severn. De manière très discrète, il lui plante une branche de bois dans le pied et lui murmure :

— La prochaine fois, tu me répondras… correctement !

Bibu se jette au sol en hurlant, tandis que le vampire disparaît plus vite que son ombre. Thya, qui n'était pas très loin, se précipite vers lui.

— Qu'est-ce qu'il t'arrive ?

Bibu regarde autour de lui, mais préfère ne rien dire.

— Peux-tu me conduire vers Lévana ? Je crois que je me suis blessé.

— Je peux te soigner !

— Non, c'est gentil. Je dois aller lui parler.

— Très bien ! Je vais t'aider, mais tu es étrange…

Le gobelin hausse les épaules, puis ils se mettent en marche. Lévana est entourée de loups. C'est simple, on dirait une star et ses gardes du corps. La jeune femme trie des baies pendant que les autres se tiennent debout autour d'elle, prêts à intervenir. Thya aide Bibu à marcher pour rejoindre Lévana. Lorsqu'ils arrivent près de la sorcière des bois, Ethan se place devant eux et leur ordonne :

— Gardez vos distances !

— C'est encore une de vos lubies ? Vous vous prenez pour qui, les garous ? lance Thya en colère.

Elle tente de passer, mais Ethan la repousse gentiment. Il adopte une attitude protectrice, le visage fermé.

— Je suis désolé, mais vous ne pouvez pas vous avancer plus que ça.

— Et pourquoi ? demande la chamane.

La jeune femme serre les poings, s'approche du visage d'Ethan et lui murmure entre les dents :

— Je te pensais moins con que les autres, mais tu restes un bon toutou qui suit les ordres. Pourquoi ne puis-je pas voir Lévana ?

— Je n'ai pas à te le dire, je ne suis qu'un subalterne, comme tu le dis ! lui lance Ethan avec désinvolture. Maintenant, je te conseille de mettre de la distance entre toi et moi, car tu as réveillé la colère de mon loup.

La jeune femme ne bouge pas d'un centimètre, mais heureusement pour elle, Lucas demande à Ethan de prendre sa place. Il se retrouve devant Thya et lui annonce :

— Lévana est en danger ! Certaines personnes veulent sa mort et elle a déjà subi une tentative de meurtre. Nous devons la protéger.

Thya ne dit rien, mais hoche la tête, compréhensive. Elle se tourne pour chercher Bibu, mais il en a profité pour s'éloigner. Il parle avec Ayden qui tentait d'attraper des poissons avec un kit de pêche. Allons voir ce qu'ils se racontent…

Le gobelin arrive vers Ayden en boitillant. Ce dernier, surpris, lui demande :
— Qu'est-ce que tu as fait ?
— Les risques de jouer l'agent double.
— Mince ! Il t'a percé à jour ?
— Non ! Mais il est cruel, il aime me faire mal. Il pense qu'il me tient à cause de ma sœur. D'ailleurs, j'ai un message pour June.
— Il te suffit de leur dire dans ton micro, elle devrait l'entendre. Je te rappelle qu'on est filmés tout le temps.
— Alors, je n'irai pas plus loin tant que je n'aurai pas la certitude que ma sœur est en sécurité.

Un silence vient se poser comme une chape de plomb entre les deux hommes. Le regard d'Ayden en dit long sur la requête. Après un jeu de regards intenses et remplis de suspicion, le métamorphe lui lance :
— Je vois que la confiance règne.
— Tu ne connais pas les relations des gobelins avec le peuple des fées. Quoi qu'il en soit, je vais te donner la dernière information que j'ai. Tu comprendras pourquoi je me méfie. Comme tu le dis, ta jeune fée n'est pas intervenue quand Severn me maltraitait, encore moins quand il m'a transpercé le pied avec un bâton. Alors, je préfère être sûr avant de nous mettre, moi et un membre de ma famille, en danger.
— Quelle est ton information ?

— Je dois tuer Lévana. Severn vient de m'en donner l'ordre. C'est elle ou moi !

Le gobelin ne laisse pas le droit de réponse et s'éloigne du métamorphe. Il est rejoint par Thya qui l'interroge du regard, mais il ne dit rien et lui demande de regagner le camp. Une fois installée près du feu, la jeune fille entreprend de le soigner. Le visage de Bibu est fermé, ses traits sont tirés et il est très en colère. Je me demande ce qui l'a mis dans cet état. Est-ce qu'il pourrait retourner sa veste et aider Severn dans sa mission ? Après tout, il ne semble pas du côté des fées. Quoi qu'il en soit, il est le grand perdant de la situation. Il est maltraité par Severn, et les autres ne le protègent presque pas. Mais je tiens quand même à stipuler à tous les gobelins qui regardent l'émission que c'est June qui a averti Derek pour éviter qu'il ne se fasse massacrer par Severn. Alors, je vous demanderai de ne pas commencer à entreprendre des attaques contre nous ! Nous avons moyennement apprécié vos lancers de boue sur nos studios la dernière fois. Revenons à nos moutons ! Je parle bien évidemment de l'expression, pas de nos candidats… voyez mon sourire diabolique…

Gabriel est parti chasser avec notre vampire et je peux vous dire que la partie va être très longue. Pourquoi ? Car le loup se comporte comme un éléphant dans un magasin de porcelaine. Il est bruyant, il écrase la moindre brindille, il chuchote si fort que le vampire commence à perdre patience. Il s'assoit sur une pierre et fixe l'alpha de la meute. Se pourrait-il que le vampire chasse le loup ? En tout cas, il le scrute tel un prédateur. Gabriel le cherche, mais après deux petits reniflements, il regarde Severn. Hélas pour notre vampire, il a mis un peu trop de temps pour changer d'attitude et Gabriel est en position défensive. Allons-nous assister à la mort de l'un de nos candidats ?

Severn s'avance vers Gabriel en levant les mains au ciel, comme pour montrer patte blanche, si je puis dire. Celui-ci ne bouge pas d'un pouce. Severn lui lance :
— Doucement, jeune loup ! Je vais te faire un aveu, tu es un piètre chasseur, tu es vraiment trop bruyant. Mais je comprends, les alphas ne chassent que très rarement.
— Tu te trompes, nous sommes de bons chasseurs, mais je voulais t'emmener assez loin du groupe, car je dois te parler. Je n'ai aucune confiance en ce couple de sorciers, je les trouve fourbes et je doute de leur sincérité. Est-ce que tu es au courant ?
— Au courant de quoi ?
— Ce sont eux qui ont orchestré le kidnapping de la pauvre Lévana par MacGregor. Je ne crois pas que le serpent soit tombé du ciel, la dernière fois. Je soupçonne l'un d'entre eux de l'avoir attiré.
— Et comment ?
— En envoyant de l'eau ou du feu. Le serpent a pris peur et il est arrivé sur la sorcière des bois. Je te le dis, mais ma meute va protéger la jeune femme.
— Très bien ! Vous avez sans doute raison. Il vaut mieux être prudent, mais sache que je ne me mêlerai pas de cette querelle puérile. Avec Carmilla, nous sommes là pour détruire MacGregor.
— À ta place, j'ouvrirais l'œil, car je suis sûr qu'il y a une taupe parmi nous. J'ai longtemps pensé que c'était

Joshua mais, malgré sa mort, mon instinct me dit de continuer à me méfier. Bon, reprenons notre chasse ! En tout cas, je veux que tu saches que tu as toute ma confiance.

Severn acquiesce et affiche l'un de ses plus beaux sourires. Comment endormir la méfiance de son ennemi en une leçon ? Il semblerait que Gabriel n'ait pas séché les cours de stratégie à l'école des petits garous. En moins de dix minutes, le vampire a tordu le cou d'une biche et Gabriel est déjà en train de la dépecer pour rapporter les bons morceaux de viande. Le retour au camp se passe dans la plus grande sympathie, les deux hommes pensent se jouer l'un de l'autre, mais il n'y en a qu'un qui a raison et vous savez tous qui c'est. Ce pauvre Severn est vraiment le dindon de la farce. Enfin, sauf si une petite louve soumise venait à parler un peu trop à notre vilain vampire. Mais vous connaissez tous la rengaine… vous verrez la suite au prochain numéro… Eh oui ! Aujourd'hui, c'est sans prévenir, comme un pansement violemment arraché…

Épisode 6

Judith Mikelson

« Quelle joie de vous retrouver pour le programme le plus diabolique du monde des surnats ! Je me dois de vous le dire, les politiques de chacune de nos espèces sont sur le point d'exploser tellement il y a de révélations de corruption. Je vous rappelle que deux des plus grandes familles de sorciers fricotent avec l'ennemi pour que les enfants de la troisième soient kidnappés. Leurs magouilles ont fait que le clan des sorciers d'eau est tombé entre les mains hypnotiques de notre cher MacGregor. Les loups ont réalisé que leurs souvenirs ont été quelque peu altérés afin qu'ils deviennent le bras armé de ce même MacGregor. Les métamorphes sont les premières victimes avec l'organisation de leur génocide et nous venons d'apprendre que certaines fées seraient maltraitées dans des bars douteux gérés par… je vous le donne en mille : MacGregor. Tous à vos stylos pour le bac option surnaturel… Qui dirige le monde ? Vous avez trois heures… Mais pas le temps pour ça, j'ai hâte de savoir si une certaine louve va s'émanciper de sa meute et rejoindre le camp des super vilains. Place à l'épisode du jour... »

Épisode 6

Tout le monde se retrouve sur le camp en cette fin d'après-midi. Comme d'habitude, la naïveté de Thya est déconcertante. Elle ne remarque pas tout ce qui se passe autour d'elle. Est-ce que ses guides auraient pris une journée de congé ? Je me pose la question, car la jeune fille est déjà en train de parler de repas partagé et de valeurs communes en préparant la viande.

Pour les téléspectateurs, le jeu de regards que s'échangent Severn et Isabella est sans équivoque. Bibu, toujours renfrogné, fixe le vampire avec des envies de meurtre, il faudrait être dupe pour ne pas voir les relations conflictuelles entre eux. Lévana est constamment entourée des garous qui observent les autres avec attention. Quant à notre reine vampire, elle chapeaute tout ça sur sa branche qui lui sert de trône. Elle est légèrement en hauteur et scrute la réaction de chacun. Soudain, Derek s'avance vers Gabriel, lui lançant avec une colère à peine dissimulée :

— Vous jouez à quoi avec elle ?

Il la montre du doigt sans lâcher du regard l'alpha de la meute. Celui-ci garde son calme et lui répond :

— Tu es incapable de protéger les tiens, je prends le relais. Maintenant, si tu as quelque chose à redire… je m'en moque complètement.

— Tu ferais mieux de t'occuper de ta meute. On ne t'a rien demandé, Lévana est une sorcière, tu n'as pas à t'en mêler…

Il n'a pas le temps de finir sa phrase, Gabriel lui répond avec un sourire carnassier :

— Tu prétends devant le monde entier que ta famille est la plus puissante du monde des sorciers, pourtant vous avez vendu celle de Lévana et vous n'avez même pas bougé pour celle d'Artémis. Tu n'es qu'un couard.

Le silence qui suit est lourd et pesant, je ne comprends pas la stratégie du camp. Ils n'ont pas l'air de jouer la comédie. Se pourrait-il qu'ils ne s'unissent pas pour affronter MacGregor ? Je crains que, si chacun campe sur ses opinions, il n'y ait pas l'ombre d'une chance. En tout cas, l'altercation profite à certaines personnes. Severn fait un signe de tête à Isabella qui acquiesce à son tour et, en moins de temps qu'il ne faut pour le dire, la jeune fille rejoint le beau vampire à l'entrée de la forêt. Elle s'apprête à parler, mais il lui place un doigt sur la bouche. Il la soulève du sol, elle n'hésite pas à se blottir contre lui. Alors, il avance à hypervitesse à l'autre bout de l'île. Venons-nous d'assister au kidnapping plus que consentant de la louve oméga ? Pour en savoir plus, il faudra vous montrer patients mais, promis, ce que nous allons entendre est tout aussi intéressant.

June essaie de parler à l'oreille de Derek et Ayden, en vain. Derek est beaucoup trop occupé à sa joute verbale avec Gabriel. Ayden les observe, prêt à intervenir. June finit par hurler :

— Arrêtez de faire vos gamins ! Vous ne pensez pas que vous avez autre chose à faire ? Je dois converser avec Bibu. Dites-lui de me rejoindre vers son puits.

Encore une fois, personne ne bouge et la patience de la productrice de l'émission diminue. On l'entend clairement dans sa voix quand elle reprend :

— Je vais venir sur le camp et tuer Severn moi-même. Vous n'êtes qu'une bande d'incapables, même pas en mesure de s'allier pour votre propre survie. Mais vous avez raison, continuez à vous regarder en chien de faïence, vous m'avez saoulée.

Derek ne bouge pas d'un sourcil, mais ce n'est pas le cas d'Ayden, qui s'éloigne sous le regard de son alpha. D'un geste, le métamorphe lui fait comprendre que c'est urgent. Il montre son oreille et Gabriel lui donne son accord par un signe de tête. Discrètement, il s'approche de Bibu et lui murmure :

— June te réclame vers ton puits.

Le gobelin regarde tout autour de lui et, d'un air soupçonneux, il demande :

— Severn a disparu. Personne ne s'en est rendu compte avec vos querelles de bas étage. Quand ils en auront fini de jouer à qui a la plus longue, on pourra peut-être penser à un plan !

Il se lève et se dirige vers le puits, qui n'est pas très loin. Thya ne l'accompagne pas, elle regarde Derek et

Gabriel en mangeant des baies. Je crois qu'elle vient de vous rejoindre sur votre canapé. Derek lance à la meute :

— Vous n'en avez pas marre de voir votre chef se comporter comme un débile ? Il vous ridiculise constamment et vous lui obéissez aveuglément. Je vous trouve si pathétiques.

— Ne t'en prends pas à mes loups. En attendant, je fais ce qu'il faut pour les protéger et ne les vends pas pour gagner un peu de notoriété. C'est ta famille qui se dit puissante, mais uniquement grâce à ses trahisons. Vous avez vendu combien des vôtres pour avoir cette notoriété ?

— Ferme-la ! Tu ne connais rien de ma vie. Je ne pense pas que ma famille soit forte. Tu ferais mieux de rester à ta place, c'est-à-dire dans ton panier.

Le grognement qui sort de la gorge de Gabriel démontre très clairement qu'il n'a pas apprécié cette dernière parole. D'ailleurs, la meute entière réagit, leurs pupilles prennent une teinte ambrée et les visages montrent des traits de haine.

Mais avant de connaître le dénouement de cette histoire, nous devrions nous rapprocher de Severn et Isabella. Alors qu'il la pose délicatement sur le sol, il lui dit :

— Je suis désolé, mais je ne veux pas qu'on nous entende et je n'ai pas vu de fées-caméras ici !

La jeune femme est troublée et regarde tout autour d'elle. J'avoue que, si je me retrouvais seule dans une forêt avec un vampire passablement versatile, je chercherais moi aussi une aide quelconque. Même le gecko posé sur la branche juste derrière elle ne semble pas serein. Heureusement pour nous, une petite fée-caméra est bien cachée dans le creux d'un tronc d'arbre et nous allons peut-être assister à la plus grande trahison de l'histoire, mais également aux prémices d'un amour hors norme. Je vois déjà les tabloïds de demain : « Une oméga sauvée par un vampire. » Alors, observons cette idylle naître.

— Je ne comprends pas, Severn, demande Isabella, pourquoi m'as-tu conduite ici ?

— Je ne veux pas que tu souffres ou que tu sois tuée.

— Je ne crains rien avec ma meute, Gabriel me protège.

Le vampire s'approche de la jeune femme et lui prend le visage dans les mains. Il plante ses yeux dans les siens et lui murmure :

— Isabella, je suis la taupe. J'espionne Carmilla pour MacGregor depuis des décennies. Tu es en danger ici et je n'envisage pas qu'il t'arrive quoi que ce soit. Je ne peux me l'expliquer, mais j'éprouve des sentiments que je n'ai pas ressentis depuis la nuit des temps.

— Pourquoi tu me racontes ça ? Je dois le dire à Gabriel, je ne vais pas avoir le choix. Je suis son oméga.

— Mais je te propose une autre vie, Isabella, tu ne serais plus obligée de vivre dans une meute qui te chahuterait pour tout et rien…

La louve tient sa langue, mais elle ne semble pas vraiment refuser l'offre de notre espion. Pourrait-elle prendre le temps d'étudier la question avant de donner une décision claire et définitive ? Mais quel est le plan de Severn ? Pourquoi tout lui avouer ? Il y a encore bien des mystères sous cette nouvelle rencontre. En attendant d'en apprendre plus, retrouvons Bibu et June. Je suis sûre que leur discussion va être animée. J'ai entendu dire que la fée en veut au gobelin. Si vous tenez à savoir pourquoi, je vous conseille de regarder le préquel. Il suit June lors de la création de ce projet… Ah, ça va ! Si je ne peux pas faire un peu de pub pour la maison…

Bibu observe le puits qu'il a construit, et je peux vous dire qu'il n'est plus dans le même état d'esprit que lors de son arrivée. Le gobelin sympathique, drôle et rieur a laissé place à un être torturé. Ne serait-ce pas l'œuvre d'un démon ? Mais non, ils ont tous été enfermés aux Enfers… Enfin, j'espère ! June arrive en volant comme à son habitude. Ses ailes, qui reflètent le soleil couchant de l'île, forment un spectacle à couper le souffle. La myriade de couleurs qui se réfléchit dans l'eau du puits déclenche un « oh ! » de surprise de la part de Bibu. Il attend qu'elle ait rangé ses ailes et lui demande :

— Tu es ravissante. Qu'est-ce qui me vaut ta visite ?

— Merci, lance June avec un ton froid. Est-ce que tu m'as abordée pour réaliser le plan de Severn et MacGregor ? Ne me dis pas que tu t'es joué de moi. Je t'ai défendu bec et ongles auprès du roi des fées, de mon ami Pergo.

— Je ne te mentirai pas, car je lis la déception dans tes yeux. Oui, je t'ai roulée, mais je devais intégrer l'émission, sinon ma sœur mourait. Je ne te faisais pas confiance, June, tu es une fée ! Nos peuples se haïssent depuis la nuit des temps. Comment voulais-tu que je t'annonce que je devais participer à ton émission pour éviter l'assassinat de ma sœur ?

— Tu aurais dû me le dire. Je te pensais différent. Mais tu es comme les autres espèces. Tu es rempli de ressentiments et de haine.

— Aurais-tu continué ton émission si tu avais su la vérité ?

— Je t'aurais aidé.

Bibu hausse les épaules mais, clairement, il ne la croit pas. D'ailleurs, il enchaîne en lui expliquant :

— Tu vois sur les images que je me fais malmener par Severn, pourtant je trouve plus d'investissement auprès d'Ayden. Il faut dire que je n'ai pas son physique.

— Plutôt que tu n'as ni sa gentillesse, ni sa bienveillance, ni son savoir-vivre. Tu veux que j'explique comment Lévana a été mordue par un serpent ? Je te rappelle que je sais tout, gobelin !

Bibu baisse les yeux, mais il reste tout autant en colère. June continue :

— Je te signale que j'ai demandé à Derek de venir à ton secours lorsqu'il te propulsait contre les arbres. Je te protège. D'ailleurs, je te donne aussi une oreillette, car tu es celui qui est le plus en danger. Je te conseille d'avouer à Severn que tu as jeté le serpent sur Lévana.

— J'avais prévu de le faire.

— Très bien !

Elle commence à s'envoler, mais Bibu la retient par les pieds.

— Attends ! J'étais sérieux quand je te disais que je ne ferais plus rien si je n'ai pas de preuve pour ma sœur.

— Tu vas devoir apprendre à me faire confiance, lance-t-elle en lui donnant un petit coup de pied pour se libérer. Sa chaussure se détache et reste dans les mains du gobelin. Il la regarde avec un air noir et lui annonce sur un ton haineux :

— Si demain, avant midi, je n'ai pas la preuve que ma sœur est en vie et en sûreté, j'irai trouver Severn et lui dirai que tu as pris part au combat. Je lui expliquerai que tu es au courant de tout. Je ne donne pas cher de toutes les âmes qui vivent sur cette île. Moi aussi, je peux jouer avec la vie des autres.

Il semblerait que la tension soit à son comble entre les deux. Pourtant, le gobelin sait qu'il ne faut pas énerver une fée. D'autant que, à ce stade de l'aventure, la sœur de notre ami n'est pas encore en lieu sûr. Comment la productrice va-t-elle se dépêtrer de ses mensonges ? Vous connaissez la rengaine… Je plaisante, mais vous n'avez aucun humour. Les épisodes sont un peu plus longs suite à vos plaintes répétées, alors ne vous en faites pas, il est temps de retrouver un vampire et une louve. Je me demande s'il va la ramener auprès des siens. Il a quand même dégoupillé une sacrée bombe en lui avouant toute la vérité.

Le silence enveloppe Severn et Isabella. Il ne l'a pas lâchée et il tient toujours son visage entre ses mains. La jeune fille n'est pas apeurée, elle semble presque sereine. Elle finit par lui dire :

— Je ne peux pas faire ce que tu me demandes, je suis liée à ma meute et ils le sauront immédiatement si je les trahis.

— Isabella, je t'en supplie, accepte ma protection. Ils vont tous mourir, MacGregor ne laissera aucun survivant sur l'île. Si je lui démontre que tu m'as aidé, alors nous pourrions partir tous les deux.

— Tu oublies ma tare, je deviendrai folle comme ma mère.

— Je t'hypnotiserai pour te garder sous contrôle, voilà pourquoi je t'explique que Gabriel n'est pas ta seule option. Contrairement à lui, tu ne seras pas une oméga, et encore moins soumise.

Les yeux de la jeune femme s'animent légèrement et j'aurais juré avoir aperçu une flammèche. En tout cas, pour l'instinct de sa louve, cette option est plus qu'incroyable. Gabriel aurait-il de la concurrence ? À moins que Derek ne le flambe. Retournons au camp pour voir ça.

Les deux hommes sont sur le point de se jeter l'un sur l'autre. Artémis se positionne entre eux et se tourne vers Derek :

— Arrête de faire l'idiot ! Tu n'as aucune chance face à la meute. Je vous trouve puérils tous les deux, je vous rappelle que nous devons nous unir autour d'un ennemi commun. Severn a disparu et je n'aime pas le savoir sans surveillance.

Carmilla, qui n'a pas bougé de sa branche d'arbre, saute et rejoint Artémis. Elle se place devant Gabriel et lui dit :

— Je ne veux pas que tu pètes un plomb, mais ta louve a disparu aussi. Je ne l'ai pas vue partir et je la cherche.

L'alpha se tourne et regarde partout sur le camp. Il ferme les yeux, et quand il les rouvre, ils sont teintés de jaune. Il les pose sur Carmilla, qui ne bouge pas d'un pouce. Il lui demande :

— Est-ce que tu peux localiser Severn ?

— Non, il est de mon essaim, mais ce n'est pas moi qui l'ai transformé, donc je n'ai pas les mêmes pouvoirs sur lui. Tu ne la sens pas ?

— Non, c'est comme si elle s'était volatilisée. Lucas !

— Oui, je suis là !

— On part à la chasse, tu es mon meilleur pisteur. Change-toi en loup !

Il ne lui répond pas et commence à se déshabiller. Artémis détourne le regard, mais je peux vous dire que Carmilla se rince l'œil allègrement. D'habitude, les garous s'isolent pour se transformer, mais Lucas ne le fait pas. Il est certainement pressé de retrouver sa sœur. Nous assistons à sa transformation, et nous comprenons pourquoi on parle d'embrasser la mort. Chacune de ses articulations craque dans un son sinistre. Le visage du jeune homme est contracté sous la douleur, sa mâchoire s'avance pour prendre la forme d'un museau. Des bruits sourds et des râles sortent de sa gorge, tandis que son corps est marqué par les stigmates de la souffrance. Je comprends que les âmes sensibles se soient détournées de ce spectacle. Après plusieurs minutes d'effort intense, l'homme laisse place au loup. Il se secoue, comme pour supprimer les derniers stigmates de la douleur, et commence à renifler le sol. Ayden demande à son alpha :

— Tu veux que je me change en aigle pour explorer de là-haut ?

— Oui, et piste aussi Severn. Je ne sais pas pourquoi, mais je crains qu'il soit dans le coup.

Contrairement à la métamorphose douloureuse à laquelle nous venons d'assister, Ayden ne prend pas la peine d'enlever son pantalon et, dans un « pop ! », un aigle apparaît. Lucas ne peut contenir un grognement en regardant le rapace s'envoler dans le ciel. Il est vite rappelé à l'ordre par son alpha qui lui donne un petit coup de pied à l'arrière-train en lui ordonnant :

— Cherche ta sœur ! Je te rassure, j'éprouve aussi les mêmes sentiments que toi.

Le loup gris lui fait un signe de tête avec un sourire de connivence. Assistons-nous à la réconciliation des deux hommes ? En tout cas, je peux vous dire que la chasse à l'homme, enfin au vampire, est lancée. Je crains fort que le kidnapping de la louve oméga ait précipité la chute de Severn. Conclusion : l'amour fait des ravages… surtout s'il n'est pas réciproque. J'ai tellement hâte de connaître la décision d'Isabella. Pas vous ? Mais… la suite au prochain épisode.

Épisode 7

Judith Mikelson

« Bonjour, tout le monde ! Je suis ravie de vous retrouver pour notre téléréalité préférée. Il s'en est passé des choses dans l'épisode d'hier ! Nous avons vu la transformation d'un garou et je peux vous dire que je ne les envie pas. Je comprends mieux leur esprit sauvage. Comment ne pas le devenir après avoir tous les os qui se disloquent ? Mon respect a monté d'un cran pour cette espèce. Nous avons une louve disparue, un vampire amoureux, et nous ne savons pas la tournure que va prendre la chose. Est-ce que la belle va choisir la bête ou… la bête aux canines pointues ? Je vous vois rire derrière vos écrans, mais je vous rappelle que nous ne sommes que des animaux avec, certes, des dons un peu particuliers. En tout cas, j'ai hâte d'en connaître davantage, pas vous ? Accrochez-vous à vos pop-corn et place au divertissement ! »

Épisode 7

Mais où est donc passée Isabella ?

Est-ce que le grand vilain vampire l'aurait dévorée ? Je peux vous dire que tout le monde s'affaire à la retrouver, mais qu'en est-il de nos deux tourtereaux ? Est-ce que la jeune femme va sombrer pour rejoindre le beau ténébreux vampire ou restera-t-elle fidèle à son alpha ? La question demeure entière. Les lycanthropes se décrivent comme une espèce loyale, en aurons-nous la preuve ?

Je peux vous dire que, sur le camp, tout le monde s'active. Lucas, qui renifle tout ce qu'il peut, n'arrive pas à choper une seule piste, ce qui agace son alpha. Ayden tourne en rond autour de l'île, en vain. Pour ce qui est du gobelin, il commence à chercher aux endroits les plus invraisemblables, comme sous une pierre ou derrière une bûche. C'est Thya qui le lui fait remarquer :
— Tu penses vraiment le dénicher à ces endroits ?
— Non, je ne suis pas débile, mais elle pourrait avoir laissé un indice.
— Tu as raison !

Et maintenant, ces deux candidats font un concours de celui qui trouvera la cachette la plus improbable. Contrairement aux autres, la partie de cache-cache est plutôt bien vécue et, surtout, elle est dans la bonne humeur. Je ne comprends pas pourquoi June ne les informe pas. Après tout, elle a dû voir les images. Est-ce qu'elle attend la réponse de la jeune femme ? Je vous pose la question. D'ailleurs, allons retrouver les amoureux !

Isabella a réussi à se libérer de l'étreinte de Severn. Elle lui tourne le dos, puis elle porte ses mains à son visage. Serait-ce pour se cacher de ses propres sentiments ? Je ne vais pas vous mentir, j'arrive à comprendre cette pauvre femme. Elle a une louve qui peut lui faire perdre les pédales. Elle va devoir vivre comme une oméga au sein d'une meute et se marier avec, certes, un ami, mais où est l'amour dans tout ça ? Elle a la possibilité d'avoir une vie différente. Que la personne qui ne prendrait pas le temps d'étudier la question lui jette la première pierre ! Doucement, les garous, je vous vois tous vous lever de vos canapés pour me lancer la télécommande.

Isabella sanglote, ses épaules sont secouées par une crise de larmes. Elle se retourne vers Severn et lui hurle dessus :

— Comment ? Je ne peux pas faire ça à mon frère, à Gabriel. Ils ont toujours été là pour moi. Je refuse qu'ils soient tués.

Severn semble accuser le coup, mais il n'a pas dit son dernier mot. Il s'approche d'elle et la prend dans ses bras. Il hume ses cheveux comme il sentirait un bouquet de roses… ou une poche de sang. Il lui murmure :

— Aide-moi et je verrai ce que je peux faire pour ta meute. Tout ce que MacGregor veut, c'est la mort du métamorphe et récupérer Carmilla. Il n'est pas le méchant que tout le monde décrit.

— Je sais ce qu'il fait subir aux créatures qu'il kidnappe et qu'il expose dans ses bars. Ose me dire que ce n'est pas cruel !

— Il le fait pour notre espèce, il faut bien qu'on se nourrisse. Le système de Carmilla est biaisé, car beaucoup de ses sujets au cœur de l'essaim finissent comme Joshua.

Le regard de notre vampire se pose soudainement sur notre fée-caméra. S'il la voit, je peux vous dire qu'on va assister à une guerre sans précédent, car il saura que nous savons tout. Le temps se fige, mais heureusement pour nous, il reprend la tête d'Isabella et lui murmure :

— Je ne peux pas prendre de risques, je suis désolé. Je vais devoir effacer ta mémoire, mais je te promets de te la rendre à chacune de nos discussions. Je ne suis pas comme ton alpha. Je ne veux rien t'imposer.

Il approche ses lèvres des siennes et l'embrasse. Après ce doux baiser, ses pupilles se mettent à virevolter et il lui dit :

— Lorsque tu seras en présence d'autres personnes sur l'île, tu oublieras notre conversation, tu seras incapable d'en parler.

La jeune femme hoche la tête, puis elle reste debout comme un pantin. Severn s'éloigne et pousse un cri de frustration, puis se dit à voix haute :

— Pourquoi ? Ce serait si facile de t'obliger à tuer la sorcière des bois. Si elle me reconnaît, ma couverture saute et je suis grillé.

Il se rapproche d'elle et plante ses yeux dans les siens avant de reprendre :

— Mais je ne peux pas te faire ça ! Sinon je ne vaudrais pas mieux que ceux qui te tiennent en laisse. Je te laisse ta liberté, jeune louve.

Puis il la soulève du sol pour la ramener sur le camp.

Je lui conseille de se montrer plutôt discret, car tout le monde est à sa recherche. Je crains fort que les loups n'apprécient pas sa petite escapade. Il dépose Isabella à une centaine de mètres du camp, lui pose un dernier baiser sur le front et s'évapore. Son frère repère immédiatement son odeur et se lance à toute vitesse dans sa direction. Gabriel est sur ses talons, suivi de près par Carmilla. Est-ce que la reine de l'essaim de Bourgogne aurait des doutes ? En tout cas, je peux vous dire que je ne l'ai jamais vue aller aussi vite. Elle est plutôt du style à regarder faire les autres, si vous voyez ce que je veux dire.

Lorsque Lucas arrive près de sa sœur, il la renifle et identifie une autre personne. Il scrute tout autour, mais il n'aperçoit rien. Il n'est pas le seul à avoir senti l'odeur de Severn. Gabriel demande à Lucas :

— Elle pue l'odeur de ce chacal, mais je n'ai pas de piste à suivre. Et toi ?

Le loup fait signe que non. Carmilla attrape la tête d'Isabella et plante ses yeux dans les siens. Elle dit aux deux loups :

— Je suis désolée, les gars, mais je connais ses points faibles. Alors ? Raconte ?

La jeune fille garde le silence et semble encore groggy par la séance d'hypnose de Severn. Gabriel a les yeux qui scintillent et la mâchoire serrée. Il n'a pas l'air d'apprécier ce qui se passe devant ses yeux. Carmilla se place entre lui et la louve et dit :

— Je te conseille de réfréner tes instincts de loup. C'est moi qui ai envoyé Isabella en mission, mais tu ne devais pas le savoir, car ta malédiction t'en aurait empêché. Maintenant, si tu t'en prends à elle, je t'explose comme la dernière fois. Compris ?

Gabriel s'éloigne et reste à portée d'oreille. Il souhaite suivre la conversation que vont avoir les deux femmes. Au même moment, un aigle se pose près de lui et pousse un cri strident. Il semblerait que le jeune homme veuille reprendre forme humaine, mais il est beaucoup moins disposé à parcourir la forêt dans son plus simple appareil. Gabriel lui lance :

— Débrouille-toi, sérieux, je ne suis pas ta bonne.

Heureusement pour lui, Lucas porte sur son dos Lévana qui a les vêtements d'Ayden dans les mains. Il regarde son alpha et lui reproche :

— On doit la protéger et vous vous tirez en me laissant seul. J'ai bien cru que l'autre taré du feu me cramerait.

— Arrête de faire le gamin, je savais que tu t'en sortirais. Tais-toi ! Je veux entendre ce que Carmilla manigance avec Isabella.

La reine vampire se tourne et lui annonce avec une pointe d'ironie :

— Demande à ton nouveau bêta, on a mis cela en place cette nuit. Isabella ne va pas pouvoir nous parler. Severn l'a hypnotisée, je ne peux pas défaire le lien, mais je suppose que notre plan a marché.

La louve acquiesce et regarde Gabriel, rouge de colère, avec inquiétude. Ses pupilles ont pris une teinte orangée, il se tourne vers Ayden, qui a repris sa forme humaine.

— J'espère que tu n'as pas comploté dans mon dos avec ton ancêtre et que tu ne te sers pas d'un membre de ma meute. Si Isabella est en danger, je te tuerai de mes propres mains, et MacGregor pourra m'offrir une belle récompense.

Le métamorphe enfile son tee-shirt et lui dit d'un calme olympien :

— Ne t'en fais pas ! Je suis ton bêta, et si tu ne me fais pas confiance, alors remets Lucas. Je ne pouvais rien te dire, car ton instinct de loup t'en aurait empêché. Maintenant que les choses sont en place, la malédiction de la lune ne fera pas effet et tu ne perdras pas le contrôle comme l'autre jour. J'ai juste évité de voir les trois bêtes sauvages.

Lucas grogne en direction d'Ayden, mais il est repris par son alpha.

— Arrête ! Il a raison, je lui fais confiance. Est-ce que tu penses que nous devons connaître la suite ?

— Non, répond Ayden. Tu n'aimeras pas le plan que nous mettons en place, mais je te garantis qu'il est nécessaire. Je ne devais pas perdre de vue Isabella ni Carmilla, mais je te promets que cela ne se reproduira plus.

— Si tu ne nous avais pas distraits avec le sorcier de feu, nous aurions pu éviter ce drame.

Carmilla se tourne vers Lévana, qui tient la main d'Ethan, et la menace :

— Par contre, si tu révèles quoi que ce soit à tes compatriotes, je te le ferai regretter.

— Ne t'en fais pas, j'ai appris une grande leçon ces derniers jours et je sais qui sont mes alliés sur l'île. D'ailleurs, si vous avez besoin de moi…

— Tu as déjà effectué ta part en devenant un appât. Severn ne se sent plus en toute-puissance et il redoute que tu te mettes à parler. Nous allons le pousser à l'erreur et il va très vite devoir appeler son cher ami MacGregor à la rescousse. Comme je l'ai expliqué aux autres, Ayden et moi connaissons le plan complet. Pour les autres, nous devons garder le silence et vous en dire le moins possible, car je crains qu'il vous hypnotise pour en savoir plus.

Gabriel acquiesce et demande à Lucas et Ethan de retourner au camp avec lui. Au passage, il pose une main sur Ayden et lui lance d'un ton très autoritaire :

— Je te fais confiance, ne me déçois pas ! Ne m'en dis pas plus que ce que je dois connaître, mais s'il arrive quelque chose à Isabella, je ne donne pas cher de ta peau.

Ayden ne répond pas et garde les yeux au sol. Il a grandi au milieu des loups, il sait très bien quel comportement adopter face à un alpha plus ou moins sur la ligne rouge. La meute s'éloigne, toujours avec Lévana. Gabriel passe le bras autour de la sorcière en jetant un regard sur son bêta. On verrait presque l'ombre d'une menace. On a tous observé le rapprochement du métamorphe et de la sorcière des bois. Je crains que la jeune demoiselle soit en détresse au lieu d'être protégée. Elle ne semble pas vraiment consciente de ce qui se trame.

Ayden serre les dents et murmure, plus pour la régie, et surtout pour June, notre belle productrice :

— Surveillez Lévana, s'il vous plaît. Je ne voudrais pas qu'ils remplacent leur oméga.

— Ne t'en fais pas ! Je garde un œil sur elle, tout comme j'avais un œil sur Isabella. Je ne peux pas venir vous en parler, car je crains que Severn nous guette. Dis juste à Carmilla que le plan a fonctionné. Courage, Ayden, nous allons vaincre ce vieux vampire malsain, lui susurre June à l'oreille.

Le jeune homme lève le pouce devant une fée-caméra. J'espère pour lui que Severn ne les observe pas ! Il retourne près de Carmilla et lui murmure :

— Le plan a marché, June a les images. Par contre, je crains que les loups n'apprécient pas notre plan.

— Pour l'instant, ils n'ont rien à savoir, et Gabriel te fait confiance. Isabella est en sécurité avec lui. Son talon d'Achille a toujours été l'amour. Il rêve de vivre avec une femme à ses côtés. Il pensait que je comblerais ce désir, mais je ne l'ai jamais envisagé comme tel.

Isabella redresse la tête et tente de parler, en vain. Ayden lui dit :

— Ne t'en fais pas, on sait ce qui s'est passé. On poursuit le plan, si tu es d'accord. Tu as le droit de refuser, car tu te mets en danger autant avec Severn qu'avec la meute.

— On continue ! Si tu gères la meute, je devrais m'en sortir avec Severn. Le problème, c'est qu'il m'empêche de vous parler.

Carmilla cherche dans la poche d'une de ses robes et lui montre une pierre d'un noir profond. Elle la regarde quelques secondes avant de demander à Isabella :

— Est-ce que tu es bonne comédienne ?

— Je ne sais pas…

— Alors tu dois le devenir ! Tu te souviens de la sensation quand il t'a hypnotisée ? Ton corps est en léthargie et ton regard égaré. Montre-moi !

La jeune fille secoue les bras, fait rouler sa tête et souffle un grand coup. Elle pose son regard dans les yeux de Carmilla et ressemble à une coquille vide. Ses bras sont ballants et un visage inexpressif donne une crédibilité à sa prestation. Carmilla est satisfaite car elle lui dit :

— Je vais te prêter une pierre. C'est mon bien le plus précieux, alors tu devras en prendre soin, et surtout me la rendre quand toute cette merde sera finie.

Isabella acquiesce. Carmilla lui tend alors une pierre noire en forme de corbeau. Elle est tellement sombre qu'elle semble attirer toute la lumière. C'est simple, Ayden n'arrive pas à détacher ses yeux, tout comme la louve. La reine des vampires referme la main, et les deux autres retrouvent leur lucidité. Elle leur explique :

— C'est un corbeau de damnés, plus précisément une partie du mien. Il permet à quiconque l'ayant en sa possession et contre sa peau de ne pas être hypnotisable. Une sorcière pratiquant la magie noire l'a réalisé à partir de mon essence et de celle de MacGregor. Donc, tous les vampires que je transforme et tous ceux qu'il transforme ne peuvent rien faire sur la personne qui porte cette pierre. Je te la prête, car tu es courageuse et que tu prends de grands risques pour notre plan, mais je t'en supplie, ne la perds pas et, surtout, il ne faut pas que Severn la récupère.

— J'en prendrai soin, je te promets.

— Une dernière chose, ne la contemple pas, elle pourrait t'emporter dans des abysses que tu ne souhaites pas connaître. Maintenant, tends ta main !

La jeune femme s'exécute et Carmilla glisse le précieux bijou dans la main d'Isabella. Celle-ci la met dans sa poche, mais la reine des vampires lui redit :

— Tu dois trouver un moyen pour qu'elle soit en contact avec ta peau, sinon la pierre n'aura aucune efficacité. Maintenant, nous avons trop traîné ensemble, je ne veux pas que Severn ait des soupçons. On se disperse !

Isabella et Ayden retournent vers la meute, tandis que Carmilla s'évapore en une microseconde.

Lorsqu'elle arrive au bout de l'île, Carmilla réalise des cercles puis s'arrête au centre d'une petite clairière. Elle regarde autour d'elle et, en une seconde, elle attrape une fée-caméra qui pousse des cris et des gémissements de protestation. Elle la tient fermement, la place devant son visage et dit :

— Filme, petite fée, je dois parler à June !

— Tu n'as pas besoin de me brutaliser, il suffit de me le demander et je transmets ton message. En plus, tu as abîmé mon matériel. Tu n'es qu'une grosse brute.

La fée-caméra bougonne, tandis que ses jambes et son corps s'allongent pour prendre la forme d'un humain normal. Elle est brune avec des cheveux qui lui descendent jusqu'au bas du dos. Ses pupilles lui donnent encore plus un côté féerique, et je ne parle pas de ses ailes d'une couleur violine translucide. Elles se reflètent sur le visage blême de la reine des vampires. Elle se tourne vers elle avec un visage grave et en colère.

— Tu sais le prix de ce matériel ? En plus, tu aurais pu me broyer dans ta main ! Nous sommes vulnérables quand nous prenons notre petite taille. Franchement, tu es une sauvage, je me demande qui a fait ton éducation.

Elle ne semble pas consciente que Carmilla pourrait la tuer en moins d'une minute ! Mais la reine des vampires est plus amusée qu'offusquée.

— Je suis désolée, je tenais juste à être sûre que ta cheffe arrive le plus vite possible.

— Eh bien tu t'es complètement plantée. Je suis la seule fée qui couvre cette partie de la forêt, parce que vous n'êtes pas censés venir jusqu'ici. Tu as cassé mon émetteur, la régie ne reçoit plus mes images ni mes audios.

— Merde !

Et il est déjà temps de nous quitter. Je n'en reviens pas de la brutalité dont a fait preuve cette vampire. Nos ailes sont si fragiles. Ces êtres sont abjects et brutaux. Je vous demande de m'excuser, mais je n'aime pas savoir que l'une des miennes est en difficulté à cause d'un candidat. Quoi ? Je vous entends hurler jusque-là ! Vous ne trouvez pas cela juste parce que nous mettons les candidats en difficulté et que nous nous faisons de l'argent sur leur dos ! Mais ils avaient qu'à ne pas venir, ils connaissaient les règles du jeu et certains n'hésiteraient pas à vendre père et mère pour un peu de notoriété. Vous n'avez qu'à demander à la famille de Derek, ils pourraient ouvrir un centre de formation dans le domaine. Trêve de bavardages… la suite au prochain épisode !

Épisode 8

Judith Mikelson

« Bonjour à toutes et à tous, c'est un réel plaisir de vous retrouver pour ce nouvel épisode de « Treize ». Comme vous le savez, une de mes camarades a été brutalisée par un des candidats, et je me joins à l'équipe qui a décidé de faire grève… Je plaisante, on n'est pas chez les hooligans ici ! Mais tout de même, j'espère que la fée-caméra va bien. De toute manière, ne vous en faites pas, puisque sa camarade est en train de filmer toute la scène.

Je m'inquiète beaucoup plus pour Lévana, qui semble être tombée dans un panier de crabes. La manière dont Gabriel a posé son bras autour d'elle et le regard lancé à Ayden me laisse penser qu'elle devrait être vigilante. Il faut dire que l'instinct de loup peut se montrer cruel, Gabriel reste un jeune alpha ! Isabella joue l'agent double, tout comme Bibu. D'ailleurs, il ferait bien de faire attention car, avec ses menaces, il se pourrait bien qu'on n'ait plus besoin de lui, et un gobelin disparu… Quoi ? Vous êtes tous en train d'espérer la mort de l'un d'entre eux, pourquoi pas moi ? Bon, allez, place à l'épisode… »

Épisode 8

Gabriel arrive sur le camp, toujours le bras autour de la pauvre Lévana, qui ne semble pas à son aise. Bibu s'approche d'eux et, avec son humour si particulier, leur dit :

— Je crois que vous vous êtes trompés d'oméga ! Celle-ci appartient aux sorciers.

— Ta blague est drôle pour une fois, rit Gabriel en continuant son chemin en direction de la plage.

Ce n'est pas du goût de Lévana qui, d'un geste de la main, crée une liane qui fait trébucher le gobelin. Elle lui tire la langue en retour, mais l'alpha n'a toujours pas lâché sa prise et la jeune fille est contrainte d'avancer à son rythme.

Une fois sur la plage, il s'installe face à l'océan et ordonne à sa meute d'aller chercher du bois ou de la nourriture. Lucas, sous sa forme de loup, s'allonge près de son alpha, mais Gabriel lui demande de prendre ses distances. Clairement, il souhaite un moment d'intimité avec la sorcière des bois. Je doute que cela plaise à son bêta. Le loup gris s'éloigne en jetant un regard noir au couple sur la plage. Le soleil se couche à l'horizon, et les couleurs orangées, qui se reflètent sur l'eau, offrent un spectacle magnifique. Gabriel retire enfin son bras autour de la jeune fille et lui dit :

— Je suis désolé pour tout ce cinéma. Je sais que tu ne veux pas que je te traite ainsi, mais je me devais de te déclarer comme appartenant à ma meute. Cela peut réduire les risques d'attaque contre toi. J'ai encore du mal à contrôler certains instincts. Je déteste ce qui se passe avec Isabella.

— Je comprends, Gabriel, bien plus que tu ne le penses. Même si notre espèce n'a pas d'instincts aussi forts que les loups ou les vampires, j'ai conscience qu'il est difficile pour vous de vous maîtriser. J'apprécie Derek et Artémis, mais j'ai un goût de vengeance quelquefois quand je me souviens de tout ce que j'ai subi à cause d'eux. Ils ont vendu mon peuple aux vampires. Pour éviter ce ressentiment, je me dis que le karma s'en est chargé. Mon clan n'a pas perdu son honneur comme celui de Derek, et encore pire, celui d'Artémis. Au final, ils ont pactisé avec le diable et s'en sont mordu les doigts.

— Tu as raison ! Je te trouve d'une grande sagesse.

— Je crois au karma et il punira les gens qui le méritent.

— Je devrais être sévèrement réprimandé pour mes actions détestables.

— Tu ne maîtrises pas tout, alors il sera indulgent.

Ils rient de bon cœur tous les deux sous les yeux jaunes d'un loup gris qui les espionne.

À force de courir plusieurs lièvres à la fois, je crains que l'alpha ne se retrouve avec des coups de couteau dans le dos. Je vous rappelle qu'il est engagé auprès d'Isabella. Les rumeurs dans les couloirs nous annoncent que Gabriel était très proche d'une certaine productrice de l'émission et, maintenant, la sorcière des bois. Il semblerait que la gent féminine aime le côté alpha. Je dois vous dire que je ne suis pas du tout attirée. J'aurais plutôt envie de le gifler, mais qui sait, peut-être qu'en vrai ce qu'il dégage est irrésistible.

Ayden les retrouve, accompagné d'Isabella. Le métamorphe lui demande :

— On peut te rejoindre ?

— Je suis calmé et je profite de la grande sagesse de notre protégée.

Ayden siffle entre ses doigts et Ethan et Lucas reviennent. Le loup gris grogne pour se placer entre Lévana et son alpha, et cela lui vaut un petit coup de poing sur le sommet du crâne.

— Arrête avec ça, Lucas ! Ta sœur ne craint rien en tant qu'oméga sur l'île. En plus, tu vois bien que j'ai du mal à maîtriser mes instincts de loup. Je ne suis pas sûr que faire de ta sœur ma compagne actuellement soit une bonne idée.

— Non, il ne faut pas, lancent en chœur Ayden et Isabella.

Ils n'osent pas se regarder mais, clairement, leurs manigances et leurs petits secrets exaspèrent Gabriel. Ses pupilles brillent de nouveau d'une lueur ambrée. Lévana passe au-dessus du loup gris, pose une main sur l'épaule de Gabriel et lui souffle :

— Ils savent ce qu'ils ont à faire, toi-même tu as dit que tu leur faisais confiance. Il faut que tu aies foi en le karma.

— Tu as raison. Et toi, arrête de grogner !

Le loup pousse un petit couinement, déclenchant une vague de rires. La meute, accompagnée de leur protégée, regarde le coucher du soleil tandis que Thya les appelle.

— Le repas est prêt et on doit décider qui on prélève pour les deux vampires.

La troupe se lève et rejoint le camp. Carmilla est aux côtés de Severn et lui tient le bras comme elle le faisait auparavant. Je ne sais pas ce qui s'est passé avec notre fée-caméra, mais il faut croire que cela n'était pas très intéressant. Une jeune fée brutalisée pendant ses heures de travail par une maîtresse vampire ne doit pas faire de l'audimat. Excusez-moi, je m'égare, reprenons. Les deux autres sorciers sont assis sur un tronc et regardent d'un mauvais œil le rapprochement de la meute avec leur consœur Lévana. Bibu jette des regards noirs aux vampires, mais il attend une réponse dans son oreillette. La seule à l'aise comme un poisson dans l'eau est Thya. Elle a préparé le repas et a sorti deux poches de sang, prête à jouer l'infirmière pour nourrir nos deux vampires. D'ailleurs, Carmilla lui dit :

— Une poche devrait suffire, nous n'avons pas besoin de plus. Vous êtes privés vous aussi et le sang ne se régénère pas rapidement dans vos organismes. Il ne faut pas trop en prélever.

— Très bien.

Thya range la deuxième poche puis se retourne avec l'aiguille dressée vers le ciel en criant :

— À qui le tour ?

— Lucas ne peut pas donner son sang sous forme de loup, car il serait un poison pour les vampires. Notre composition sanguine change, tout comme notre apparence physique, explique Gabriel.

Il n'a pas le temps de finir sa phrase qu'Isabella se lève et tend son bras. L'alpha lui ordonne :

— Viens ici ! Tu es vraiment une idiote ! C'est toi qui as fourni la dernière fois, tu ne vas pas te mettre en danger en te vidant comme une pauvre gourde.

Il lui tire le bras et l'oblige à s'asseoir entre ses jambes. Artémis et Thya gonflent littéralement de colère, mais ne disent rien. Carmilla leur fait un signe de tête comme pour les féliciter. Ethan regarde son alpha, et Gabriel lui donne son accord d'un geste discret de la main. Il se lève et se dirige vers Thya, lui tendant le bras.

— Je déteste les piqûres ! Fais vite, s'il te plaît.

Isabella, assise entre les jambes de Gabriel, observe Severn qui ne peut s'empêcher de se raidir et de sortir les canines. Il se pourrait que la taupe ait du mal à se contenir face à un alpha violent. Est-ce le plan de Carmilla ? Souhaite-t-elle le faire sortir de ses gonds ? En tout cas, si c'est le cas, cela fonctionne, car il a beau essayer de dissimuler son visage, on y lit clairement de la fureur. Je doute qu'il tienne plus longtemps. Ayden intervient et demande à Gabriel :

— J'ai besoin d'Isabella pour aller chercher de l'eau.

— OK.

Il écarte légèrement les jambes et la jeune femme se lève rapidement pour rejoindre le métamorphe. Lucas décide de les suivre et trottine avec eux.

— Merci, lance Isabella.

— De rien, répond Ayden. Nous devons être prudents, il ne faut pas que Severn se fasse repérer. Tu connais le plan et tu sais ce que tu dois faire.

— Oui !

Le loup grogne à leurs côtés, mais Ayden l'ignore. Sa sœur pose une main sur sa tête et poursuit :

— De toute manière, j'irai jusqu'au bout et je compte sur toi pour me couvrir, ainsi que June.

— Je ferai tout pour te protéger, mais je ne peux pas te le garantir à cent pour cent.

— C'est moi qui ai proposé le plan à Carmilla et je connaissais les risques.

Ils remplissent les gourdes d'eau, sous la plainte du loup gris qui fixe sa sœur en gémissant. Ayden ne prononce pas un mot et Isabella finit par craquer, elle attrape l'énorme tête de son frère et lui dit :

— Je ne te dirai rien. Fais-moi confiance pour une fois. Je sais que c'est difficile, car Gabriel et toi êtes dans l'ignorance, mais c'est mieux ainsi, crois-moi.

Elle se fige quelques secondes et baisse la tête. Elle fait signe à tous de se taire. Severn arrive derrière elle et demande :

— Vous avez besoin d'aide ?

— Pas vraiment, c'est gentil d'être venu.

Elle lui tend une gourde d'eau pleine et laisse traîner sa main sur la sienne. Lucas n'est pas dupe et comprend vite ce qui se passe. Encore une fois, Ayden tente de protéger le plan qui est en place et se positionne entre le loup et le vampire. Il le regarde droit dans les yeux, et sans même un mot, l'ordre est donné. Le loup gris se tasse sur lui-même, il vient d'avoir un ordre de son bêta qui n'est pas un loup. Il ne peut plus rien faire. Toute la troupe revient sur le camp, mais le métamorphe décide de ne laisser aucun répit au frère d'Isabella. Il lui ordonne de le suivre avant le repas. Il fait déjà très sombre, mais il le conduit à l'orée de la forêt, loin des oreilles indiscrètes. Il s'abaisse à son niveau et lui dit :

— C'est le plan de ta sœur et de Carmilla. Je ne suis qu'un pion dans tout ça, mais je te garantis que je ferai tout pour la protéger. Maintenant tu en sais beaucoup trop. Tu vas devoir éviter Severn, il pourrait t'hypnotiser et révéler nos plans. Alors, fuis-le ou reste près de moi, car je suis le seul à pouvoir l'empêcher de se servir de ses pouvoirs.

Le loup grogne et montre les dents à son bêta. Celui-ci reprend :

— Ne m'oblige pas à te donner un ordre direct, je déteste ça !

Lucas ne dit plus rien, il pose une patte sur le genou d'Ayden, comme pour sceller un pacte. Les mots ont très peu d'importance au final, car nous comprenons très bien que, s'il arrive quelque chose à Isabella, MacGregor sera le dernier souci du métamorphe.

Le repas se passe dans un silence olympien et les regards en disent long sur les rivalités. La nuit s'annonce fraîche et pluvieuse, il sera difficile de prendre la fuite sur la plage. Aux premières gouttes qui tombent, Derek et Artémis rentrent et se blottissent l'un contre l'autre. La sorcière des eaux grelotte, mais ni Ayden ni Lucas ne lui proposent un peu de chaleur de leur fourrure. Est-ce par gêne ? Après tout, la jeune femme semble en couple avec Derek. Est-ce de la rancœur ? Je connais déjà la réponse, pas vous. Les loups se couchent autour d'Ayden, qui a revêtu sa fourrure d'ours, et de Lucas, sous sa forme de loup. Isabella se blottit contre l'ours, mais échange quelques regards avec Severn. Je n'en reviens toujours pas, je ne sais pas quand elles ont monté leur plan avec la reine vampire, mais je me suis fait avoir comme une bleue. Pas vous ? Je soupçonne fortement notre chère productrice d'avoir réussi un montage pour ménager le suspense et augmenter l'audimat. En même temps, je vous rappelle que l'argent fait loi dans ce monde. Je vois déjà le roi des fées la féliciter de son ingéniosité. Bibu a creusé un trou dans le sol et s'est recouvert de terre.

Tout ce que je peux vous dire, c'est qu'il dort comme un bienheureux. C'est simple, la terre se soulève au rythme de ses ronflements. Pour quelqu'un qui a beaucoup d'ennemis, en jouant dans les deux camps, il semble plutôt serein en dormant de la sorte. Un coup de machette est si vite arrivé. Thya a pris place près du loup et remercie la meute, même si elle jette un regard noir en direction de Gabriel qui l'ignore royalement. Les deux vampires sont, quant à eux, debout vers la porte de la cabane et regardent la pluie tomber dans un silence olympien. Je vous rassure, Gabriel ne dort pas, il garde un œil sur ses troupes, et au milieu de la nuit, il réveille Ethan qui prend le relais. Il rejoint Carmilla et entreprend une discussion à voix basse. Notre jeune ami passionné d'histoires est venu chercher de précieuses informations. Il n'hésite pas à interroger Severn, le plus vieux candidat de l'île. La pluie se calme, ils poursuivent leur conversation dehors. Hélas, le feu s'est éteint. Pour des as de la survie, je les trouve vraiment étourdis ; s'il y avait une chose à surveiller et à alimenter, c'était bien le feu. Comment Derek va prendre la chose ? Il les avait avertis qu'il ne pourrait pas réitérer l'exploit, car cela lui demande beaucoup trop d'énergie. À l'aube du neuvième jour, je vois déjà les problèmes pointer le bout de leur nez. Artémis dort toujours, il arrive à se dégager et rejoint les trois autres dehors. Il s'approche du feu et regarde avec stupéfaction les cendres mouillées.

— Pourquoi vous l'avez laissé s'éteindre ?

— Parce que tu es là, lance Carmilla avec désinvolture. Je n'allais pas passer ma nuit sous la pluie pour garder un feu que tu peux rallumer en quelques minutes.

— Mais tu es vraiment égoïste et complètement déconnectée ! Allumer un feu me demande beaucoup d'énergie. Je ne sais pas si j'en ai assez pour réitérer l'exploit.

— Arrête ! Pour jouer avec des boules de feu, tu en as ! Alors, ne me prends pas pour une idiote…

Il ne lui laisse pas le temps de finir et s'avance vers elle en criant :

— Mais tu ne comprends pas, je peux augmenter et manipuler un feu présent, mais s'il n'y a pas de feu…

— Tu es sans pouvoirs, lance Severn.

Le sorcier garde le silence car, sans le vouloir, il vient de révéler son point faible. Les autres sortent de la cabane en trombe en entendant les cris. Thya s'avance vers le foyer et dit :

— Il ne reste même pas une braise, tout est mouillé.

— Notre sorcier n'est plus qu'un simple humain, réitère Severn. C'est fou comme tes pouvoirs tiennent à peu de chose. Tu devrais te méfier, beaucoup souhaitent ta mort ici.

La menace à peine dissimulée de Severn jette un froid sur le camp. Ayden décide de prendre les choses en main et dit à Carmilla :

— Tu devrais tenir la langue de ton bras droit. S'il arrive quelque chose au sorcier de feu, on perd tous de l'argent.

Carmilla garde le silence et l'ignore. Elle a raison de faire cela, elle n'aurait pas pris part à ce conflit si elle ne connaissait pas la vérité pour Severn. Ils doivent cacher qu'ils savent pour sa trahison. Derek regarde le métamorphe et lui lance avec colère :

— Pour toi, je ne suis qu'un sac de billets.

— Oui, et je ne peux pas te considérer plus que ça. Tu as vendu des sorciers à MacGregor pour avoir la paix ! Comment pourrais-je te faire confiance ? En toute franchise, tu me dégoûtes et je ne comprends pas Artémis. Pourquoi elle reste à tes côtés alors que ton clan n'a pas bougé quand ils sont tombés sous l'influence de MacGregor ?

— Je n'ai pas à me justifier devant vous, Artémis me connaît, contrairement à vous tous. Je n'ai aucun pouvoir décisionnaire sur mon clan. Ce n'est pas moi qui le dirige et, à l'inverse de ce que vous pensez, j'agis dans l'ombre pour…

Il s'arrête brusquement puis jette un regard à Severn. Le vampire n'est pas dupe, il a compris ce que signifiait ce petit coup d'œil. Il lance un coup d'œil vers Bibu qui se frotte encore les yeux tant il a la tête dans le brouillard. Il serre les dents, mais je crains que le sorcier de feu en ait trop dit… ou pas assez. Ce qui est sûr, c'est que Severn redoute les sorciers, non pas pour leur puissance, mais pour leur savoir.

Mais il est déjà l'heure de nous quitter. Quelle tristesse, vous allez terriblement me manquer… ou pas. J'ai une soirée de folie en perspective mais, promis, demain je reviens en pleine forme pour vous conter la suite des aventures. Il se pourrait bien que quelqu'un passe de vie à trépas… Allez, j'aime vous faire languir… Vous connaissez le refrain… la suite au prochain épisode.

Épisode 9

Judith Mikelson

« Bonjour à toutes et à tous. Oh ! je vous vois venir… Est-ce que j'ai la gueule de bois ? Je ne vous permets pas, mais les photos de la soirée sur Surnatgram, le réseau social pour les surnaturels, parlent d'elles-mêmes. Oui, les maquilleuses font un travail formidable. Il faut dire que, avec la poudre de fée, quels miracles ne pouvons-nous pas réaliser, en beauté bien sûr ? Pour revenir à nos moutons, je vous ai promis un mort, et non, la fête n'a rien à voir avec l'émission. Ah, mais que vous êtes agaçants ! tout ne tourne pas autour de vous. Je ne fête pas la mort du candidat que je déteste. Je suis présentatrice ! Je suis professionnelle. Comme une maman, je les aime tous de la même manière… avec mes préférences, évidemment. Plus sérieusement, à l'aube de ce neuvième jour, je vous promets une journée plus qu'animée… et légèrement macabre ! Place à l'épisode… »

Épisode 9

Le réveil est mouvementé ; entre les cris de Derek, qui tente de se justifier, et surtout l'énorme boulette qu'il vient de commettre, je peux vous garantir que c'est animé. Son petit regard en direction de Severn n'est pas passé inaperçu et le vampire a très vite compris qu'il avait été identifié par le jeune homme. La grande question que tout le monde se pose est de savoir si Severn pense que Derek est l'unique personne à connaître la vérité. On ne va pas tarder à le découvrir, car le vampire ne traîne pas en longueur. Il s'éloigne comme s'il n'avait rien vu et rien dit.

— Bibu, j'ai besoin de ton aide pour aller chercher de l'eau fraîche à cette bande d'ingrats. Quant à toi, le sorcier, tu ferais mieux de garder ton énergie. Rallume un feu au lieu de jacasser comme une pie.

Le gobelin échange un regard avec Thya, puis se rend près de Severn. Ils partent côte à côte en direction du puits. Le gobelin boite toujours à cause de sa blessure de la veille. Il me fait presque pitié à devoir jouer la comédie avec son tortionnaire. Mais nous verrons tout cela plus tard, Thya a décidé de montrer ses compétences une fois de plus et nous ne voudrions pas louper ça. La jeune fille ne mâche pas ses mots et lance à Derek :

— Tu devrais te détendre un peu, tu as peut-être un don magique, mais ce n'est pas le seul moyen de faire du feu ! Je vais le faire. Tu n'es qu'un crétin, et si tu nous as tous mis en péril avec ta grande bouche ouverte, je te jure que je te ferai regretter ta venue au monde.

Carmilla jette un œil à Severn qui est déjà loin. Elle reprend avec un ton bas :

— Nous n'avons pas l'ouïe aussi développée que les loups, mais elle est plus poussée que celle des humains, alors silence. Derek, je crains fort que tu sois autant en danger que Lévana, mais les loups ne pourront pas te surveiller. Tu vas devoir te montrer prudent !

— Oui, j'ai compris. J'ai fait une connerie, mais j'en ai marre qu'on me traite ainsi. Je suis d'accord, mon clan ne vaut rien, ils ont assisté à tout ça. Mais je me suis battu dans l'ombre contre MacGregor. J'ai tout fait pour aider Artémis, jusqu'à piller des tombes. Je ne l'ai pas fait pour mon plaisir personnel. Je cherchais un traitement pour sauver les sorciers des eaux. Je me suis introduit plusieurs fois chez MacGregor pour étudier comment libérer mes sœurs des bois. Alors je veux bien qu'on m'insulte de pilleur de tombes et de certaines choses, mais certainement pas de traître ou de couard.

Le silence devient lourd, pesant, et tous se regardent, un peu gênés. Ayden avance vers le sorcier et lui tend une main amicalement. Encore une fois, les gestes valent mille mots, Derek lui rend sa poignée de main. Ayden prend la parole et dit :

— Nous allons devoir nous montrer unis si nous désirons gagner. Nous venons de lui dévoiler une partie de notre jeu, à cause de tensions puériles. Honnêtement, Derek a tout fait pour aider Artémis, et je ne doute pas de sa parole. Ses méthodes sont discutables, mais nous allons avoir besoin de lui. Gabriel, qu'est-ce que tu en penses ?

— Les loups ne sont pas rancuniers ! La prochaine fois, demande-nous de l'aide. On aurait pu te donner ce que tu souhaitais.

— Tu aurais pillé toi-même les tombes de tes ancêtres ?

— Non, on t'aurait fourni le cadavre d'un loup. Il existe des cabots condamnés à mort pour non-respect des règles dictées par la meute de l'alpha des alphas. On se contrefiche de leurs dépouilles, mais je n'en dirai pas plus. Il t'aurait suffi de demander de l'aide, je suis sûr que le grand patron t'aurait aidé. Bref, passons à autre chose, je n'aime pas parler en son nom. Thya, tu as besoin de quoi pour allumer le feu ?

— Des copeaux de bois sec et deux morceaux de bambou. Ils doivent encore être sur la plage où nous avons disputé l'épreuve.

Gabriel regarde Ethan qui s'élance immédiatement. Ayden s'est muni de la machette et entreprend de tailler des bouts de bois pas plus grands que des allumettes, tandis qu'Isabella cherche des herbes sèches. Lévana la rappelle et lui dit :

— Je peux le faire, même si je ne suis pas fan de ce pouvoir.

La sorcière des bois fait pousser une touffe de graminées, puis lorsqu'elle atteint une grandeur et une grosseur plus que raisonnable, la jeune femme plisse les yeux et la plante se dessèche à vue d'œil. Une fois bien sèche, elle dit :

— Cela devrait convenir.

Puis elle se tourne pour vomir. Gabriel se précipite vers elle et lui demande si tout va bien. La sorcière lui explique que c'est normal, le processus de tuer une plante est douloureux pour la sorcière qui manipule la nature. Gabriel jette un regard noir à Derek.

— Je te jure, Gabriel, je ne peux pas réitérer mon exploit. C'est très dur de créer une flamme à partir de rien. Sinon je le ferais sans vous demander de l'aide. S'il y avait une autre solution, je l'aurais choisie.

L'alpha lui fait un signe de tête pour montrer qu'il a compris et qu'il s'excuse, mais son regard me fait douter de sa sincérité. Lévana reprend peu à peu contenance et rassure l'alpha. Ethan revient en courant avec les quatre bambous ; il les pose près de la chamane, qui s'est installée en tailleur pour méditer quelques minutes. Je ne veux pas la décevoir, cela dit, je crains fort que les prières n'allument pas de feu, mais comme elle nous a surpris depuis le début de l'aventure, je préfère garder pour moi le fond de ma pensée.

Mais avant de voir cette prouesse nécessitant l'aval des dieux, nous allons faire un petit tour près de notre gobelin et de son tortionnaire préféré. Ils arrivent au point d'eau, et après une légère inspection des lieux, Severn s'adresse à Bibu avec calme et sang-froid :

— J'ai l'impression que les sorciers sont au courant de ma position. En as-tu entendu parler ? Après tout, tu es toujours fourré sur le camp près d'eux.

— Je te rappelle que tu m'as demandé d'assassiner la sorcière des bois ! Je ne sais pas si tu as remarqué, mais elle a rejoint une meute de grands méchants loups. Alors j'essaie de trouver une solution.

— Oui, j'avoue, je ne comprends pas ce qui se passe. Pourquoi les loups protègent cette petite catin ?

— À cause de Derek, il y a eu une altercation entre lui et Gabriel concernant la manière qu'il a de traiter ses semblables. Je n'ai pas tout suivi, mais les loups imaginent que le sorcier de feu veut assassiner Lévana.

— Tu es plus utile que je le pensais. Si je tue le sorcier de feu, les loups relâcheront leur vigilance et tu pourras t'occuper de Lévana. De toute manière, il faut qu'on le fasse taire, je crois bien qu'il en sait plus sur moi. Il m'a regardé puis s'est arrêté de se justifier quand il allait prononcer le nom de MacGregor.

— Je n'ai pas remarqué plus que ça, je pense surtout qu'il ne voulait pas que Lévana en apprenne plus. Après tout, si elle a vécu l'enfer avec ton patron, c'est en partie sa faute.

— Ah ! Elle exagère, on ne lui a pris qu'un peu de sang. J'ai hâte de voir son corps sans vie. Elle pourrait me trahir.

— Et tu n'as pas peur des caméras ?

— Non, j'ai hypnotisé des fées qui effacent nos conversations. Chaque fois que je suis seul avec toi, elles enlèvent les bandes.

Le pauvre Severn, je crains qu'il n'ait pas compris le système de relève. En tout cas, je peux vous assurer que les petites fées hypnotisées sont actuellement en sécurité. Elles ont été rapatriées et prises en charge par une équipe médicale. Eh oui ! Messieurs les vampires, vous n'êtes pas les plus puissants de ce monde. Et ne venez pas encore jeter du sang sur nos portes, cela ne changera rien. Un peu d'humilité ne vous ferait pas de mal.

Severn reprend avec calme et explique à Bibu :

— Je vais m'occuper du sorcier de feu, par contre je ne pourrai pas m'approcher de Lévana. C'est à toi de jouer. Je te le redis, mais si elle n'est pas morte avant le quatorzième jour, je te tue de mes propres mains et ta sœur vivra un enfer.

— Tu n'es pas obligé de me menacer chaque fois. Je connais déjà ma sentence !

Bibu prend quelques bouteilles et regarde une fée-caméra dissimulée à travers les branches. Il hoche la tête dans sa direction, comme pour rappeler l'échéance fixée à June. Se pourrait-il que le gobelin assassine Lévana ? Tout ce que je peux vous dire, c'est qu'à ce moment de l'aventure sa petite sœur n'était pas encore en sécurité et que l'équipe chargée de la rapatrier subissait une pression énorme. Dans les couloirs, c'était la panique au point où certains envisageaient de créer une illusion. Eh oui, nous pouvons faire tellement de choses avec de la poudre de fée. Mais vous connaissez notre incapacité à mentir, une des malédictions que nous portons. Cependant, ce n'est pas le lieu pour débattre de tout cela, retournons près de nos candidats.

Lorsque Severn revient au camp, Derek le garde à vue constamment. Il n'est pas sur le qui-vive, c'est au-delà. Severn demande :

— Qu'est-ce que vous êtes en train de faire ?
— Thya va allumer le feu.

Il s'assoit près d'elle et l'observe. La chamane coupe le bambou dans sa longueur, elle place de la paille dans une lamelle puis dispose les morceaux de manière qu'une extrémité soit au sol et l'autre sur son épaule. Elle se munit de la deuxième partie et commence à frotter en entonnant une chanson incroyablement rythmée. Les autres candidats s'arrêtent et la regardent tandis qu'elle balance ses bras. La friction du bambou se met à fumer, mais la jeune femme continue ses va-et-vient. Après de longues minutes, elle prend la paille noircie et l'on peut apercevoir quelques braises.

Elle place le tout dans une boule compacte d'herbe sèche et souffle délicatement. Elle se lève doucement et entreprend une danse en faisant des ronds avec ses bras. Une forte fumée blanche sort de sa main. Soudain, elle s'arrête et met la boule au cœur des fines allumettes qu'a taillées Ayden. La flamme apparaît enfin. Les autres applaudissent devant ce spectacle hors du commun. Severn la regarde et lui dit :

— Je ne savais pas que les chamans avaient autant de talent. Tu forces mon respect, jeune demoiselle.

— Ce n'est pas du chamanisme, mais l'art ancestral de mon peuple. Je vous rappelle que je viens de la famille des Wu et que mon peuple est nomade. Nous transmettons nos savoirs et notre culture depuis des milliers d'années. À cette époque-là, les briquets n'existaient pas. Je vous avoue que c'était une grande première, mais j'avais mes guides à mes côtés.

Gabriel continue d'alimenter le feu jusqu'à obtenir de belles flammes, tandis que Severn regarde Derek et lui lance :

— Surveille tes arrières, tu n'es plus très utile sur le camp. Un accident est si vite arrivé.

— Dois-je le prendre comme une menace ?

Le vampire hausse les épaules et s'éloigne. Artémis semble agacée par la situation. Elle s'approche discrètement de Severn, mais il se retourne et la saisit par le cou. Il la soulève de quelques centimètres, ses pieds ne touchent plus le sol. Le teint du vampire se marbre et ses yeux virent au rouge. Il lui murmure :

— Je ne sais pas à quoi tu joues en venant par-derrière de la sorte, mais je ne suis pas une de tes proies. N'oublie pas qui mange qui !

D'un revers de la main, il l'envoie voler par-dessus le feu. Elle roule sur plusieurs mètres et se relève en toussant. Elle porte sa main à sa gorge tandis que Derek se jette littéralement sur le vampire. Heureusement pour lui, Carmilla s'interpose. Elle arrête le jeune homme et lui lance :

— Tu devrais retrouver ton amante, elle va avoir besoin de toi. Je vais le calmer.

Elle reprend avec autorité :

— Severn ! Tu me suis, tout de suite ! Nous n'avons pas besoin de mauvaise publicité. Elle n'était pas armée et qui te dit qu'elle allait s'en prendre à toi ? Je ne veux pas te sanctionner. Suis-moi, nous réglerons cet incident entre nous.

— Oui, Carmilla.

Elle s'évapore et il en fait de même. Le camp peut souffler quelques minutes, mais je crains que les sorciers soient en grande difficulté. Gabriel s'approche d'Artémis et lui demande :

— Tu vas bien ? Qu'est-ce qui t'a pris ?

Derek, qui lui frotte le dos, répond à sa place :

— Laisse-lui le temps de s'en remettre, elle ne peut pas parler.

Thya arrive avec de l'eau et lui tend la gourde. Elle pose ses mains autour de la gorge de la sorcière. La jeune femme arrête peu à peu de tousser, puis prononce quelques mots. Sa voix est rauque et Thya lui dit :

— Ne force pas sur ta voix, dans quelques jours tu devrais la retrouver normale.

— Merci, dit-elle avant de se tourner vers Gabriel. J'en ai marre qu'on prenne des pincettes avec lui. Si je peux lui trancher la gorge, je le ferai.

— Tu oublies un détail : ils sont immortels, à moins que tu parviennes à lui couper la tête en un coup ou à lui planter un pieu dans le cœur. Je doute que tu réussisses.

— J'en ai juste marre de le voir se pavaner de la sorte. Nous étions dans une aventure de survie, nous sommes maintenant en enfer.

Elle n'attend pas de réponse et s'éloigne en direction de la plage. Derek commence à la suivre, mais elle lui fait comprendre qu'elle souhaite être un peu seule. Est-ce vraiment judicieux ? Je ne voudrais pas paraître alarmiste, mais j'ai annoncé une mort et je suis sûre que vous la voyez venir comme moi. Une jeune femme isolée sur une plage, ce n'est jamais une bonne idée dans ce contexte. On découvrira si j'ai raison ou tort.

En attendant, pendant l'absence de nos deux vampires, une fée fait son apparition sur le camp. Elle les observe et dit :

— Je n'ai que quelques minutes, mais Bibu, si tu veux bien me rejoindre.

Elle sort une tablette et la lui tend. Une gobeline, enroulée dans une couverture, apparaît sur l'écran. Elle est entourée par des fées-soldats, gardes du roi. Il appuie sur *play* et elle commence à parler :

— Bibu, c'est moi, Xia, ta sœur. Ils viennent de me secourir, j'étais dans une cave sombre et soudain je l'ai vu, le peuple des fées. Je ne sais pas comment tu as fait, mon frère, mais je te remercie. Ils me ramènent dans leur tour des médias. Je t'en supplie, Bibu, ne te mets pas en danger pour moi.

La vidéo s'arrête. Une larme coule sur la joue du gobelin. Il redonne la tablette à June qui lui dit :

— Nos peuples ne sont pas en bons termes. Mais je fais partie de la nouvelle génération et je ne souhaite pas continuer à vivre dans la haine. Ta sœur sera rapatriée dans la tour Surnat où elle attendra ton retour.

— Je suis désolé, mais je devais en être sûr. Je te promets que je ferai tout ce que je peux pour vous aider. Severn veut assassiner tous les sorciers. Il pense qu'ils peuvent le démasquer, car Severn et Lévana n'ont pas été très discrets.

— Pour Lévana, cela fait partie du plan, mais pour ce qui est du sorcier de feu, ce n'est pas le cas.

— Si je ne tue pas Lévana, il me fera la peau.

— Et cela n'arrivera pas, lance Thya. Je veillerai sur toi, et d'autres en feront tout autant.

Les visages acquiescent ; pourtant, non loin de là, une sorcière des eaux se balade seule sur la plage. Alors qu'elle a les pieds dans l'eau, elle est percutée de plein fouet par une chose invisible. June s'envole et disparaît rapidement, mais je crains qu'il soit déjà trop tard. Artémis gît au sol, son sang se mélangeant à celui de l'océan.

Je vous avais annoncé une mort, eh bien vous l'avez eue. Quoi ? Vous désirez plus de détails ? Mais qu'est-ce que vous êtes sordides ! Vous me connaissez tellement bien, je vous promets beaucoup plus d'images croustillantes, car sa mort n'est pas aussi rapide que je viens de vous la décrire. Ne vous en faites pas, nous ne raterons rien de ce spectacle. Pour demain, je vous conseille de vous rendre à la supérette du coin, d'acheter de la bière, des chips pour les fans d'apéros ou du chocolat chaud et du pop-corn au caramel pour les plus sucrés, le prochain épisode garantit d'être délicieux…

Épisode 10

Judith Mikelson

« Bonjour ! Quelle joie de vous retrouver ! Oh, mon Dieu ! Le nombre de commentaires que j'ai reçus, m'accusant de supercherie ! Tout le monde pensait que le gobelin allait mourir. Mais je vous avais dit que ma soirée festive et légèrement arrosée n'avait pas la moindre signification ! Je ne vais pas vous tenir la jambe trop longtemps, car je sais que vous attendez la suite avec impatience... Qu'est-ce qui a bien pu se passer sur la plage ? Qui est le responsable ? Et surtout, est-elle vraiment morte ? Tout ce que je peux vous dire, c'est qu'il y a eu meurtre au pays des candidats ! Allez, place à l'épisode... »

Épisode 10

Hier, je vous ai relaté à la hâte les événements sur la plage, mais que serait notre émission sans un peu de suspense ! Comme je vous le disais, tous sont restés au camp pour observer Bibu et June. Tous, pas vraiment. Carmilla et Severn se sont isolés à cause de la désobéissance de ce dernier. Il s'en est pris à Artémis et a clairement émis le souhait de la tuer. Mais est-ce lui ? Je vous pose la question.

Reprenons calmement les faits. Bibu est avec June, ils regardent une vidéo sur la libération de sa sœur. Thya est là et promet de le protéger face aux menaces de Severn. Attention, jeune demoiselle, il y a des promesses qui sont impossibles à tenir !

Les loups sont autour de Lévana. Tous les loups ? Non ! Isabella manque à l'appel. Ah ! je vous vois venir, vous accusez la petite.

Artémis marche sur la plage. Il faut dire que sa vie a défilé devant ses yeux. Severn ne l'a pas loupée. Comment a-t-elle pu croire une seule seconde pouvoir rivaliser avec lui ? Derek l'observe de loin, il n'est clairement pas serein. Soudain, il la voit s'écrouler alors qu'une vague lui lèche le corps. Le jeune homme se met à hurler et court vers la sorcière des eaux. Il est très vite rejoint par tout le camp. La pauvre Artémis a un bâton de la taille d'une bouteille enfoncée dans le ventre. Derek se tourne vers Thya et lui ordonne :

— Soigne-la ! Je t'en supplie.

Il s'avance vers elle et lui prend les mains. Les siennes sont couvertes du sang de la victime. La chamane lui fait signe de la tête qu'elle ne pourra rien faire. Il essaie de la tirer plus sur la plage, mais la jeune femme murmure entre deux râles :

— Laisse-moi dans l'eau ! Je veux périr dans mon élément. Lorsque j'aurai rendu mon dernier souffle, laisse-moi rejoindre l'océan.

— Non ! Tu ne vas pas mourir, on va trouver une solution.

— Derek, merci pour tout. Je ne te l'ai jamais dit, mais je t'aime.

— Arrête ! Je t'interdis de parler. Artémis, tu ne peux pas partir. Je me suis battu pour te libérer.

La jeune femme sourit puis, avec une tendresse que nous ne lui connaissions pas, tente de toucher le visage de Derek. Il lui prend la main et la pose sur sa joue. Artémis reprend :

— Je meurs libre, et c'est tout ce qui compte ! S'il te plaît, remplis la mission pour ma famille et celle de Lévana. Tu dois poursuivre le combat que tu mènes depuis des années.

C'est la première fois que Derek montre ses sentiments. Il pleure tellement que ses larmes coulent sur le visage d'Artémis. Il la serre contre lui et murmure :

— Je t'aime ! Tu es la meilleure chose qui me soit arrivée dans ce monde. Tu m'as permis d'ouvrir les yeux sur les sorciers. C'est toi la vraie gentille de l'histoire. Je te promets que je ferai tout pour remplir ma mission.

— Alors je pars sereine. Je veux que tu remercies mon oncle. Sous ses airs durs, il m'a élevée comme sa propre fille…

Elle ne termine pas sa phrase. Un dernier souffle sort de sa bouche et ses yeux se voilent. Derek la serre contre lui en poussant un cri qui réveillerait les morts, si je peux me permettre un peu d'humour dans ce moment des plus dramatiques. Les autres assistent à la scène, les réactions vont de la sidération à la peine. Des larmes coulent sur toutes les joues, mais je ne saurais dire si c'est à cause de la mort de la sorcière ou de la détresse de Derek. Thya s'approche de lui et lui pose une main sur l'épaule. Il berce le corps de la sorcière des eaux. Lorsque la chamane tente de porter la dépouille, il la serre encore plus fort en hurlant. Je crains que nous perdions le sorcier de feu. Comment vont-ils le remobiliser ? Mais surtout, que s'est-il passé ?

Allons voir du côté de Severn et Carmilla. Le coupable est forcément de ce côté. Après le départ du camp, Carmilla s'est arrêtée dans une clairière. Severn est resté à bonne distance de sa maîtresse. Celle-ci lui demande :

— J'attends des explications ! Comment as-tu pu t'en prendre à elle ? Elle marchait derrière toi. Ne me dis pas que c'est la faim, car nous mangeons suffisamment. Severn, qu'est-ce qui se passe, je ne te reconnais plus ?

Le vampire ne bouge pas, il ne prononce pas un mot. En tout cas, je dois avouer que Carmilla mérite un oscar pour cette prestation hors du commun. Je ne doute pas qu'après tout ça elle aura un rôle dans ces séries à l'eau de rose pour vampire en manque d'amour. Severn s'approche de la jeune femme et lui explique :

— Je ne sais pas ce qui se passe. Carmilla, je ne les supporte plus. Je n'ai qu'une envie, c'est de leur arracher la tête. Ils sont lents et sans intérêt. J'ai l'impression de devoir cohabiter avec du bétail. En plus, ils sentent terriblement mauvais. Tout m'exaspère depuis quelques jours.

— Tu exagères ! Tu dois te reprendre, car je ne souhaite pas revivre ce que j'ai vécu avec Joshua. Je ne voudrais pas…

Elle n'a pas le temps de finir sa phrase ; Severn s'évapore et réapparaît juste à ses côtés. Il lui attrape les cheveux et lui tire la tête à l'envers pour lui murmurer :

— Tu ne voudrais pas faire quoi, Carmilla ? Ne me menace pas, je ne suis pas un jeune vampire. Tu n'es pas ma maîtresse, ce n'est pas toi qui m'as créé. Ne l'oublie pas.

Le visage de la reine des vampires est marbré et ses yeux luisent d'une lueur rouge. Ses canines sont sorties et, en une microseconde, elle lui attrape le bras et le tord dans un angle peu commun. On entend clairement l'os craquer. Elle se jette en arrière et lui lance :

— Tu n'as pas perdu pied et tu ne pourras pas me dire que c'est la folie. Dis-moi la vérité, Severn. Qui es-tu vraiment ?

Le rire de ce dernier est glaçant. Il rétracte ses canines et reprend un visage moins… vampirique. Il lui avoue :

— Maîtresse Carmilla, je suis votre bras droit. Je ne tolère pas ce que monsieur MacGregor vous a fait subir. Sérieusement, qu'est-ce que tu es crédule, ma pauvre fille ! Tu pensais vraiment qu'il te laisserait vadrouiller sans surveillance. Il t'aime plus que ce que tu crois, il ne désire pas ta mort. Il ne comprend pas que tu souhaites voir en vie cette ignominie qu'est Ayden. Il peut tous nous détruire et, toi, tu veux qu'il vive ! Mais ne t'en fais pas… tu seras très vite de retour à la maison et je reprendrai ma place auprès du seul maître que je mérite de servir.

Carmilla a gardé son visage… de monstre. Je suis désolée, je ne trouve pas d'autre mot. En même temps, son visage est macabre et ses veines ressortent pour venir finir autour de ses yeux, injectés de sang. Ses canines, qui dépassent de sa dentition en temps normal si parfaite, nous montrent son côté animal. Je regrette, mais je ne voudrais pas me retrouver face à elle, même en pleine journée. Elle enchaîne en lui disant :

— Je t'ai percé à jour, il y a déjà un petit moment. Ne crois pas que je te laisserai t'approcher de lui. Tu devrais prévenir ton maître et lui dire que je l'attends avec impatience. Je suis sûre qu'il trouvera le moyen de déjouer la barrière des fées. Il se prétend au-dessus des autres, bien plus puissant. À lui de nous le démontrer.

— Mais tu penses vraiment qu'avec ton équipe de bras cassés vous allez détruire MacGregor ? Ma pauvre, je crains que tes années enfermées dans ce cercueil t'aient quelque peu grillé les facultés cérébrales. Je vais te le prouver.

— Non !

Elle n'a pas le temps d'en dire plus. Severn se munit d'un morceau de bois et s'évapore. On le retrouve vers la plage avec un sourire diabolique. Il disparaît à nouveau pour apparaître juste devant Artémis qui, surprise, se fige. Il lui mord l'avant-bras et se nourrit de la pauvre sorcière avant de lui enfoncer le pieu dans le ventre en murmurant :

— Merci, je suis sûr que tes pouvoirs vont me servir. Ne t'en fais pas, tes amis vont très vite te rejoindre. Maintenant, oublie ce que tu viens de voir.

La jeune fille s'écroule au sol. Je ne vais pas vous mentir, nous avons dû réduire la vitesse des images, car tout s'est passé en une microseconde. Carmilla a surgi, et une course que nous ne pourrons pas vous diffuser s'est ensuivie entre les deux vampires de l'île. Carmilla s'est arrêtée pour rejoindre le groupe, tandis que Severn riait aux éclats. Il semblerait que le monstre ait révélé son vrai visage. J'ai hâte de découvrir la suite, pas vous ? Je vous rappelle les règles : ils doivent vivre sur le même camp, sinon ils sont éliminés. Je suis certaine que Derek va guetter le retour du vampire avec impatience. Bon, Severn maîtrise le pouvoir de l'eau jusqu'à son prochain repas. Je suis sûre que les choses vont devenir très intéressantes. En attendant, je vous laisse regarder le retour de Carmilla auprès des autres concurrents et de la dépouille de la sorcière des eaux.

Elle arrive tellement vite que le courant d'air qu'elle provoque fait danser les cheveux de Thya et Lévana. Derek tient toujours le corps d'Artémis dans les bras. La vampire ordonne à Ayden :

— Isabella !

Elle n'a pas le temps de finir sa phrase que le rire provocateur de Severn résonne. Isabella n'était pas avec les autres. La meute se place tout autour des candidats. Gabriel aboie des ordres puis hurle face à la forêt :

— Écoute-moi bien, connard ! Si tu t'approches, on t'attrape et Lucas te mord. Tu sais combien la salive d'un garou est mortelle pour vous ! Tu n'es qu'un traître, tu t'en es pris à une personne sans défense et dans son dos. Tu me fais vomir.

Carmilla demande à Derek avec un ton légèrement autoritaire :

— Il faut que je voie son corps. Je t'en prie, c'est très important, je redoute bien pire que sa mort.

Le sorcier ne semble pas vraiment présent. Il serre le corps de la jeune femme sans vraiment avoir conscience de ce qui se passe autour. Lorsque Carmilla s'approche, une boule de feu vient tourner en orbite autour de lui et d'Artémis. Lévana va vers le sorcier, mais Ethan la retient par la taille. Elle lui hurle :

— Laisse-moi, je peux l'aider, je ne crains rien.

Il regarde son alpha qui lui fait un signe de tête avant d'ajouter :

— La meute, on se met en cercle, on protège Derek, Lévana et Thya. Avec sa vitesse il peut nous surprendre, soyez tous prêts !

Lévana s'approche de Carmilla, celle-ci lui explique :

— Je dois voir le corps d'Artémis, je crains le pire, mais je ne veux pas aborder le sujet avant d'en être sûre.

— Je m'en occupe !

Elle se rapproche du sorcier de feu qui agite tellement sa boule enflammée qu'on dirait qu'un mur de flammes le coupe du monde. Il serre le corps d'Artémis, l'air complètement absent. Ayden hurle :

— Lévana, fais vite, sa boule devient de plus en plus chaude, il va finir par nous rôtir.

La jeune femme s'agenouille et lui crie :

— Derek, j'ai besoin de toi. Tu m'as fait une promesse quand tu es venu dans ma forêt. Tu te souviens ?

Le sorcier de feu lève les yeux vers elle. Elle continue :

— S'il te plaît, tu dois nous aider à nous venger. Artémis et moi comptons sur toi.

La boule de feu s'arrête puis se dirige dans l'océan, provoquant un nuage de vapeur qui, avec les vents, les dissimule de toute personne sur la plage. Sa voix résonne à travers le brouillard qu'il vient de créer :

— Je veux la mort de Severn ! On a fini de jouer et de feindre que nous sommes en guerre entre nous. Il est seul sur l'île et il ne sortira pas d'ici vivant.

Lorsque l'épaisse fumée s'évapore, Derek est debout aux côtés de Gabriel et d'Ayden. Il regarde en direction du rire qui continue et persiste. Lévana tient le corps de son amie tandis que Carmilla l'ausculte dans les moindres détails. Elle n'a pas le temps de trouver ce qu'elle recherche que la voix de Severn lui dit :

— Tu cherches une morsure !

Une goutte d'eau de la taille d'un seau s'élève de l'océan pour se poser au-dessus de la tête de Carmilla. Elle se déverse sur elle tandis que le rire démoniaque retentit. Severn lance avec humour :

— Tu as ta réponse ! Je vous conseille d'être vigilants, car si elle reprend vie… elle sera affamée.

Derek se tourne vers Carmilla. On peut lire de l'espoir dans ses yeux, mais aussi une crainte. Il n'a pas le temps d'assimiler tout ça, car Severn dit :

— Bibu, tu n'es plus obligé de te cacher ! Viens, mon petit, rejoins-moi.

Le gobelin s'avance et se positionne devant Gabriel. Il tient dans sa main la dague qui a tué Joshua. Comment l'a-t-il dérobé à la reine vampire ? Le mystère reste entier. Soudain, le vampire apparaît à une trentaine de mètres du groupe. Son corps est marbré, ses yeux rouges, injectés de sang, lui donnent l'air d'un fou. Il tend la main vers Bibu, et une goutte d'eau s'approche de la bouche du gobelin. Avec une liane, Lévana la fait éclater. Elle lui hurle :

— N'y va pas, il va te tuer.

— On ne dupe pas aussi facilement la sorcière des bois. Ton stage auprès de notre maître MacGregor t'a quelque peu servi. Tu pensais que je ne m'apercevrais pas de ton double jeu, Bibu ? Sache que, en voyant ces images, ta sœur doit être déjà morte.

— Tu crois tout connaître, mais tu es loin du compte. Tu vas comprendre que tu es proche de la défaite. Je te conseille d'être très prudent, te voilà seul face à nous tous. Nous sommes plus unis que jamais.

— Et tu penses que tu étais mon unique allié ?

Il tend la main et Isabella sort des bois. Elle se place à ses côtés avec un air de drogué qui vient d'avoir sa dose. Gabriel serre les dents et jette un regard noir à Ayden. Mais celui-ci ne perd pas de temps, il tapote les flancs de Lucas et lui fait un petit signe de tête. Le loup s'élance en direction de sa sœur. Severn lève le bras alors qu'Ayden retient son souffle. Mais Isabella a compris, elle arrête le geste du vampire et lui murmure :

— Il nous rejoint. Il est en conflit avec Gabriel depuis des jours, je l'ai convaincu de rester à mes côtés. Tu m'as promis de sauver mon frère.

Severn embrasse la jeune femme puis il reprend pour le pauvre Bibu :

— Tu devrais expliquer à tes nouveaux amis comment Lévana s'est fait mordre par un serpent. Ou encore tout ce que tu m'as raconté…

Il ne finit pas sa phrase, car June arrive en volant et rejoint le groupe. Elle se pose devant Bibu. Immédiatement, Gabriel et Ayden se mettent de chaque côté. Le sourire sur le visage de Severn s'échappe peu à peu. La productrice de l'émission lui hurle :

— Le jeu est terminé et j'en lance un tout nouveau. La chasse est ouverte, et parce que je ne suis pas méchante, je te laisse un peu d'avance, mais je te conseille de faire attention, j'ai des yeux et des oreilles partout ici.

Severn serre les dents, mais il ne se démonte pas :

— Tu as perdu certaines de tes jolies fées, tu penses que je n'ai rien fait depuis tout ce temps ? Ne t'en fais pas, tu mourras comme les autres sur l'île…

Il ne termine pas sa phrase, il s'évapore. June se retourne immédiatement vers Carmilla qui tient le corps sans vie d'Artémis.

— Est-ce qu'il y a une chance… ?

D'un geste de la main, la reine vampire l'arrête. Elle s'avance vers Derek et lui attrape la tête entre ses mains. Elle est plus petite, mais le jeune homme pose son regard dans le sien. Elle lui dit avec gravité :

— Je suis terriblement désolée, mais tu vas devoir prendre une décision des plus difficiles. Je vais être très claire avec toi, Artémis est morte, mais il l'a mordue juste avant et a bu de son sang. Au vu de ce que j'ai entendu, je redoute qu'il lui ait donné le sien. Cela veut dire qu'elle pourrait revenir en tant que vampire et sous l'emprise de son maître : Severn, et donc MacGregor. À moins de l'enfermer, nous ne pouvons rien faire. Elle va terriblement souffrir de la soif et elle fera tout pour avoir un peu de sang. Je ne souhaite à personne de vivre cela.

Encore moins sur une île isolée avec des amis comme seuls repas. Elle ne sera plus la même…

— Je ne comprends pas ta demande, Carmilla !

— Tu dois choisir… Soit tu brûles son corps et tu la laisses partir, soit elle a de grandes chances de revenir parmi les âmes damnées en tant que jeune vampire. Je suis certaine que Severn vous a donné de son sang pour que vous alliez grossir les rangs de MacGregor.

Je vous avais promis une mort, mais vous avez eu beaucoup plus, petits coquins : du sang, un amour brisé et un dilemme. Avouez que vous vous délectez de tout cela ! En tout cas, les masques sont tombés, mais est-ce que certains ne l'ont pas toujours ? Je me méfierai quand même. Notre troupe semble unie pour la vie… Mais Severn devrait rester sur ses gardes, c'est lui qui a des taupes maintenant. Mais comment va réagir notre alpha en sachant que c'est le bêta qui donne les ordres ? Et le jeu est terminé, mais l'aventure continue. Alors vous me connaissez, je vous dis… la suite au prochain numéro…

Épisode 11

Judith Mikelson

« Bonjour, mes chers téléspectateurs. Nous avons battu notre record d'audience avec l'épisode d'hier soir. Je vous remercie, ainsi que toute la production, pour votre soutien. Qui aurait cru que la téléréalité marcherait aussi bien chez les surnaturels ? Ah, notre roi n'en voulait pas ! Est-ce qu'il regrette ? Non, car les annonceurs s'affrontent pour avoir leurs pubs avant notre rendez-vous quotidien, donc l'argent coule à flots... Mais il reçoit tellement d'appels des dirigeants de toutes les espèces que je peux vous dire que je n'aimerais pas être à sa place. Il faut dire que notre téléréalité est quelque peu différente de celle des humains. Mais notre quotidien l'est tout autant, donc je ne suis pas surprise que les choses ne se passent pas comme chez eux. Quoi ? Vous râlez, car ce débat ne vous intéresse pas ? Très bien, reprenons !

Gabriel vient de voir son ancien bêta et son oméga rejoindre le camp ennemi. Évidemment, c'est pour de faux, mais ils ne lui obéissent plus vraiment. Mais qui est l'alpha ? Ayden ? Artémis est morte... enfin pour l'instant ! Pourrait-elle revenir en tant que vampire ? Dans ce cas-là, serait-elle un hybride ? On sait très bien ce que pensent les différents gouvernements de ces expérimentations douteuses. Ah, tellement de questions restent en suspens ! Je ne vous fais pas plus languir… Place à l'épisode. »

Épisode 11

Severn embarque sa belle Isabella dans ses bras et s'éloigne à toute vitesse. Le pauvre Lucas, sous sa forme de loup, s'engage à leur suite, mais il est vite largué. Severn dépose la jeune fille, toujours prise de vertige, dans une clairière. Attention, les fées-caméras, Severn ne doit pas vous voir ! Il est persuadé que cette partie de l'île est inexploitée. S'il vous trouve, je ne donne pas cher de vos ailes.

Il serre Isabella dans ses bras, puis il lui dit :

— Es-tu certaine que ton frère est avec nous ?

— Oui, il a compris que Gabriel ne tiendra pas son engagement vis-à-vis de moi. Il craint que je ne sois plus en sécurité à ses côtés. Je n'ai pas pu lui parler de ta proposition, mais c'est mon frère. Il a conscience qu'il se passe quelque chose entre nous. Il m'a alors expliqué qu'il me suivrait, car c'est lui et moi.

— Très bien ! Je vais le chercher. Je ne vais pas pouvoir le ramener comme toi et je doute qu'il se laisse faire. Sois patiente ! Nous serons là dans quelques heures.

Elle acquiesce. Il l'embrasse de nouveau. Je plains la pauvre Isabella qui doit jouer un rôle plus que dangereux. Elle devrait manger de l'ail, peut-être qu'il y réfléchirait à deux fois. Je ne dis pas ça pour la légende qui affirme que ça les éloigne, mais qui aime bécoter quelqu'un qui pue de la gueule ? En même temps, ils ne se sont pas brossé les dents depuis neuf jours. Il doit être vraiment amoureux. Beurk ! Retournons sur la plage…

Gabriel se tourne vers Ayden, ses yeux scintillent d'une couleur ambrée. Le métamorphe ne se dégonfle pas et lui avoue :

— C'est le seul moyen que j'ai trouvé pour qu'Isabella ait un allié. Elle est en sécurité tant qu'il croit qu'ils ont un avenir ensemble. Lucas pourra la protéger.

Gabriel s'avance vers lui, il ne bouge pas, mais il courbe l'échine comme ferait tout loup soumis à son supérieur hiérarchique. Ethan n'intervient pas, il retient Lévana qui souhaite s'interposer. L'alpha redresse la tête d'Ayden et lui dit :

— Je n'aime pas ton plan ! Mais tu as bien fait d'envoyer Lucas. Maintenant, je t'ordonne de tout me dire.

— Non, lance Carmilla. Du moins pas tout de suite. Je suis désolée, Gabriel, mais nous avons une urgence. Promis, nous te raconterons tout. Mais merde, comment notre plan a pu partir en vrille ?

Elle se tourne vers Derek qui a repris le corps d'Artémis. Bibu tient toujours la dague de Carmilla et semble prêt à lui poignarder le cœur au moindre mouvement. Gabriel s'avance vers le sorcier de feu. Il jette un regard au gobelin puis lui dit :

— Tu dois prendre une décision, mais il est possible qu'elle ne revienne pas. Je respecterai ta décision et je n'hésiterai pas à tuer celui qui tenterait quelque chose.

Le gobelin grommelle puis s'approche de Carmilla et lui tend sa dague. Celle-ci le regarde et lui demande :

— Je la mets toujours près de ma poitrine. Comment as-tu réussi à me la dérober ?

— Je suis issu d'un peuple de chapardeurs. Un magicien ne révèle jamais ses tours. Je m'excuse, je voulais le tuer pour de bon.

La jeune femme retire un faux couteau en bois et replace sa dague à sa place. Elle le regarde et lui lance :

— Je ne t'abattrai pas pour ce que tu as fait. Ton geste nous aurait évité de lourds combats. Mais ne recommence plus jamais ça.

Bibu ignore l'avertissement et retourne vers Derek. Il lui dit avec bienveillance :

— Je doute que tu désires la voir revenir et tomber sous l'influence de son créateur. Elle ne voulait pas ça, elle souhaitait que tu la tues si elle était hypnotisée. Imagine qu'elle se réveille en buveur de sang. Crois-tu qu'elle le supporterait ? Encore plus si on lui ordonne de commettre des massacres. Ce n'est pas Carmilla, sa maîtresse, mais bien Severn. Le lien qui unit son maître et la personne qui l'a transformée est fort, je dois t'avertir.

— Comment tu connais tout ça ? lui demande Carmilla.

— Je le sais, c'est tout ! Tu as réussi à devenir une maîtresse et t'émanciper de MacGregor, mais cela a pris combien de temps ?

— Si je n'avais pas eu mon fils à protéger, dit-elle en regardant Ayden, je serais toujours avec lui.

Nous ne saurons pas si ce sont les paroles de Bibu ou celles de Carmilla qui l'ont convaincu, mais Derek embrasse Artémis sur le front, comme pour lui dire adieu, et sans prévenir qui que ce soit, une boule de feu du camp se dirige vers lui. Elle grossit puis enveloppe le corps de la défunte. Le jeune homme observe les flammes du bûcher pendant que les autres se recueillent en silence. Des larmes coulent sur les joues de certains, tandis que le regard d'autres ne laissent planer aucun doute. On y voit des guerriers remplis de détermination. Cela aura pris plusieurs heures et plusieurs boules de feu pour réduire le corps en cendres. Une fois qu'il n'en reste plus rien, Derek demande à Lévana d'envoyer les cendres dans la mer. Il se retire dans la cabane. Gabriel ordonne à Ethan de veiller sur lui et le jeune garou le suit. Il se positionne devant l'entrée, comme un garde du corps l'aurait fait.

Lévana n'a toujours pas bougé. Gabriel s'approche d'elle et lui dit :

— Je vais le faire si tu ne t'en sens pas capable.

La jeune femme ne prononce pas un mot et lui tombe dans les bras. June appelle alors Derek qui se place devant l'entrée. Elle met ses mains dans une petite sacoche en cuir qui pend à sa ceinture. Elles en ressortent brillantes et recouvertes d'une fine poudre qui ressemble à de l'or. Elle survole l'endroit où sont les cendres, et celles-ci prennent une couleur dorée puis s'envolent comme poussées par une légère brise vers l'océan. Le spectacle est d'une beauté incroyable. C'est comme si une nuée de vers luisants se déplaçait. Lorsque la dernière particule touche l'eau, Derek retourne à l'intérieur et Lévana le rejoint. Les visages des autres candidats sont fermés. La perte semble beaucoup plus lourde que la mort de Joshua. Il faut dire qu'il était déjà en partie décédé. Est-ce cela qui fait la différence ? Je n'en suis pas sûre. Tout ce que je vois, c'est que la gravité de la situation rend le moment plus solennel.

Gabriel s'installe près du feu, Ayden le rejoint rapidement et lui explique :

— J'ai vécu toute ma vie dans la peur qu'on me retrouve, et l'opportunité de le tuer ne se représentera pas de sitôt. J'ai besoin de toi et de ton pouvoir d'alpha. Il faut que tu prennes le lead, Gabriel. Il n'y a que toi qui peux nous organiser et nous aider à le vaincre.

— Je ne sais pas si tout le monde est d'accord avec toi.

— Alors tu dois les convaincre.

June s'approche et s'installe entre les deux garçons. Les deux jeunes hommes regardent le sol avec un air embarrassé. Et si notre vrai alpha était notre fée productrice ! Pour la connaître, je peux vous dire qu'elle a l'âme d'un leader. Elle leur dit :

— Je vais rester avec vous sur le camp, comme ça, je serai au courant de ce qui se passe. Il s'est réfugié à l'autre bout de l'île et j'ai des fées-caméras sur place. J'ai envoyé des guerrières qui ont suivi un entraînement spécial. Ce sont elles qui filment des reportages de guerre, je leur fais confiance pour ne pas se faire repérer. Je devrais avoir tous les renseignements sur ses mouvements. On me dit qu'il est parti chercher Lucas.

Elle pose une main sur l'épaule de Gabriel, qui sursaute légèrement à son contact. Est-ce que l'alpha se radoucit devant une belle fée ? Elle lui demande :

— Comment vis-tu les choses ? Isabella et toi devez vous unir, cela ne doit pas être évident de la savoir avec un autre. Je ferai tout pour veiller sur eux.

— Tout va bien. Ne t'en fais pas. Mon loup n'aime pas que sa meute soit divisée mais, moi, je n'ai pas vraiment de sentiments…

Il s'arrête en milieu de phrase, comme si dire cela à haute voix en faisait une réalité. Tout le monde comprend qu'il considère Isabella comme un membre de sa famille et que le mariage est arrangé pour lui éviter bien des tracas. Il a peut-être plus de points communs avec les sorciers qu'il ne le pense. Après tout, on sait qu'ils se marient souvent selon les désirs de leurs parents pour donner une puissance supplémentaire à leur progéniture. Ce monde n'est pas vraiment joli, mais qui sommes-nous pour juger ?

June retire sa main de l'épaule de Gabriel et se lève pour rejoindre Carmilla, qui est aux aguets. Elle lui dit :

— Ils ne sont pas là, mais à l'autre bout de l'île. Tu peux te détendre, s'il bouge, je le saurai.

— Tout est de ma faute, se plaint la reine des vampires. Je m'en veux terriblement, j'aurais dû anticiper qu'il s'en prendrait aux sorciers.

— Tu n'y es pour rien, ce n'est pas toi la meurtrière. J'ai aussi ce sentiment de culpabilité. Je souhaitais prouver au monde des surnaturels que nous pouvions vivre tous ensemble. Je me rends compte de mon erreur. Je suis aussi responsable de la mort de Joshua et Artémis.

— Je crois que nous le sommes tous. Mais tu as réussi à démontrer que le génocide des métamorphes est l'œuvre de MacGregor. Grâce à toi, nous avons une chance de libérer toutes les pauvres âmes qu'il détient et qu'il fait souffrir. Ton émission aura permis tout ça et je suis sûre que, dans les autres sphères de toutes les espèces, on est déjà en train de le boycotter.

— J'aimerais te croire mais, tu sais, notre monde est très corrompu. Je peux te le dire, je travaille dans les médias. Le roi des fées est un homme droit et sérieux, mais dans les services, on trouve toujours une fée pour accepter un pot-de-vin et te faire rencontrer les bonnes personnes. Je suis sûre que c'est partout pareil. C'est l'argent qui dirige le monde…

— Tu es très jeune, petite fée, et pourtant tu as terriblement raison. Tu es une personne sage. Maintenant, nous devons nous organiser.

Carmilla rejoint Ethan et siffle. Elle crie de sa voix cristalline :

— Nous venons d'essuyer une grosse défaite, mais ce n'est pas pour autant que la guerre est finie. Notre plan est en marche et nous n'avons pas un, mais deux infiltrés. Ils pourront nous dire quand MacGregor arrivera sur l'île. Alors le combat final commencera. Nous n'avons qu'un objectif d'ici là : survivre aux attaques de Severn.

Derek sort de la cabane, passe devant Carmilla et lance :

— Non, le plan change quelque peu. On va faire venir MacGregor pour l'abattre comme prévu, mais Severn sera déjà mort.

Il se tourne vers June avec un regard incandescent et lui dit :

— Tu as assez de rushs pour manipuler les images ?

— Oui, mais…

Il ne lui laisse pas le temps de finir et poursuit :

— Alors on va tuer ce fils de chien ! Il ne nous sert plus à rien !

— Nous ne pouvons pas truquer les images, tu oublies que le peuple des fées arrange un peu la vérité, mais nous sommes incapables de mentir.

Bibu se place devant June et lui lance :

— Et pour ma sœur ?

— Je ne t'ai pas trompé, je t'ai annoncé qu'une équipe était en train de la sauver.

— Et pourtant la vidéo que tu m'as montrée prouve qu'elle ne l'était pas encore quand tu me l'as appris.

— Le sauvetage était en cours, lorsqu'elle était en sécurité, ils m'ont envoyé la vidéo. Je ne t'ai pas menti.

— Comme tu dis, tu arranges la vérité ; c'est pire.

June se met à virevolter autour du gobelin avec colère. Ses joues virent au cramoisi et ses mains sur ses hanches lui donnent un air presque drôle, elle lui crie :

— Et toi ! Tu t'es regardé ? Je t'ai accordé ma confiance et je me suis battue pour toi. Tu m'as laissée croire que tu avais plus ou moins le même objectif : démontrer que nous pouvions vivre ensemble. Au lieu de ça, tu m'as espionnée et tu m'as dit ce que je voulais entendre pour intégrer l'émission. Je me suis mise en danger, et tout ce que tu as permis, c'est de donner raison aux gens contre qui je t'ai défendu. En plus, tu t'es permis de me faire du chantage par la suite en menaçant toutes les personnes présentes ici.

Elle tente de lui mettre un coup de pied au visage, mais Ayden la retient suffisamment pour que le gobelin soit à peine effleuré. Sans vraiment d'effort, le métamorphe éloigne June qui continue d'insulter le gobelin avec des termes peu élogieux. Hélas, je doute qu'elle obtienne ce qu'elle voulait, les autres sourient et finissent par éclater de rire devant les insultes quelque peu différentes de la fée. Il faut dire que « bouseux merdier », « furoncle de fesse » et « chiasse dégoulinante » sont des gros mots peu communs quand on se dispute. Même le gobelin ne peut s'empêcher de rire. Derek observe la scène et un sourire se dessine sur son visage. Au moins, notre productrice aura ramené un peu de joie sur ce camp meurtri.

Il est temps d'aller voir Lucas. Il a été abandonné par sa sœur et Severn en pleine forêt. Le loup tourne dans la clairière en attendant le retour du vampire. Il suffira d'une simple morsure pour que le vampire se retrouve en piteux état. Mais est-ce que Lucas a conscience qu'il va devoir jouer l'espion ? En effet, s'il venait à tuer Severn avant que MacGregor arrive sur l'île, il mettrait en péril le plan de sa sœur et de Carmilla. Est-ce que le vampire va tomber dans le piège ? Je peux vous dire qu'il n'est pas dupe, car cela fait un moment qu'il observe le loup tourner en rond. Il finit par s'approcher, Lucas grogne, mais quand il reconnaît Severn, il se radoucit. Le vampire reste à bonne distance et lui lance :

— Je souhaiterais avoir une discussion avec toi ! Est-ce que tu peux reprendre forme humaine ?

Lucas acquiesce puis refuse. Severn comprend et lui demande :

— Tu veux tes vêtements ? Je vais te les chercher. Patiente ici. Je vais faire un passage au camp et, si l'opportunité se présente, je tuerai l'un d'entre eux.

Le loup ne bronche pas, Severn l'observe encore quelques minutes puis il s'évapore. Aussitôt, Lucas fait signe à la fée-caméra qu'il a repérée dans un arbre. Celle-ci descend dans la clairière en même temps que son corps s'allonge pour avoir une taille normale. Elle lui dit :

— Ne t'en fais pas, Lucas, je vais rester à tes côtés.

Jesmi est l'assistante de June, c'est une fée un peu trop bavarde qui a tendance à ne pas garder de secret. Mais c'est aussi une très bonne amie de June. Ses ailes sont violines et sa tenue sombre lui donne des airs de gothique. Elle reprend :

— Je vais devoir me cacher sur toi, alors quand tu reprendras forme humaine et que tu t'habilleras, débrouille-toi pour le faire loin des yeux du vampire. Il ne sentira pas mon odeur, car toute l'île sent le pouvoir des fées. Par contre, sois vigilant et ne m'écrase pas. Je ne dois pas me faire repérer.

Lucas acquiesce et entreprend sa transformation. Encore une fois, nous assistons au processus inverse de celui d'hier. Les articulations craquent et les poils semblent rentrer dans la peau. Sa gueule s'ouvre pour hurler, mais aucun son ne sort. Le museau se rétracte pour laisser place à un visage. Après quelques minutes, le loup a repris sa forme humaine. Il est nu comme un ver et regarde Jesmi.

— Tu cours un grave danger en venant avec moi.

— Je sais ! Mais je pourrai être le lien entre toi et les autres. C'est provisoire ; June souhaite connaître les derniers détails du plan de Carmilla et elle me remplacera. Je te dirai quand nous ferons le changement. Elle ne veut pas que je prenne de risques, mais elle doit parler aux autres. Avec un peu de chance, elle nous rejoindra avant…

Elle ne finit pas sa phrase et diminue jusqu'à devenir pas plus grande qu'une main. Elle se dissimule en haut d'un arbre. J'ai hâte de voir les images de Severn faisant son retour au camp. Pas vous ? Ah ! Je suis au regret de vous annoncer que ce n'est pas pour aujourd'hui. Mais je vous promets qu'il y a eu un peu de grabuge. Y a-t-il eu des morts ? Non ! Cela ferait beaucoup pour une seule journée. Je dois vous abandonner, car la présentatrice météo a de mauvaises nouvelles pour votre week-end. *Spoiler Alert* : l'été sera pourri. Je vous laisse… la suite au prochain épisode.

Épisode 12

Judith Mikelson

« Quelle joie de vous retrouver pour regarder avec un plaisir non coupable nos deux clans s'affronter ! Enfin, ce n'est pas vraiment deux clans, c'est plutôt un contre tous. Mais notre grand méchant ne le sait pas encore ! J'ai hâte de voir sa visite au camp. Je plaisante, je l'ai déjà visionnée et je peux vous dire qu'il doit vraiment vouloir Lucas auprès de lui. Il fallait bien que lui aussi perde quelque chose. Je suis d'humeur clémente aujourd'hui, je ne vais pas vous faire languir plus que de raison. Place à nos candidats… »

Épisode 12

Sur le camp, tout le monde est rassemblé près de la cabane. Même Derek observe la scène de June en furie contre notre gobelin détesté… adoré. Décidément, je vous prie d'excuser mon écart de conduite. La jeune fée arrive à se calmer. Tandis qu'elle remet ses vêtements en place, elle jette un regard noir à Ayden et leur annonce :

— Je vais rejoindre Lucas. Je vais me faire petite et rester près de lui. Normalement, mon assistante a déjà dû lui dire.

— Il en est hors de question, s'écrient en chœur Ayden et Gabriel.

— Et pourquoi ça ?

Ils ne savent pas quoi lui répondre et June ne leur laisse pas le temps de réagir.

— Je vous le dis tout de suite, je ne ferai pas prendre de risque à un membre de mon équipe. Je vais y aller et je ne vous demande pas votre avis, vous n'êtes que des machos sexistes. Jesmi va vous rejoindre, elle vous racontera ce qui se passe de mon côté.

Elle se tourne vers Gabriel et lui lance :

— Je veillerai sur les tiens, tu as intérêt à veiller sur mon amie. Et si tu te comportes comme un gros con, malédiction de la lune ou pas, je te le ferai payer au centuple. Je dois y aller. Severn arrive pour récupérer des affaires pour Lucas. Je vous rappelle que nous ne pouvons pas le tuer tant que MacGregor n'est pas sur l'île, mais n'hésitez pas à lui flanquer une bonne raclée. Pendant que vous l'occupez ici, je vais rejoindre Lucas.

Elle rétrécit jusqu'à tenir dans une main. Gabriel lui dit :

— Attends ! Sois prudente !

Elle lui tire la langue et s'envole aussi vite que possible. Les autres sur le camp sont déjà sur le pied de guerre. Carmilla cherche partout tandis qu'Ethan renifle l'air. Soudain, il hurle :

— Il arrive sur la gauche !

Aussitôt, Carmilla se jette sur lui à une vitesse indétectable à l'œil nu. Nous avons essayé de ralentir les images, en vain. Elle l'immobilise au sol, se positionne sur lui et lui balance un coup de poing en plein visage. J'aurais juré avoir entendu son nez se briser. Une bulle d'eau s'élève et percute la tête de Carmilla avec puissance, ce qui la fait rouler sur elle-même. Derek est déjà en action, on dirait qu'il tient un lance-flammes. Il le projette sur le vampire toujours au sol. Les yeux de Severn affichent clairement de la peur. Il tente de se relever, mais Lévana lui a enroulé des lianes autour des pieds et des mains. Il se met à feuler devant les flammes qui se rapprochent de lui. Soudain, ses liens se desserrent et il s'évapore. Le tas de vêtements près de la cabane a disparu.

Derek pousse un cri de frustration. Je dois dire qu'il est plutôt convaincant, mais je ne suis pas sûre qu'il ne l'aurait pas tué si Lévana n'avait pas relâché les liens. D'ailleurs, elle demande à Carmilla :

— Il est parti ?

— Je ne sais pas ! Gabriel, Ethan, est-ce que vous sentez son odeur ?

— Non, il est déjà loin.

La sorcière des bois s'avance vers le sorcier de feu et le gifle avant de lui hurler :

— Tu n'es qu'un crétin ! On ne doit pas le tuer tout de suite. Tu n'es pas le seul à avoir une vengeance à accomplir. Je vais faire payer à MacGregor tout ce qu'il m'a fait subir. Alors je te l'annonce clairement, si tu retentes de l'abattre sans que le piège se soit refermé sur son patron, je te descends. Merde !

Elle s'éloigne du jeune homme qui se tient encore la joue. Bibu s'approche de lui et lui murmure :

— Les femmes sur cette île, c'est quelque chose. Elles sont toutes plus violentes les unes que les autres. Et surtout, quel caractère ! Je te conseille de faire ce qu'elle dit.

Il trottine pour rejoindre Thya qui est en train de ranger ce que la bagarre a mis en désordre. Derek sourit à sa plaisanterie et Carmilla s'assoit à ses côtés. Elle lui pose une main sur l'épaule et lui lance :

— Ne t'en fais pas ! Il paiera pour tout ce qu'il a fait, je t'en fais la promesse. Tu le brûleras le moment venu.

La pauvre reine de l'essaim de Bourgogne ne ressemble plus à rien. L'eau que lui a jetée son ancien bras droit l'a détrempée. Sa robe en dentelle est déchirée à de multiples endroits à cause des différents combats, et maintenant sa chevelure est plus proche d'une serpillière espagnole que d'une coupe de cheveux. Elle reste assise là, le regard dans le vide. Il est vrai que l'on prend en compte la peine de Derek, mais elle aussi a perdu un compagnon : Joshua, et pas seulement. Elle se retrouve sans son bras droit et elle doit se remémorer toutes ces années passées à ses côtés alors qu'il n'était que le laquais de MacGregor. Thya semble percevoir sa peine. Elle s'approche de la reine vampire et lui demande :

— Je peux te coiffer ? Le seau d'eau que tu as pris sur la tête ne t'a pas arrangée. Rien ne vaut une coupe de guerrière avant de partir au combat.

Elle se redresse et lui dit :

— Éclate-toi !

— Je vais te faire plusieurs tresses plaquées qui se rejoignent en une. Je vais chanter des chants guerriers en même temps. Cela te donnera de la force et du courage pour ce qui nous attend.

La jeune femme commence à la coiffer, alors qu'elle entame un chant qui s'apparente à un chant viking. On ne comprend pas les paroles mais, à chaque mèche de cheveux tressée, on sait clairement que c'est un chant qui raconte les exploits de guerriers. Lorsqu'elle termine, Carmilla semble avoir changé complètement de visage. Ses cheveux longs noués en chignon sophistiqué ont laissé place à une coiffure qui ferait pâlir une valkyrie. Il ne lui manquerait plus que le maquillage et on se croirait revenu dans le passé. D'ailleurs, les hommes l'observent avec un soupçon d'envie… Si vous voyez ce que je veux dire.

Il est temps de retrouver Severn qui se trouve devant un Lucas nu comme un ver. Lorsqu'il l'aperçoit, celui-ci cache son petit oiseau et ses bijoux de famille. Le vampire ne peut s'empêcher de glousser et de dire :

— Je n'ai jamais croisé un garou pudique de toute ma vie.

— Je ne le suis pas, mais je ne suis pas très à l'aise d'être à poil devant un homme que je connais peu. Excuse-moi, je vais me changer derrière ce buisson.

Le jeune homme récupère ses vêtements et s'éloigne. Lorsqu'il arrive derrière le buisson, il devient rouge comme une tomate, il faut dire que deux petites fées l'observent et détournent les yeux en riant. June est déjà là, elle a retrouvé Jesmi. Les deux femmes se regardent avec détermination. June se glisse dans la poche du pantalon de Lucas. Celui-ci enfile le tee-shirt et rejoint Severn. Il lui demande :

— Qu'est-ce qui s'est passé ?

— Il doit y avoir une de ces satanées fées-caméras qui s'est empressée de les avertir. Carmilla s'est jetée sur moi et m'a cassé le nez. Je l'ai remise en place, dans quelques minutes je n'aurai plus rien.

— Et tes pieds ?

— Ils vont mettre un peu plus de temps à cicatriser. Je crois que le sorcier de feu m'en veut d'avoir tué sa petite amie. Il a essayé de me transformer en cendres. Est-ce que je peux te faire confiance ?

— Question inutile ! Si j'étais avec les autres, je te mentirais. Je ne suis pas une satanée fée… ouch ! je peux mentir.

— Qu'est-ce qu'il y a ?

— Rien de grave, je viens de marcher sur une épine.

— Tu devrais mettre tes baskets, je te les ai rapportées. Rejoignons ta sœur. Nous allons faire notre camp là-bas. J'ai fait le tour de la zone et je n'ai pas aperçu de petites bêtes avec leurs caméras. Si tu en vois une, écrase-la comme un moucheron. De toute manière, les renforts arrivent, je peux te dire que tu as choisi le meilleur camp, celui des gagnants.

— C'est parfait, je n'ai qu'une seule requête : laissez-moi Gabriel. Je veux qu'il paie pour ce qu'il a fait à ma sœur.

Le vampire s'approche de lui et l'attrape par le cou pour lui chuchoter à l'oreille :

— Ne t'en fais pas, tu vas le tuer et récupérer son pouvoir d'alpha. Je suis sûr que MacGregor sera content d'avoir une meute à sa botte. Tu verras, il est un peu autoritaire, mais c'est un grand homme. Allez, nous devons nous mettre en route. Nous avons toute l'île à traverser et tu n'es pas rapide. Je doute que tu souhaites que je te transporte comme ta sœur.
— Si tu tiens à te faire mordre ! Tu oublies que je suis un futur alpha !
— J'aime ton esprit. Bienvenue dans l'équipe des gagnants.

Ils commencent à suivre le sentier à petites foulées. Je dois admettre que le rythme est soutenu, je ne voudrais pas être la pauvre June qui doit se retrouver ballottée dans tous les sens. Je ne sais pas quoi penser des réponses de notre cher Lucas. Je m'explique : il a quand même une dent contre Gabriel. Il pourrait très bien tuer son alpha et prendre sa place. Un accident est si vite arrivé. Oui, je suis médisante, je vois le mal partout, mais combien d'entre vous ont la même analyse ? J'aperçois vos petits sourires malfaisants derrière vos écrans.

Pendant ce temps, au camp, une nouvelle fée fait son apparition et tout le monde la connaît. Jesmi, l'assistante de June, arrive en virevoltant. Elle atterrit vers Ayden et Gabriel, qui boudent encore le départ de la productrice.
— Qu'est-ce qu'il y a, les garçons ?
— Je n'aime pas savoir June en danger. Si Severn la trouve, elle est morte.

La fée fronce les sourcils, pose ses mains sur ses hanches et gonfle les joues. Elle les montre du doigt et leur dit :

— Cela vous dérange que ce soit June, mais moi, ce n'est pas grave. Je vois, il faut protéger la reine plutôt que les ouvrières. Je vais rejoindre les filles, elles me feront peut-être un meilleur accueil.

Elle leur tourne le dos et s'éloigne en direction de Lévana et Thya. Les garçons échangent un regard complice et se retiennent de rire aux éclats. Mais Bibu, qui a suivi toute la scène, court vers Jesmi et lui saute dessus en hurlant :

— Tu es saine et sauve ! Je me faisais tellement de souci pour toi.

La fée le repousse avec une grimace sur le visage, puis regarde les deux autres qui ne se cachent plus pour rigoler. Elle leur tire la langue. Le gobelin se retrouve les fesses par terre, mais ne peut s'empêcher de rejoindre les éclats de rire. On ne dirait pas qu'Artémis est morte il n'y a pas si longtemps. Comme Joshua lorsque ses cendres ont été emportées par les éléments, les souvenirs de leurs morts douloureuses les ont accompagnés. Nous sommes si peu de chose dans ce bas monde. Trêve de dépression, sinon je vais devoir déprimer dans la cabane avec Derek. Je peux vous dire que le reste de la journée a été des plus monotones et je ne veux pas vous ennuyer. Nos candidats au camp ont amélioré leurs défenses et ont mis en place des tours de garde. Ils partent en groupe réaliser les corvées comme aller chercher l'eau, du bois ou chasser. Il y a toujours un guerrier puissant auprès d'eux afin que Severn hésite à les attaquer. Jesmi a facilement trouvé sa place au sein du groupe, mais elle organise aussi les fées-caméras et la régie. Donc elle paraît un peu folle à parler toute seule avec son doigt sur l'oreille.

Severn et Lucas tiennent un rythme soutenu et plusieurs heures se passent avant qu'ils n'arrivent vers Isabella. Quand la jeune femme voit son frère, elle court et se jette dans ses bras. On entend clairement un petit « ouch ! » sortir de la poche du garou. Lucas attrape la tête de sa sœur et plante ses yeux dans les siens :
— Tu vas bien ?
— Oui, merci de me faire confiance et de me rejoindre. Je ne pensais pas…

Severn tousse et lui fait signe de se taire. Elle baisse la tête avant de reprendre :
— J'ai fait un petit abri pour ce soir, je ne savais pas quand vous seriez là. Pour boire, il y a un cours d'eau, elle est potable. Je n'ai pas réussi à faire du feu.

Severn s'avance vers elle et lui dit :
— C'est parfait pour ce soir, nous ne serons ici que quelque temps. C'est un lieu sûr, il n'y a pas de fées. Je vais vous expliquer le plan, même si je comptais sur le gobelin pour finir de le réaliser. Mais l'objectif est de faire entrer MacGregor et tout l'essaim pour tous les tuer. C'est simple, il ne doit plus rester personne, même les techniciens, les fées-caméras, tous vont périr. Cela donnera une grande leçon à quiconque s'en prendra à mon maître. La seule qui doit survivre est Carmilla, il la veut de nouveau auprès de lui. Je ne sais pas ce qu'elle lui a fait, mais il en est fou amoureux. Enfin, je peux comprendre.

Il jette un regard tendre vers Isabella, et Lucas ne peut s'empêcher de grogner. Severn lui sourit et lui dit :

— Ce n'est pas le moment ni le lieu ! J'entends ta réticence, et je ne ferai rien tant que le combat ne sera pas gagné. Ensuite, nous discuterons de tout ça.

Lucas s'arrête, mais les traits de son visage sont tirés. Ses yeux scintillent d'une lueur jaune. Severn lui dit :

— Je comprends ta réaction, tu réagis par instinct. Je vais vous laisser seuls pour que vous en parliez. Je vais essayer de vous rapporter à manger.

Le vampire s'évapore et Lucas hume l'air avant de murmurer :

— Il est parti à une assez bonne distance, il ne nous entendra pas si on chuchote.

— Commence par te calmer ! Je te rappelle que la meute sent quand l'un de nous est en colère, je ne veux pas que tu foutes mon plan en l'air.

— Ne t'inquiète pas, ma poche va leur expliquer que tout va bien !

— Quoi ?

Une petite tête sort de la poche de Lucas et dit d'une voix fluette :

— Je les ai déjà prévenus. Tu devrais faire attention, Lucas, tu as failli me tuer. Quand tu courras, je me cacherai dans ton tee-shirt. Et évite de me broyer contre quelqu'un.

— June ? Mais tu es…

— Minuscule ! C'est le pouvoir des fées, c'est pour ça que vous ne repérez pas les fées-caméras.

La jeune femme place une main sur l'oreille et dit :

— J'ordonne à toutes les fées proches de Severn de ne pas s'approcher et de rester dissimulées. Il n'hésitera pas à vous tuer, vous torturer ou vous hypnotiser pour que vous lui révéliez des informations. Soyez prudentes !

Elle sort de la poche de Lucas et se glisse sous son tee-shirt. Le jeune homme gesticule et rit. Elle apparaît au niveau du col et demande :

— Est-ce que tu me vois si je suis sous son tee-shirt ?

— Non, il est large, mais attends.

Elle prend la veste de jogging que le garçon porte à la taille et l'oblige à l'enfiler. Elle referme la fermeture éclair et dit :

— Là, tu es complètement dissimulée !

— Par contre, je meurs de chaud.

— Chut ! Il revient. On trouvera une meilleure solution.

Elle se glisse dans le tee-shirt et Lucas se dandine comme un bébé à qui on ferait des chatouilles. Severn s'approche et lui demande si tout va bien.

— Oui, oui, ne t'en fais pas. J'avais une bestiole dans ma veste, elle est partie. Désolé pour ma réaction, mais je suis très protecteur avec ma sœur depuis la mort des parents. Si tu pouvais garder tes distances, le temps que cette merde soit réglée.

— Je respecte ça. Tu sais, je suis né à une époque où nous avions des chaperons et nous ne pouvions pas nous fréquenter sans l'accord des parents. J'ai toujours ce respect-là. Tu n'as pas de souci à te faire. Je vais prendre mes distances. Je vous ai rapporté des baies. Nous devrions nous reposer, demain va être une longue journée.

Isabella regarde son frère et lui adresse un sourire. Le plan de celui-ci a fonctionné et la jeune femme est clairement soulagée. Heureusement que Severn est né à une autre époque où la galanterie faisait foi, sinon j'aurais craint pour ses fesses. Je ne suis pas sûre que cela soit approprié, mais vous m'avez comprise. En tout cas, le frère et la sœur jouent divinement bien, j'en suis bluffée. Ils ont réussi en une seule journée à se greffer au camp de Severn, à gagner sa confiance et surtout à protéger Isabella d'un rapprochement physique. Ils sont bons, peut-être un petit peu trop. Attention ! Ne pas avoir trop confiance, un faux pas est si vite arrivé. Je vais quand même garder un œil sur Lucas, je suis sûre que le jeune homme a un plan personnel. Je le vois bien tuer son alpha et prendre son pouvoir, pas vous ? En tout cas, surveillons tout cela de près. On se retrouve pour la suite à l'aube du dixième jour. Vous connaissez la rengaine… la suite au prochain numéro…

Épisode 13

Judith Mikelson

« Bonjour à toutes et à tous ! Quelle joie de vous retrouver pour ce nouvel épisode de « Treize » ! Hier, nous nous sommes quittés à la fin de notre jour neuf. Il ne s'est pas passé grand-chose durant la nuit. Enfin si, June a dormi dans le tee-shirt de Lucas ! Ils étaient l'un contre l'autre et je ne doute pas que certaines demoiselles auraient voulu sommeiller dans les bras du beau métis. Ah ! Je vous avoue que j'envie June. Bref ! Ne le dites à personne, je ne souhaite pas que ma mère voie ça. Ah ! Tout va bien, je suis célibataire et libre comme l'air. À bon entendeur ! Trêve de bavardages et place à nos candidats. »

Épisode 13

L'aube se lève sur le camp principal. Nos candidats sont coincés là depuis dix jours. Il faut avouer que le jeu a pris une tournure quelque peu différente, mais il reste tout aussi divertissant. Gabriel et Derek sont devant la cabane tandis que les autres dorment. L'alpha demande au sorcier :

— Est-ce que tu vas bien ?

— Pas vraiment ! J'ai l'impression d'avoir perdu l'amour de ma vie, et les seules flammes qui m'animent sont celles de la vengeance.

— On l'aura, je te le promets. Il paiera pour Joshua et Artémis.

Il semblerait que Gabriel ait la mémoire courte, mais Severn n'a rien à voir avec la mort de Joshua. Il a été tué par Carmilla. C'est tellement plus facile de rejeter entièrement la faute sur le grand méchant du moment. Voilà comment la mémoire collective peut être altérée, mais ne vous en faites pas, téléspectateurs, je veille au grain pour vous révéler la vérité.

Les autres se lèvent avec comme une gueule de bois. Il faut dire que la journée d'hier a été mouvementée. Lévana prend Derek dans ses bras ; aurait-elle oublié son stage forcé en tant que captive chez les vampires ? Et surtout à cause de qui y est-elle allée ! Oui, je vois déjà les mauvaises langues, ce n'est pas lui, c'est son père… blabla… Est-ce que le fils doit payer pour les crimes de papa ? Blablabla…

Bibu sort toujours accompagnée de Thya, ces deux-là sont devenus inséparables. La chamane désire se rendre en forêt pour chercher des baies. Gabriel refuse dans un premier temps, jusqu'à ce qu'un ours passe l'entrée de la cabane. Il secoue sa fourrure, puis l'alpha lui demande :

— Tu peux escorter Thya à la cueillette ?

L'ours pousse un grognement, en toute franchise, je ne sais pas si c'est oui ou non. Après le « pop ! », Ayden se tient nu devant les autres. Il bâille et se frotte la tête en disant :

— Pas de souci ! Je vais m'habiller.

— Tu aurais dû le faire avant de nous répondre. Tu devrais te changer loin de nous. Un peu de pudeur ne serait pas de trop sur le camp, lance Carmilla, assise en haut d'un arbre.

Tout le monde sursaute. Elle saute de la branche et leur dit avec toute la diplomatie dont elle sait faire preuve :

— Vous auriez tous été morts ! Je suis là-haut depuis le milieu de la nuit et personne depuis la relève ne m'a signalée.

— Parce que tu es avec nous. En plus, je me fie à mon odorat. J'aurais senti si c'était Severn.

— Vous devriez être plus vigilants. Je dis ça, je dis rien. Elle s'éloigne du groupe pour remettre du bois dans le feu.

Ayden s'habille et part avec Thya. Gabriel semble hésiter, mais Bibu le rassure :

— Elle a les capacités de se défendre ! N'oublie pas qu'elle a de nombreux guides qui l'avertiront du danger.

— Je ne sais pas comment fonctionnent ses pouvoirs. Severn en veut aux sorciers et il doit laisser Ayden à son maître. À sa place, j'attaquerais les autres, lorsqu'il se balade en forêt, plutôt que le camp.

Jesmi sort de la cabane, ses ailes frétillent, elle leur dit, encore endormie :

— Je dormais dans un conteneur aménagé super confortable. La vie est trop injuste. Gabriel, si Severn bouge, je le saurai par oreillette, alors détends-toi. Je vais aller me débarbouiller vers le puits. Tu m'accompagnes, Bibu ?

— Je viens avec vous, lance Ethan en jetant un regard à son alpha.

Il lui fait un signe de tête pour lui montrer qu'il a compris.

Le problème de Jesmi, c'est qu'elle est insouciante et un peu trop confiante. Maintenant Gabriel sait pourquoi June a interverti sa place avec elle. Carmilla revient vers lui et lui avoue :

— Je n'aime pas l'assistante de June. Elle n'est pas aussi ouverte et elle porte des jugements de valeur. Je dirais qu'elle n'est pas super intelligente. Je ne comprends pas pourquoi elle nous l'a mise dans les pattes. Avec un peu de chance, elle se fera tuer sans souffrir.

— Tu ne peux pas dire ça ! Elle n'est pas désagréable. Elle parle beaucoup et elle peut être agaçante, mais au point de lui souhaiter la mort…

Ils rient tous les deux tandis qu'ils critiquent la pauvre Jesmi. Il est plus facile de voir la paille dans l'œil de son voisin que la poutre qu'on a dans le nôtre. Je n'en dirai pas plus. Allons observer ce qui se passe du côté de Severn.

Isabella est debout, droite, au milieu de la clairière. Le vampire la rejoint et se place derrière elle. Il l'enlace et commence à la bercer en lui disant :

— Ton frère dort encore. Ne t'en fais pas, je garde un œil sur lui.

Pour quelqu'un qui disait se comporter en gentleman, je le trouve intrusif. Je ne suis pas sûre qu'à l'époque le contact aussi proche soit admis sans chaperon. La pauvre Isabella ne semble pas bouger d'un centimètre et n'a rien d'une jeune demoiselle amoureuse. Est-ce que l'amour rend aveugle ? Je peux vous dire que oui. Le vampire la retourne et, dans un geste très doux, il lui caresse le visage.

— Je te sens quelque peu étrange.

Elle ne lui laisse pas le temps d'argumenter ou de se faire des films et lui répond :

— Severn, mon frère est à côté. Tu es un vampire, et moi, une lycanthrope. Nos règles ne sont pas les mêmes. Je ne veux pas que Lucas soit de mauvaise humeur en nous voyant, ou pire, qu'il pète un câble.

— Mais…

— Laisse-moi finir, s'il te plaît ! Je vais comparer cela à la fièvre de la soif que vous ressentez. Chez les garous, nous avons un instinct sauvage qui vient de notre loup, mais nous avons aussi l'esprit de meute. Mon frère doit me protéger, car je suis plus bas que lui dans la hiérarchie. Pour nous, les vampires sont des prédateurs donc il ne pourra aller contre son instinct.

Le vampire s'éloigne de la jeune femme et lui dit :

— Je comprends, mais être à tes côtés sans pouvoir te toucher, t'embrasser ou te tenir dans mes bras est une véritable torture. Je vais faire un tour et vérifier qu'il n'y a pas de fées. Je souhaite rester loin des caméras, elles sont comme des punaises de lit, elles réapparaissent toujours. Elles nous ont perdus de vue et doivent nous rechercher.

— Très bien ! S'il te plaît, ne les tue pas ! Elles ne font que leur travail. Tu peux les hypnotiser comme tu l'as fait avec moi.

Severn acquiesce puis disparaît. En attendant, June essaie de réveiller Lucas qui ronfle comme un phacochère cherchant des glands. Elle finit par lui arracher un poil du torse, mais ce n'est pas l'idée la plus judicieuse qu'elle ait eue. Le jeune homme tente de l'écraser comme un moustique. Heureusement, sa sœur arrête sa main juste à temps. Il sort du sommeil et demande avec la gueule enfarinée :

— Qu'est-ce qu'il y a ?

— Tu as failli massacrer une bête.

Lucas se redresse et tire son tee-shirt pour vérifier. June a glissé en bas du tee-shirt. On entend sa petite voix dire :

— Mais tu ne peux pas faire attention ! Je note chaque tentative de meurtre, tu vas me devoir des dommages et intérêts.

— Je suis désolé, mais quand je roupille, j'ai des réflexes. Tu m'as arraché un poil, je t'ai pris pour un moustique.

— Je voulais te réveiller, car Severn tournait autour de ta sœur, mais tu dormais comme une souche.

Il regarde sa sœur qui lui fait signe que tout va bien. Il tire sur son tee-shirt et demande à June :

— Il va falloir que vous m'expliquiez un détail de votre plan. Je ne suis pas très fan de ronfler avec un cadavre buveur de sang qui me scrute. Plus vite nous rejoindrons la meute, plus vite je serai content.

— Pourtant, tu as dormi comme un bébé, lui lance June en riant. Nous devons rester avec lui pour surveiller ce qu'il va faire. Il doit faire venir MacGregor. Je dois savoir quand, afin d'ouvrir une brèche dans notre sécurité et le laisser entrer. Si je connais le moment précis, je pourrai m'arranger pour qu'il arrive isolé sur l'île, sans son essaim ou ses guerriers. Tu comprends ?

— Oui, on espionne pour obtenir des informations. Donc si on le fait parler, on retourne vers les autres.

— Ce n'est pas si simple, lui explique Isabella. Je vais rester avec eux jusqu'au dernier moment. Mais tu vas devoir partir.

— Hors de question que je te laisse seule avec lui ! Ce n'est pas négociable.

— Si tu rejoins les autres, je vais lui faire croire que tu m'as trahi et je serai au plus bas. Il baissera encore plus sa garde. Tu dois retourner au camp avec June. Quand tu auras toutes les informations, je veux que tu partes.

— Ce n'est pas toi qui décides…

Elle lui attrape le bras, ses yeux brillent d'une couleur jaune. Pour une oméga, elle a beaucoup d'aplomb. Elle lui dit d'un ton autoritaire :

— Tu vas rejoindre les autres, car ta place est là-bas. Moi, je suis la garantie d'avoir des informations, et surtout d'intégrer l'équipe proche de MacGregor si notre plan échoue ici. Alors tu vas me laisser gérer tout ça.

Lucas grogne puis se tourne. June lui murmure :

— Je ne suis pas d'accord avec elle, mais elle m'a fait jurer de repartir ce matin. Elle dit que notre présence la gêne pour obtenir plus d'informations. Elle pense que Severn joue avec toi et qu'il ne te fait pas confiance.

Lucas ne prononce pas un mot, il remue le nez et vérifie que son tee-shirt dissimule la petite fée. Il a senti le retour du vampire. En effet, il est au milieu de la clairière et revient en scrutant d'un œil noir le lycanthrope. Lorsque Lucas le regarde, il prend le visage le plus sympathique possible. Je crains qu'Isabella ait raison, elle a dû observer les réactions du vampire. À moins que ce ne soit son plan pour éloigner son frère et vivre son idylle avec son grand amour. Je n'arrive pas à cerner cette femme.

À quelques kilomètres de là, Ayden et Thya ramassent des baies dans une insouciance presque insolente. Ils discutent de tout et de rien et ne semblent pas préoccupés par une attaque hypothétique de Severn. En réalité, le vampire a d'autres chats à fouetter, mais ils ne le savent pas. Ayden questionne la jeune femme sur les guides et les chamans. Celle-ci lui répond :

— Je vois aussi tes guides, Ayden ! Je parle avec eux.

— Ils arrivent un peu tard, j'avais besoin d'eux quand ma sœur s'est fait tuer.

— Je comprends ta colère et ta frustration bien plus que ce que tu penses. J'ai un message de ton ancêtre, le fils de Carmilla. Est-ce que tu veux que je te le dise ?

— Pourquoi ? Tu n'es pas obligée ?

— Pas du tout ! Je demande toujours aux vivants s'ils sont d'accord. S'ils ne le sont pas, je ne leur transmets rien. J'estime que tu es maître de ton destin et que toi seul sais ce qui est le mieux pour toi. Les morts ne doivent pas prendre le pas sur les vivants. Leur vie est passée, ils peuvent avoir des choses à dire, mais pas au détriment des vivants.

— Je comprends ton point de vue. Je ne sais pas ce que je dois penser de tout ça. Je ne ferai jamais confiance aux vampires, même si les relations avec Carmilla s'améliorent.

— Le fils de Carmilla n'a jamais été un vampire, il était métamorphe tout comme toi.

— Je veux bien entendre son message. De toute manière, je ne suis pas sûr que cela influence ma façon de voir les choses.

Thya lui sourit puis adopte un regard absent. Son visage est chaleureux et détendu, comme si elle ne se trouvait plus sur cette île maudite. Elle parle d'une voix légèrement différente, un peu plus grave :

— « Tu peux faire confiance à Carmilla. Elle s'est battue toute sa vie pour les métamorphes. Elle désire te protéger contre mon père, MacGregor, il est malsain et ivre de puissance. Tu ne dois jamais oublier qu'il essaiera de te manipuler, de te dire ce que tu veux entendre pour mieux te poignarder. Tu dois croire en Carmilla, car elle est la seule à pouvoir t'aider à avancer et libérer notre peuple face à ce génocide ignoble. Je serai là le jour du combat pour te donner la force nécessaire pour vaincre mon paria de père. »

Le silence retombe, Thya salue et remercie avant de reprendre un visage plus adapté à l'île. Elle secoue la tête et demande à Ayden :

— Ça va ?

— Oui, comme je te l'ai dit, cela ne change pas vraiment les choses pour moi. Je vais retourner voir les autres, Bibu a besoin d'aide.

Ayden laisse la chamane seule face à la mer. Elle prend le temps de méditer quelques minutes avant de retrouver les autres. Lorsqu'elle arrive, Bibu est debout sur une souche d'arbre et lui lance :

— Parfait, j'attendais la retardataire. Je ne sais pas ce que vous en pensez, mais je n'ai pas beaucoup apprécié la visite surprise de Severn. Je ne veux pas qu'il puisse rentrer dans notre camp avec sa vitesse qui le rend indétectable. Enfin, sauf pour vous, maîtresse vampire.

— On peut le sentir, lance Gabriel, agacé.

Bibu lui fait signe de garder le silence, comme le ferait un conférencier avec un questionneur compulsif. L'alpha grogne, mais Ayden lui pose une main sur l'épaule, ce qui le radoucit quelque peu. Le gobelin reprend :

— J'ai une solution pour maintenir ce traître hors du camp. Je peux creuser une fosse profonde qui nous protégera.

— Tu sais que nous pouvons sauter à des distances incroyables ? lance Carmilla. Ce n'est pas ta fosse qui nous arrêtera.

— Mais il me semble que vous craignez le feu. Si nous mettons assez de bois dans les fosses et que Derek les allume avec sa boule de feu, nous pourrions avoir un endroit de repli où nous reposer.

— Il faudrait un liquide inflammable, le bois ne produit pas de flammes suffisantes pour nous protéger, lui dit Derek. Mais j'aime beaucoup ton idée.

Derek rejoint Bibu et se place à ses côtés. Malgré la souche d'arbre sur laquelle préside le gobelin, le sorcier le dépasse de quelques centimètres. Bibu gonfle les joues comme un poisson-globe et regarde son partenaire de scène avec colère. Il lui pose une main sur la tête et tente de le faire se rabaisser en lui disant :

— Ne me pique pas mon instant de gloire, sorcier de feu. Pour une fois que je joue l'homme important, l'homme de la situation.

— Tu veux que je te dise, Bibu ? Ton problème, c'est ça, tu joues ! On n'est pas dans un jeu, mais dans un vrai merdier où nos vies sont en danger. J'ai trop perdu ici pour tout prendre à la légère comme tu le fais.

— Mais ce n'est pas du tout ce que j'ai dit ! Justement, je trouve que nous sommes un peu trop nonchalants. Nous devons nous défendre contre eux.

— Doucement… contre lui ! Mes loups sont en infiltration, lance Gabriel, agacé.

— Je parlais de MacGregor et Severn, gros malin. Tu ne mesures pas la gravité des choses. Tu as beau être un alpha, tu n'as jamais vu MacGregor ni affronté un ennemi comme lui. Tu es à peine sorti des pattes de ton père. Même si je parais jeune, je te rappelle que j'ai une quarantaine d'années. J'ai conscience que tes pulsions et ton instinct de loup te poussent, mais tu devrais plus les maîtriser, car aucune erreur ne sera pardonnée face à l'un des plus vieux vampires sur terre. Je ne dis pas ça pour te provoquer ou te déstabiliser, je veux que tu prennes conscience de l'ennemi que nous devons vaincre.

Gabriel ouvre la bouche pour se défendre, mais le gobelin lui fait signe de se taire et poursuit :

— Je n'ai pas fini, je vais le dire pour nous tous. Avec MacGregor, nous n'avons que deux solutions : le tuer ou mourir. Il ne nous laissera pas repartir d'ici en vie.

Jesmi le regarde, apeurée, tandis que les autres ont un regard plus déterminé. Il semblerait que notre ami gobelin souhaite prendre la place de l'alpha. Je doute que cela convienne à l'instinct du loup de Gabriel. J'ai hâte de savoir s'il se fera croquer. Quoi ? Oui, je n'aime pas les gobelins, mais je vous promets que je suis impartiale dans ma présentation. Vous ne maîtrisez pas ce que ce peuple a fait subir à celui des fées. Je vous conseille d'ouvrir un livre d'histoire. Je vous jure, le téléspectateur peut être si ignorant parfois. Un conseil : éteignez votre télé et ouvrez un livre, enfin, jusqu'à l'heure de notre prochain numéro. Je vous donne rendez-vous pour la suite très bientôt.

Épisode 14

Judith Mikelson

« Bonjour à toutes et à tous. Je commencerai cette émission par vous présenter mes excuses, chers téléspectateurs. Je ne sais pas ce qui m'a pris hier, mais dans une haine atroce, je me suis permis de vous dire des ignominies. Bien sûr que vous êtes des personnes cultivées, bien sûr que la télévision peut être une source d'information ! Bon, oublions mon coup de colère et revenons à nos candidats. À votre avis, dans combien de temps notre ami Bibu va-t-il être croqué par le grand méchant loup ? Car je doute que Gabriel, l'alpha, laisse passer les insinuations faites par le gobelin. Est-ce que cela me met en joie ? Je vous ai dit, je ne veux pas revenir sur l'incident d'hier et je vous garantis que je ne dirai plus de mal des gobelins, ni de vous, chers téléspectateurs. Sinon, je me pose une question, vous ne trouvez pas l'attitude d'Isabella quelque peu étrange ? N'apprécierait-elle pas le doux baiser de Severn ? Elle souhaite que son frère parte rejoindre le camp afin de rester seule avec lui. Méfiez-vous, l'amour rend aveugle, mais aussi fou. Je vous laisse avec les candidats… »

Épisode 14

Avant de retourner au camp où Bibu fait son show, nous allons retrouver Isabella, Lucas et Severn. Le vampire rejoint la fratrie et leur dit :

— Je vous ai trouvé des baies. Je sais que lorsque vous êtes sous votre forme humaine, vous avez un peu de mal à manger de la viande crue. Je ne voulais pas chasser une bête pour rien. Contrairement à ce que pensent Carmilla et les autres, je ne suis pas le monstre qu'ils aiment dépeindre.

— Je ne t'ai jamais pris pour un monstre, lui dit Isabella en rougissant et en baissant la tête.

Je fais une petite parenthèse, mais soit la jeune femme est une comédienne hors pair, soit elle est vraiment amoureuse. On ne peut pas feindre le rouge sur les joues. Je plains ce pauvre Lucas qui doit observer sa sœur tomber dans les bras de l'ennemi. Une question subsiste : aidera-t-elle la meute ?

Severn la remercie et reprend, plus pour convaincre Lucas qu'Isabella :

— MacGregor n'est pas tel que les autres le décrivent. C'est un homme bon et sympathique. Surtout avec ses amis et tous ceux qui le servent. Par exemple, la famille de Derek a gagné en puissance et en influence. Ils nous ont juste aidés, je ne vous dirai pas comment, car cela ne vous regarde pas, mais je suis sûr qu'il se fera un plaisir d'exaucer vos souhaits.

— Tu as l'air d'oublier un détail. Même si Gabriel n'est plus mon alpha, je réponds encore aux ordres de l'alpha des alphas. Et si je déshonore les loups, je serai un cabot.

— Avec MacGregor à tes côtés, c'est toi qui deviendras le grand patron. Imagine : tu pourrais contrôler toutes les meutes d'Europe.

Le silence s'installe autour d'eux, comme une brume légère. Il y a des jeux de regards, les deux hommes s'observent, quelque peu nerveux. Après de longues minutes paraissant une éternité, Lucas rompt le silence et demande :

— Avant de parler de tuer l'alpha des alphas, on va déjà s'occuper de ceux présents sur l'île. Quel est le plan ?

— MacGregor est en chemin et nous sommes en train de tout mettre en place pour le faire entrer avec l'ensemble de l'essaim. J'ai hypnotisé les fées qu'il me fallait. En vérité, je n'ai pas besoin de vous, c'est un cadeau que je vous fais. Il me reste quelques vérifications et ce sera prêt. Demain, je contacte le patron et il devrait être là dans quatre jours.

— Très bien. Et comment comptes-tu les faire entrer sur l'île ?

— Je vais garder cette partie du plan pour moi, si tu n'y vois pas d'inconvénient.

— Et tu as bien raison, lance Isabella. Tu devrais partir, Lucas. Je ne suis pas sûre de ta loyauté et je ne veux pas mettre en péril le plan de Severn. Je refuse de retourner près de Gabriel. J'ai l'occasion de vivre libre sans perdre la tête et sans devenir l'oméga d'une meute.

Les yeux de Lucas s'allument d'une lumière ambrée. Il se tourne vers sa sœur et lui dit :

— Tu es une oméga, tu dois rester à ta place ! Je n'ai pas d'ordre à recevoir de toi.

Il n'a pas vraiment le temps de finir sa tirade qu'il est soulevé du sol par Severn. Son visage est marbré et les veines autour de ses yeux ressortent terriblement. Une lueur rouge éclaire ses pupilles, il dit d'une voix rauque :

— Je ne te laisserai pas traiter Isabella de cette manière. Si tu la considères toujours comme une oméga, c'est que tu n'as pas quitté la meute de Gabriel. Tu ferais bien de les rejoindre et de les avertir qu'ils n'ont plus que quatre jours à vivre.

Il le relâche avec force, Lucas roule en tenant ses bras sur sa poitrine. Les racines des arbres dépassant de la terre lui écorchent le visage. Le loup se redresse, prêt à combattre, mais il garde un bras vers sa poitrine. Severn le regarde avec suspicion et lui lance :

— En principe, les gens protègent leur tête, pas leur poitrine. Il n'y a pas de fées-caméras ici, à moins que tu en portes une près de toi.

Lucas grimace, mais ne relève pas. Il se reprend et demande à Isabella :

— Comment as-tu pu me manipuler pour que je vienne à tes côtés et pour maintenant te mettre à douter de moi ?

La jeune femme ne dit rien, mais serre les dents. Son frère poursuit :

— Je veux te parler seul à seul !

— Il en est hors de question, j'en ai fini d'être gentil avec toi ! Tu es un animal sauvage et tu le resteras. Je refuse que tu la traites de cette manière. Tu devrais rejoindre ton maître et lui répéter ce que je t'ai appris, lance Severn avec colère.

— Je suis parti, Gabriel me tuera à la seconde où il me verra.

— Arrête de jouer, tu es ici pour ta sœur, mais tu es toujours fidèle à ton alpha. Je ne suis pas dupe. Ta sœur n'a aucun avenir avec ce tocard. Elle va se marier avec lui, mais restera une oméga, obligée de subir les foudres de la meute. Je peux lui offrir une autre vie, ne t'en fais pas, elle sera heureuse à mes côtés.

Il se rapproche de la jeune femme, passe son bras autour de son cou. Celle-ci pose sa tête sur son épaule et lance à son frère :

— Pars, dis à Gabriel de m'oublier. Je ne suis plus sa louve, son oméga... Adieu !

Elle se dégage de Severn et s'éloigne juste assez pour intervenir en cas de problème. Lucas serre les dents, fait un pas, mais le vampire le menace :

— Ne m'oblige pas à faire de toi l'une de mes victimes. Si je ne te tue pas, c'est parce que ta sœur me l'a demandé. Casse-toi avant que je change d'avis.

Dans son dos, Isabella lui fait signe de partir et lui montre que tout va bien. Lucas se résigne et s'éloigne. Le vampire le suit sur une bonne distance avant de faire demi-tour. Il continue sa marche pour rejoindre le camp, et quand il est sûr d'être hors de portée du vampire, il enlève délicatement son tee-shirt et sort la fée. Il la prend dans ses mains et murmure :

— June, June... il faut que tu te réveilles ! Je ne sais pas quoi faire.

Il regarde autour de lui, mais les fées-caméras restent dissimulées. La fée toussote et se relève péniblement.

— Emmène-moi au camp sous ma petite forme. Je ne suis pas sûre de pouvoir marcher ou voler. Je ne peux pas voir l'étendue des dégâts, mais je préfère reprendre ma forme naturelle près de Thya ou Lévana. Elles pourront me soigner.

Il ne prend pas la peine de lui répondre, il met son tee-shirt en bandoulière, comme une besace, et dépose délicatement June. Elle semble allongée dans un hamac.

— Je vais aller aussi vite que je peux, mais si tu ne vas pas bien… ben… arrache-moi un poil. Promis, je ne t'écraserai pas.

Le lycanthrope s'élance en prenant garde à sa petite protégée serrée tout contre lui. Je ne le savais pas si chevaleresque. En plus, il a un côté superhéros sexy, ce Lucas. Quoi ? Est-ce que j'envie ma productrice ? Cela ne vous regarde pas… Mais je me serais bien glissée sous le tee-shirt… Trêve de plaisanteries ! On peut prendre le temps d'analyser le comportement d'Isabella ! Je redoute le pire avec elle. Vous ne la trouvez pas suspecte ? Elle a rapidement expédié son frère ainsi que June ! Elle ne semble pas trop se soucier de leur sort alors qu'elle savait qu'elle était tout contre son torse musclé. Ah, ça va ! J'arrête, promis.

Retournons voir les autres candidats sur le camp, je peux vous dire que l'ambiance est à la défense. Gabriel observe Bibu comme un loup regarderait un mouton. Ayden murmure à son alpha :

— Je sais que c'est dur pour toi, mais il a raison. Il a de l'expérience et nous devrions l'écouter. Il ne te provoque pas en annonçant ça, il fait simplement état d'un fait. Il faut que tu parviennes à prendre sur toi, même si j'ai conscience que c'est compliqué sans Isabella et Lucas.

Gabriel ferme les yeux et chuchote à Ayden :

— Continue ! Je sais que notre survie dépend de ma capacité à me contrôler et, étrangement, tu arrives à apaiser mon loup.

Le métamorphe continue de murmurer à l'oreille de son alpha et, en moins d'une minute, Gabriel ouvre les yeux, plus serein. Il regarde Bibu et lui dit :

— Tu as raison, il nous faut un lieu où l'on est en sûreté. Je crains que des batailles éclatent. Si nous n'avons pas de lieu pour nous reposer, nous ne tiendrons pas longtemps. Tu devrais creuser des tranchées, nous pourrions faire des palissades avec des piquets en bois. Après tout, ce sont des pieux, s'ils se loupent, ils meurent.

Carmilla ne dit rien, ce qui veut dire que le plan lui convient. Bibu retrouve le sourire. Il saute de sa souche d'arbre, mais Jesmi l'arrête d'une main. Elle porte sa main à l'oreille, le regard dans le vague, et lance :

— June est blessée, Lucas la ramène au camp.

— Pourquoi pas vers votre régie ? demande Lévana.

La fée reste silencieuse, comme si elle ne voulait pas dévoiler le plus gros secret qu'elle tenait. Elle finit par pousser un petit couinement et balance :

— La régie n'est plus. Severn avait hypnotisé des fées-caméras et d'autres. Elles ont été emmenées dans la tour surnaturelle pour être soignées. Depuis, la régie est loin d'ici. Il n'y a qu'une cantine pour les fées-caméras.

C'est pour ça que June est restée sur l'île et que je l'ai rejointe, je ne voulais pas la laisser seule. De plus, le roi des fées n'interviendra pas dans ce combat, car c'est l'émission de June et elle doit se débrouiller. Il n'y a qu'une personne qui peut nous sortir d'ici, et June lui a fait promettre de ne pas bouger avant que MacGregor soit anéanti. Elle refuse qu'un peuple entier soit victime de génocide alors que tout le monde ferme les yeux. Elle a eu de nombreux politiques de toutes les espèces, mais tous ont décliné ses demandes d'aide. Elle a donc décidé d'agir pour rendre justice à tout un peuple. Je suis désolée, mais je n'aurais pas dû vous le dire, elle m'avait ordonné de garder le secret.

Ethan et Gabriel se regardent et gloussent, tandis que les autres les observent un peu circonspects. Derek leur demande :

— Qu'est-ce qui vous fait rire ?

— Avant l'émission, June a dû nous surveiller quelques jours avec Jesmi, nous savions très bien que cette jeune fée est incapable de garder un secret, lance Ethan en pointant du doigt Jesmi. Je vous rassure, nous ne connaissions rien de l'émission, mais elle nous a révélé les candidats présents.

La fée devient rouge tomate et baisse la tête, mais Ethan la rejoint et lui déclare :

— Ne t'en fais pas, June a conscience que tu ne peux garder un secret. Tu as eu raison de tout nous dire. Nous devons l'aider, et si tu es ici, c'est pour ça.

Carmilla regarde Gabriel et Derek. Après un bref signe de tête, elle s'évapore. Jesmi, quelque peu décontenancée, lance :

— Je n'avais pas fini ! C'est Isabella qui a viré Lucas et June. MacGregor devrait arriver dans quatre jours !

Le silence qui suit est lourd et pesant. Tout le monde plonge dans ses pensées, comme si une date butoir s'inscrivait dans leur subconscient. J'ai eu l'honneur de travailler dans le même open space que Jesmi et elle a toujours eu un sens du timing et de la dramaturgie. Ils apprennent qu'ils sont bloqués sur une île et qu'ils vont avoir la visite de l'un des plus vieux vampires d'Europe. On sait tous qu'il ne vient pas pour partager un casse-croûte et les féliciter de leur aventure, si vous voyez ce que je veux dire. Sacrée Jesmi, elle nous manquera… Oups, j'ai dit ça à haute voix. Je vais vous faire une confidence, ce n'est pas l'ampoule la plus brillante de la maison, et encore moins le couteau le plus aiguisé de la cuisine. Pour faire simple, elle est bête et ne maîtrise pas les arts du combat. C'est comme si on avait envoyé un mouton au milieu des loups. Après quelques minutes de recueillement, car oui, je n'ai pas d'autre mot, c'est Bibu qui sort en premier de sa léthargie et lance :

— Je vais commencer à creuser, on a quatre jours pour préparer notre défense et on sait très bien qu'un match se gagne en défense.

Gabriel revient aussi à lui et dit :

— Ethan, coupe des troncs d'arbre. Les filles, faites des pieux de la taille de vos poignets, et bien pointus. Nous allons avoir besoin d'une cargaison de pieux et il y en a bien un qui finira dans son cœur. Ayden, change-toi en aigle, je veux que tu observes de là-haut. Pousse un cri si quelque chose t'alerte.

Tout le monde s'exécute. Derek reste un moment dans le vague puis s'approche de Gabriel et lui dit :
— Pourquoi tu ne m'as rien donné ?
— Repose-toi ! Tu n'as pas beaucoup dormi cette nuit. Et…
— Arrête ! Je n'accepte pas ta pitié !
— Tu te trompes sur mes intentions, on aura besoin de toi et je te veux en forme. Alors, va pioncer, sinon tu ne nous seras d'aucune utilité.

Derek se dirige dans la cabane et ne dit plus rien. Gabriel rejoint Bibu qui a commencé une belle tranchée. Je suis impressionnée par ses talents. Ils se mettent d'accord sur ce qui doit englober le camp. L'eau ne sera pas sous protection. Il n'y a vraiment que le camp. Ils oublient un détail de poids. Ils n'ont plus Artémis pour faire remonter l'eau. Severn et ses alliés n'auront qu'à patienter près de la source pour les cueillir comme des fruits bien mûrs… Ils travaillent d'arrache-pied pendant plusieurs heures ; et ce que je vous propose, c'est d'aller observer ce qui se passe vers Isabella. Elle n'a plus personne pour la protéger, et si Severn décidait de lui montrer son loup, si vous voyez ce que je veux dire, il n'y a plus personne pour freiner ses ardeurs. Ah, mais je suis bête, il a grandi au XVIIe siècle, il a de bonnes manières et se conduit comme un gentleman.

Il est très vite revenu vers la jeune femme après avoir abandonné Lucas. Elle l'attendait, assise au pied d'un arbre. Il s'arrête à quelques dizaines de mètres et l'observe. Lorsqu'elle l'aperçoit, elle se lève et il se précipite pour la prendre dans ses bras. Un vrai feuilleton romantique comme les vampires les aime. Mon Dieu, que c'est rempli de clichés ennuyeux ! Allez, c'est le moment pour les romantiques. Il la serre contre lui et lui dit :

— Je refuse que quelqu'un te traite de la sorte, même si c'est un membre de ta famille.

— J'ai grandi chez les loups, nous avons une hiérarchie au sein des meutes. Quand elles sont grandes, on ne se rend pas forcément compte des loups en bas de la hiérarchie ou de l'oméga. Ici, on est ensemble tout le temps sans pouvoir mettre de la distance entre nous, et cela ne nous aide pas. Mon frère et Gabriel sont bons avec moi, ils auraient pu me faire bien pire et ils ont réussi à se contenir, mais notre côté animal est ainsi.

— Je refuse qu'on traite une femme…

— Mais ce n'est pas parce que je suis une femme. Il y a des omégas masculins et des hommes en bas des hiérarchies qui sont traités de la même manière. C'est notre côté bestial.

— Maintenant, tu ne crains plus rien. Je suis à tes côtés. Je vais endormir ta louve pour toujours.

— Non ! Ne fais pas ça ! J'ai encore besoin d'elle. Je t'en prie…

— Je ne le ferai pas tout de suite. Je ne suis même pas certain que cela fonctionne. Mais je ferai tout pour toi. Je suis sûr que MacGregor aura une solution pour que nous passions l'éternité ensemble.

Quoi ? Mais je vais vous dire ce que ces images provoquent sur le monde lycanthrope. L'alpha des alphas a dû avaler sa bière de travers en entendant ça. Imaginons que Severn arrive à changer Isabella en vampire. Est-ce que les hybrides peuvent vivre ?

Regardez ce que cela a donné avec Ayden. Je doute que MacGregor accepte. Je ne veux pas vous décevoir, mais ceux qui ont voté pour une Isabella loyale à la meute doivent se ronger les ongles. J'espère que vous n'avez pas misé toutes vos économies, je crains fort que vous soyez ruinés. Ne vous en faites pas, les romantiques qui désirent voir une issue heureuse, nous reprendrons l'épisode sur cette belle romance. Mais vous devriez vous préparer, car je doute qu'elle finisse bien. Je dis ça, je dis rien… On se retrouve plus tard pour le prochain épisode… Et comme dirait mon filleul : « La bise au chat, la patte dans l'eau… »

Épisode 15

Judith Mikelson

« Je ne me remets pas des dernières images… excusez-moi… bonjour à tous et à toutes ! Vous rendez-vous compte, Severn envisage sérieusement de faire d'Isabella une expérience. Est-ce que ce n'est pas pire qu'être une oméga dans une meute de loups ? Je vous pose la question ! En tout cas, je peux vous dire que les loups crient au scandale, mais doucement, mes agneaux, je vous rappelle que la belle Isabella joue la comédie pour connaître les plans de MacGregor. Enfin, je pense… j'espère ! Rejoignons nos deux amoureux transis, place au romantisme ou à la science expérimentale… »

Épisode 15

Isabella est troublée par ce que vient de dire Severn, elle a le visage renfrogné et lui demande avec un soupçon de colère :

— Tu envisages sérieusement de me transformer en vampire ?

Un long silence s'installe, Severn ne semble plus aussi sûr de lui. Isabella reprend avec un ton plus ferme :

— Je suis une lycanthrope, si tu me donnes ton sang à boire, il y a de grandes chances que mon corps le rejette. Ensuite, tu vas devoir me tuer pour que je revienne à la vie, et au lieu de subir les instincts de ma louve, j'aurai la fièvre du sang. Ma louve, je la connais, je la maîtrise.

— C'est faux, c'est à cause des instincts de ta louve que tu te retrouves dans cette situation avec ton ancienne meute. Je t'ai vue sur le radeau devenir incontrôlable.

Isabella s'éloigne et lui lance avec colère :

— Tu ne vaux pas mieux qu'eux. Ton seul désir est de me rendre docile. Je me suis peut-être trompée sur toi. Laisse-moi, je vais faire un tour, je dois réfléchir.

Severn lui attrape le bras et la retourne avec force. Est-ce que le chevalier servant deviendrait un homme violent ? Il se prétendait galant et distingué, je le trouve insistant, vous ne pensez pas ? Isabella se met en position de défense et son regard ne nous trompe pas, elle est surprise et décontenancée. Severn s'en rend compte et la lâche immédiatement.

— Excuse-moi, je ne sais pas ce qui me prend ! Je ne suis pas comme les loups de ta meute et je ne te frapperai pas. Je ne veux pas que tu les rejoignes.

— Je n'ai pas dit ça, j'ai juste besoin de m'éloigner. Je refuse ta proposition, je ne deviendrai pas un vampire. Il est hors de question que je prenne ce risque.

— Je comprends, tout ça est bien prématuré. On…

— Stop ! Je vais faire un tour. Cette discussion est close.

Elle ne lui laisse pas le temps de répondre et marche rapidement en direction de la forêt dense.

Il semblerait que le beau Severn ait perdu sa belle. Vous connaissez le dicton : on ne change pas l'être qu'on aime. Mais cela ne devait pas exister, il y a des centaines d'années, le vampire ne l'avait pas appris. Prépare-toi à sortir les rames, Severn, l'oméga n'est pas aussi soumise que tu le pensais.

À quelques kilomètres de là, Carmilla s'arrête dans une clairière et observe tout autour d'elle, quand soudain Lucas arrive d'un sentier en courant. Il stoppe sa course et regarde la reine vampire avec soulagement :

— Il faut que tu conduises June vers sa régie. Elle a…

— On est déjà au courant de tout ça, il n'y a plus de régie sur l'île, seulement une cantine pour les fées qui nous filment. Ils sont allés se mettre en sécurité. Je ne sais pas ce que trament les fées, mais j'ai un mauvais pressentiment. J'ai l'impression qu'on a abandonné June à son sort. Cependant on continue le show, car cela rapporte du pognon, je voulais en discuter avec elle.

— Merde ! Elle est mal en point… Severn m'a éjecté et j'ai roulé au sol, elle était dans mon tee-shirt. Emmène-la voir Lévana et Thya, elles pourront peut-être l'aider.

— Je vais t'accompagner, mais tu vas devoir la tenir. Je ne peux pas la transporter à hypervitesse, je crains qu'elle ne le supporte pas. On y va et bouge-toi ! Je t'ai attendu, je te pensais plus rapide.

Lucas la regarde de travers et replace June dans son tee-shirt en bandoulière. Il vérifie qu'elle est bien installée, et surtout qu'elle ne risque pas de tomber, puis reprend sa route, guidé par Carmilla qui lui jette des coups d'œil en coin. Ils mettent une bonne heure pour atteindre enfin le camp. Lorsqu'ils arrivent, Carmilla semble fraîche comme une jolie fleur, tandis que Lucas souffle comme un bœuf. Si nous voulions connaître qui sont les plus endurants entre les vampires et les loups-garous, nous le savons maintenant… Gabriel se précipite vers son bêta et lui ordonne :

— Dis-moi tout ce qui s'est passé !

— Du calme, jeune loup ! On a autre chose à faire, lance Carmilla.

Elle s'avance vers Lucas et prend June entre ses mains. Elle la tend à Jesmi qui regarde sa patronne et amie avec inquiétude. Elle demande qu'on lui apporte les peaux de bête que Thya tannait et la pose délicatement dessus. Elle sort une poudre de sa sacoche et en parsème June. Son corps s'agrandit pour retrouver des proportions humaines. Elle reprend conscience et dit avec difficulté :

— Je vais bien, plus de peur que de mal !

La partie gauche de son visage est tuméfiée et, quand Thya soulève son tee-shirt, un énorme hématome part de sa hanche jusqu'en dessous de sa poitrine. La chamane place ses mains près d'elle et commence à chanter. Lévana fait pousser des plantes dans le sable. Elle les cueille, les écrase et les donne à manger à June qui se montre très réticente. Gabriel, dans sa délicatesse légendaire, lui attrape la tête sans ménagement et l'oblige à ingurgiter la mixture que Lévana lui prépare. Lorsqu'ils ont fini, la productrice grommelle, mais n'arrive toujours pas à se lever. Jesmi s'approche d'elle et dit :

— Je vais devoir ausculter tes ailes, je crains que tu en aies une mal en point.

June acquiesce et Jesmi hurle aux autres :

— Vous ne devez pas regarder, surtout vous, les loups.

Tout le monde se retourne et Thya demande à Bibu :

— Qu'est-ce qui lui prend à celle-ci ?

— On ne peut pas observer les ailes d'une fée de très près, cela fait partie de leur parade nuptiale et ils ne le font qu'avec leurs conjoints. C'est un peu comme les préliminaires chez vous.

— Je ne savais pas, c'est très étrange.

Gabriel, qui est près d'eux, leur dit :

— J'ai appris ça à mes dépens et je peux vous dire que Jesmi a failli me battre à mort.

Lucas et Ethan partagent un regard et rient dans leur barbe. Jesmi, qui les surveille d'un œil, leur crie :

— Ce n'est pas drôle, vous n'êtes que des pervers détraqués. Faites attention, je ne veux pas vous lâcher des yeux.

Je me permets une petite intervention ; il est vrai que les ailes d'une fée sont tellement belles que nous gardons cet attribut pour notre moitié amoureuse. Par contre, si June a besoin de soin, je ne sais pas qui pourra la soigner. Nos ailes sont si précieuses ! Comme pour illustrer mes propos, Jesmi lâche un chapelet d'injures dignes des pires truands de l'univers. Je préfère ne pas vous les diffuser et passer directement à la suite. Je l'ai toujours trouvée très vulgaire, cette fée. Jesmi reprend :

— Je ne sais pas quoi faire ! Tu vas devoir les montrer à d'autres personnes.

June refuse et replie ses ailes contre elle. Bon sang ! Je n'avais pas vu, je comprends la vulgarité de ma compatriote. Son aile ne se plie plus et elle retombe sur son épaule. Nom d'une punaise enragée ! Les ailes de June sont si jolies, j'en ai le cœur brisé.

— June, je suis désolée, mais je dois demander de l'aide. Il faut que nous la remettions en place et j'en suis incapable, dit Jesmi en gémissant.

— Lucas ! Viens !

Mais notre jolie petite fée veut montrer ses ailes à Lucas… Ils ont passé la nuit collés-serrés après tout, elle a dormi tout contre son torse. J'ai mes petites ailes qui frétillent, ils iraient si bien ensemble, vous ne trouvez pas ? Ah ! on me fait signe de me taire, je crois que le roi des fées voit d'un très mauvais œil ce rapprochement… Le jeune homme se retourne et se dirige vers June. Elle lui saisit le bras et le place autour de son cou. Elle regarde Jesmi avec détermination et lui lance :

— Replace mon aile ! Vite !

Nom de Zeus ! et par toutes les paillettes dorées de l'univers, ces images sont insoutenables. June plante ses ongles dans le bras de Lucas et le mord avec toute sa puissance, tandis que Jesmi, en larmes, lui attrape l'aile et la remet en place. Lucas serre les dents, quand soudain ses yeux affichent de la panique :

— June ! June ! Merde, tu es là ? Putain, Jesmi, tu l'as tuée !

— Tu n'es pas obligé d'être aussi vulgaire, lance Jesmi en essuyant ses larmes. Elle s'est juste évanouie.

L'aile de June prend une teinte bleutée, comme si quelqu'un injectait de l'encre dans un arc-en-ciel. Tout le haut de son aile droite est noir. J'en ai la nausée de voir ça. Carmilla, qui est une reine sans cœur, dit en levant les yeux au ciel :

— J'en ai marre de ce cirque. Tous au travail et bougez-vous ! On a quatre jours pour être prêts.

Tout le monde retourne à ses occupations. Bibu creuse ses tranchées avec un plaisir non dissimulé. Gabriel et Ethan plantent des rondins de bois de plusieurs mètres. Quant à Lévana et Thya, elles ont rejoint June et regardent son aile en grimaçant. Lucas n'a pas lâché le corps frêle de la fée. Il laisse sa tête sur sa cuisse et lui caresse les cheveux avec nervosité. Il demande aux filles :

— Ne devrait-on pas la réveiller ?

— Certainement pas, elle se repose et, surtout, elle ne souffre pas, lance Carmilla en levant les yeux au ciel. Tu restes ici avec elle, et si tu as besoin d'aide, tu nous appelles.

— Mais…

— Après tout, tu es en partie responsable de son état. Alors veille sur elle et ne te plains pas, les autres travaillent dur pour ta sécurité.

D'un geste, elle expédie Lévana et Thya, qui regardent le jeune homme avec des sourires moqueurs. Clairement, elles semblent penser que June ne le laisse pas indifférent. Lorsqu'il n'y a plus personne autour de lui, il lui murmure :

— Je suis terriblement désolé. C'est en partie de ma faute si tes belles ailes se sont cassées.

Il continue à lui caresser les cheveux, vérifiant un peu trop souvent si elle respire encore. Derek et Carmilla sont allés se poster vers la cabane. Alors que tout le monde s'agite, les deux les observent en silence. Le sorcier de feu lui demande :

— Il y a quelque chose qui ne te plaît pas ? Je le vois bien.

— En effet, mais ce n'est pas notre défense. Je n'aime pas l'idée que les fées nous aient abandonnés de la sorte. Je dois en discuter avec June mais, dans son état, je préfère qu'elle dorme. Une bête blessée n'attire que des ennuis. Il y a bien une personne qui doit savoir, mais je n'ai pas envie d'avoir une conversation avec elle. Elle m'agace !

— Jesmi ? Elle a son style, c'est tout !

— Elle a des airs hautains et supérieurs que je n'aime pas. Et je ne parle même pas de sa voix aiguë et nasillarde. Si elle ne veut pas me répondre et joue l'intéressante avec moi, j'ai peur de ma réaction.

— Je reste à côté, tu peux y aller. Je t'arrêterai avec un mur de feu. Si tu penses que c'est important, tu dois l'interroger. On a tous pris conscience que nos vies sont en jeu, et pas de la manière pour laquelle on a signé.

Elle hoche la tête puis se dirige vers Jesmi. Celle-ci est assise en tailleur avec Lévana et Thya, taillant des branches en pieux. Carmilla reste à bonne distance de cette activité. En même temps, est-ce que vous fabriqueriez ce qui pourrait vous tuer ? Il n'y a que les humains pour faire ça avec leurs armes… La fée est en train de faire l'éloge de sa productivité en ramenant tout à elle. Lorsqu'elle dit que June ne serait pas ce qu'elle est devenue si elle n'avait pas croisé sa route, Thya, qui ne mâche pas ses mots, lui jette en plein visage :

— Tu devrais être vigilante, car j'ai peur que tes chevilles ne rentrent plus dans tes chaussures.

La fée lui lance un regard noir dont elle a le secret et se lève avec un pieu dans les mains. Elle a les lèvres pincées et s'éloigne, passant devant Carmilla qui lui ordonne :

— Il faut qu'on parle !
— Quoi ?
— Pose ton pieu ! Je dois te demander quelque chose.

Elle jette le morceau de bois en direction de Thya, qui le rattrape d'une main et le rajoute à la pile déjà effectuée. Carmilla ne peut s'empêcher de sortir ses canines et de feuler. Jesmi l'observe avec des yeux aussi ronds que des balles de ping-pong. La reine vampire lui dit avec agacement :

— Ces bouts de bois sont mortels pour moi, alors sois gentille, quand tu en as un dans les mains, ne fais pas de gestes brusques.

Jesmi soupire et lui demande avec arrogance :
— Qu'est-ce que tu me veux ?
— La vérité !

— Les fées sont incapables de mentir. Ma réputation dit que je ne sais pas garder un secret. Même si je le souhaitais, je serais dans l'incapacité de te duper.

— Pourquoi es-tu là avec June et pas à la régie ?

— Car on désirait rester sur l'île.

— Quels sont les ordres du roi des fées ?

Le visage de la fée se décompose. Elle tente de retrouver une contenance et murmure :

— Il a ordonné à tout le monde de se mettre en sécurité. Mais l'émission fait de bonnes audiences, donc nous continuons à filmer. Il n'y a que quelques fées-caméras, mais on leur a demandé de poser des micros et des caméras partout. Elles sont minuscules et couvriront toute l'île dans deux heures.

— Pourquoi, June et toi, êtes-vous encore ici ?

— C'est l'ordre de June de faire partir tout le monde, mais elle voulait rester et combattre avec vous. Elle m'a dit que son émission avait pour but de montrer que nous pouvions vivre tous ensemble. Elle va prouver que nous pouvons nous battre pour les autres espèces.

— Qui produit l'émission maintenant ?

Jesmi se redresse et ne prononce aucun mot. Elle pince les lèvres et serre les dents. Carmilla perd son sang-froid et lui hurle :

— Dis-moi ce qui se passe vraiment ! Qui produit l'émission maintenant ? Qu'est-ce que tu nous caches et que tu ne nous dis pas ?

— Les coulisses ne te regardent pas, Carmilla. Tu es peut-être la reine de ton essaim, mais tu n'es pas la mienne. Je n'ai pas d'ordre à recevoir de toi.

Carmilla saisit la fée par le col de son très joli haut. Désolée, mais j'adore son style de fringues.

Je reprends, elle l'attrape par le col de son tee-shirt et la soulève légèrement. Aussitôt, Jesmi sort ses ailes pour s'envoler, en vain. La poigne de la reine vampire est bien plus puissante. Carmilla lui ordonne :

— Balance ce que tu caches ou je t'arrache les ailes !

— J'avais bien annoncé à June de suivre les autres et de nous barrer, mais non, elle ne voulait pas vous abandonner. Vous n'êtes que des brutes. Oui, le roi des fées nous a demandé de vous laisser ici, mais le taux d'audience est si fort qu'il souhaite que nous continuions à diffuser ce qui se passe. Il a repris les rênes quand June lui a dit qu'elle resterait pour se battre. Personne ne viendra nous chercher ou ne risquera sa peau tant que MacGregor ne sera pas vaincu. Il va pouvoir entrer sur l'île, mais il n'en sortira pas. Ils ne savent pas s'il sera seul, mais ce qui est sûr, c'est que nous sommes tous coincés là. Le seul à pouvoir lever le sort est le roi, et si la fin du show ne lui plaît pas, il s'en ira sans nous aider.

Carmilla dépose Jesmi délicatement et lui dit :

— Tu devrais prendre le dernier bateau avec les autres. Tu n'as pas ta place ici. Nous savons pourquoi nous nous battons, mais ce n'est pas ton cas. Je pense que tu auras un rôle à jouer, retourne auprès de ton roi et fais en sorte qu'il ne laisse pas MacGregor s'enfuir.

— J'ai promis à June…

— Ta promesse n'a plus d'importance. Ce n'est pas ton combat. June va rester, elle a des choses à prouver autant que nous tous ici. Toi, ce n'est pas pareil, et je ne donne pas cher de ta peau sur l'île.

Jesmi détache de sa ceinture un sac en cuir. Elle prend une poignée de son contenu et passe la sacoche à Carmilla en lui demandant :

— Remets-la à June ! C'est la seule arme que nous possédons, nous, les fées. Dis-lui que je suis désolée, je ne suis pas aussi courageuse qu'elle.

Elle jette la poignée de poudre dorée sur sa tête et rétrécit. Lorsqu'elle est toute petite, elle s'envole et, en quelques secondes, elle disparaît. Carmilla regarde Derek et lui lance :

— Heureusement que tu devais m'arrêter !

Il hausse les épaules et lui sourit, puis retourne vers Lévana pour brûler les pointes des pieux.

Mes chers téléspectateurs, je vous dois la vérité, tout comme Jesmi. D'ailleurs, je suis choquée par son attitude, j'ai toujours su que nous ne pouvions pas lui faire confiance. Déjà dans les petits bureaux, elle nous volait nos idées pour gagner des promotions. Je peux tout vous avouer maintenant, car vous avez connaissance que notre émission est différée. June a désobéi. Nous avions l'ordre de quitter l'île et d'enfermer MacGregor avec les candidats. Si l'issue de cette guerre était défavorable, tous les survivants seraient bloqués sur l'île. Eh oui, le roi des fées a repris le flambeau et, vous le connaissez tous, il a quelque peu changé les règles du jeu. Les candidats doivent vaincre MacGregor pour pouvoir partir de l'île. June est devenue une candidate comme les autres et Jesmi l'a abandonnée. Maintenant que vous êtes au courant de la terrible vérité... place au divertissement... Que le nouveau jeu commence... au prochain épisode...

Épisode 16

Judith Mikelson

« Bonjour, tout le monde ! C'est un plaisir de vous retrouver pour ce nouveau divertissement. Qui survivra à MacGregor ? Suis-je cruelle ? Allez, vous commencez à bien me connaître. Je suis sûre que nous avons tous un petit chouchou dans l'équipe. Pour ma part, je dois avouer que je suis de la team June. Et ce n'est pas parce que c'est mon ancienne patronne, promis ! Dire qu'elle a désobéi à un ordre direct et est passée de productrice à candidate… C'est fou comme le destin peut être malin, vous ne trouvez pas ?

En tout cas, je peux vous dire que toutes les fées ont quitté l'île avec Jesmi, la paria. Elle qui voulait devenir une célébrité, elle est aujourd'hui détestée. Les courriers et les réseaux sociaux sont remplis de haine à son égard. Il est important de rappeler que ce n'est que de la télé et que ce harcèlement doit cesser. Mais qui suis-je pour vous dire tout ça, hein ? Bon, je l'avoue, je connais Jesmi personnellement et je ne l'apprécie pas vraiment.

Revenons à nos moutons, ou plutôt à nos loups… Isabella a pris ses distances avec son prince presque charmant, c'est compréhensible étant donné qu'il lui propose de la tuer pour mieux la ramener en tant que damnée. Je me demande ce que la jeune femme va faire. Au camp, ils se préparent pour l'arrivée de MacGregor. Ils se construisent une forteresse avec les moyens du bord et je dois dire qu'elle n'a rien de fort. Je crains que le méchant vampire souffle dessus et qu'elle s'envole. Mais bon, c'est l'intention qui compte, non ? La pauvre June est toujours inconsciente dans les bras de Lucas. Son aile a pris une couleur inquiétante, mais elle semble remise en place grâce au don de guérison de notre chamane caractérielle préférée. Il est temps de retrouver tout le monde… Place à l'épisode… »

Épisode 16

Isabella avance dans la forêt, se retourne de temps en temps et renifle à la recherche d'une odeur. Lorsqu'elle est sûre que Severn ne l'a pas suivie, elle murmure :

— Y a-t-il une fée-caméra ? Je voudrais avoir des nouvelles de June, et surtout avertir le camp que Severn dit la vérité. MacGregor arrive dans quatre jours.

Elle n'obtient que le silence en réponse. La pauvre ne sait pas que les choses ont drastiquement changé. Si elle est vraiment une taupe, elle se trouve seule dans sa mission d'infiltration. Elle continue son chemin, posant la même question un peu plus loin. J'aurais presque pitié d'elle. Après plusieurs tentatives, elle se résigne et regagne la petite clairière où Severn l'attend, immobile depuis son départ. Lorsqu'il l'entend, il se retourne subitement. Elle s'avance vers lui et annonce :

— Je ne veux plus parler de cette proposition.
— J'ai compris.
— Maintenant, je souhaite que tu me ramènes près du camp. Je dois discuter avec mon frère.
— Quoi ? Il en est hors de question. Tu me dis que c'est un traître et tu désires parlementer avec lui ?
— Je refuse que tu me mordes, et il nous faut un kit de prélèvement pour que tu puisses te nourrir. Ta visite pour récupérer les affaires de Lucas a dû les rendre nerveux. Ils ont probablement mis en place des protections contre toi. Je pense que je peux négocier avec mon ancienne meute. Ton maître sera content d'avoir de quoi manger, car je doute que les autres se laissent prélever sans rien dire. Fais-moi confiance.
— Je peux tenir encore aujourd'hui, nous irons demain matin. Mais je t'accompagnerai.
— Non, tu dois être à bonne distance, je ne veux pas qu'il te tue. J'exige que tu restes le plus loin possible de Gabriel.
— Il n'a pas été capable de battre Carmilla, tu ne penses pas…
— Tu ne sais pas ce que c'est d'affronter une meute entière. Ayden sera avec lui. Je ne connais pas ses pouvoirs sur les vampires, mais j'ai entendu dire qu'il est une vraie menace. Ils t'attaqueront en groupe. Moi, ils en seront incapables.

— Bon, très bien ! On partira demain matin à l'aube. En plus, je veux que tu me dises ce qu'ils font. Ils doivent certainement préparer leurs défenses et planifier une attaque. Essaie de me rapporter des informations pour le maître.

L'amour rend-il aveugle ? Officiellement, oui ! La louve oméga joue son rôle à merveille. Si elle parvient à sortir de l'île vivante, elle a un avenir tout tracé dans le cinéma. Pauvre Severn, il ne se rend pas compte, mais je crains qu'il ne soit le dindon de la farce cette fois-ci. En tout cas, ils passent le reste de la journée à parler de leur vie et de ce qu'elle pourrait être plus tard. Severn tente quelques rapprochements, plus ou moins subtils, mais Isabella trouve toujours une parade. La taupe du camp de la plage prend confiance en elle et déploie ses ailes comme le ferait un aigle. La nuit tombe et elle n'a d'autre choix que de s'endormir tout près de son prince presque charmant. Il la serre contre lui, sent ses cheveux et les caresse. La jeune femme fait semblant de dormir, mais reste les yeux grands ouverts, le regard déterminé.

Reculons légèrement pour voir ce qui s'est passé sur le camp de la plage. Jesmi vient de mettre les voiles plus vite que son ombre. Les autres rejoignent Carmilla pour lui demander ce qui se passe, elle leur répond :

— Les fées-caméras sont toutes parties. Elles ont installé un matériel manipulable à distance et sont allées se cacher dans une régie sur un bateau au large. June s'est opposée à cette décision. Le roi des fées lui a laissé un choix, la suivre et rester productrice ou devenir une candidate comme nous. Vous connaissez déjà la réponse.

Alors le roi a repris le commandement de la production et il a changé le concept de l'émission. Maintenant, c'est : « Qui survivra à MacGregor ? » Nous avons engagé notre vie pour cette émission et c'est doublement vrai. Jesmi a juré de soutenir June quoi qu'elle fasse, c'est pour ça qu'elle s'est retrouvée ici. Je l'ai libérée de ses promesses pour qu'elle soit près du roi des fées.

— Bon débarras, s'écrient en chœur Lévana et Thya. Elle était insupportable.

Carmilla sourit et Bibu éclate de rire. Il grimpe sur un plot pour être en hauteur et lance avec animosité :

— Voyez comme le peuple des fées se sent supérieur. Il joue avec nos vies pour de l'audience et de l'argent. Maintenant, contemplez leur vrai visage…

Derek lui colle une tape derrière les oreilles et lance :

— C'est en partie notre faute. C'est nous qui avons brisé le rêve de June. Son unique combat était de prouver que nous pouvions vivre ensemble, entre espèces. Nous nous sommes ridiculisés et le maître du chaos et de l'anarchie vient nous rappeler à l'ordre. MacGregor va jouer avec nous comme un chat avec des souris.

— On peut encore accomplir la mission que June nous a confiée, lance Thya pleine d'énergie. Il suffit de nous unir. Nous sommes d'espèces différentes mais, ensemble, on peut vaincre MacGregor. Qu'en pensez-vous ? Que diront les téléspectateurs si nous réduisons à néant l'un des plus vieux vampires du monde ? Le roi des fées a raison, l'émission a changé. En toute honnêteté, si nous n'avions pas un ennemi commun, serions-nous ici aujourd'hui ? Je ne crois pas. Alors je remercie le roi des fées de nous laisser cette opportunité. Nous allons pouvoir démontrer qu'ensemble nous sommes plus forts.

Lévana applaudit chaleureusement, mais les autres sont quelque peu aigris. On entend des « c'est OK », « pas besoin de discours de la sorte ». Ethan conclut par :

— On n'est pas dans un manga, on ne va pas tous lever nos mains en criant « youpi, on est copains. »

Ils retournent tous à leurs tâches mais, malgré leur façade blasée, leur attitude a changé. Les torses sont plus bombés, les visages sont fiers et le travail avance plus vite. Le soleil se couche et les murs de la forteresse entourent le camp. Il ne reste qu'un passage d'un mètre pour entrer. Ayden, Derek et Gabriel se tiennent devant, regardant l'horizon. J'aperçois même quelques tapes sur les épaules. Il semblerait que le discours de Thya ait eu plus d'impact que prévu. Est-ce que l'un de ses guides est un guerrier inspirant ? Je ne pourrais pas vous le dire, mais je ne pensais pas qu'il était possible d'abattre une telle besogne en si peu de temps. Les tours de garde sont répartis et tout le monde se couche avec le plaisir d'un travail accompli. Mais ils ne sont pas prêts à la surprise qui les attend demain matin. Il se pourrait bien qu'une certaine oméga frappe à la porte. Je me demande ce qu'elle a prévu.

Il est temps pour nous de nous... Non, je plaisante, l'émission vient à peine de commencer. La nuit a été drôlement ennuyeuse, rien de croustillant à se mettre sous la dent. Carmilla a veillé toute la nuit devant les barricades du camp, Severn a surveillé sa belle en train de dormir, tandis qu'Isabella ne somnolait que d'un œil. Quand le vampire a passé son bras autour de sa taille, elle l'a repoussé en faisant semblant de bouger dans son sommeil.

Lorsque le soleil pointe ses premiers rayons, la jeune fille s'étire, feignant une bonne nuit de sommeil. Mais Severn n'est plus là. Isabella se met à renifler et murmure :
— Putain de fées ! Vous êtes où ? Je suis dans la merde ! June ? Il y a quelqu'un ?

Si elle avait su que les fées prenaient la poudre d'escampette, je ne suis pas sûre qu'elle aurait renvoyé son frère de cette manière. June est dans l'incapacité de répondre, elle dort profondément dans les bras d'un Lucas inquiet. Pour qui connaît les fées, nous sommes de grandes dormeuses et nous nous soignons surtout dans le sommeil. Severn revient avec une feuille remplie de baies sauvages. Ah, quel romantique ! Il en est chiant à mourir ! Elle lui sourit poliment, avale ses baies en urgence et lui demande avec une voix sensuelle :
— Je n'aime pas que tu ne manges pas. Emmène-moi vers leur camp, s'il te plaît, que je puisse prélever un peu de sang.
— Ton plan ne me plaît pas du tout ! Je serai trop éloigné pour t'entendre s'il se passe quelque chose.
— Ne t'en fais pas pour moi.

Elle lui caresse la joue, pose un baiser sur ses lèvres, le serre contre elle et lui murmure à l'oreille :
— Je sais ce que je fais ! Je t'assure que je serai en sécurité. Fais-moi confiance !

Mais qui a le pouvoir de l'hypnose ? Je vous le demande ! Je peux vous dire qu'il a fait vite pour la soulever du sol... Ah, je vous vois imaginer le pire ! Je ne vous le permets pas. Il l'a prise dans ses bras pour l'emmener rapidement rejoindre le camp adverse. Je lis la déception dans vos yeux, il n'y aura pas de scène torride. Comment voulez-vous qu'il y en ait ? Ils ne se sont pas lavés correctement depuis une dizaine de jours ; et non, quelques trempettes dans l'océan ne suffisent pas à dire qu'ils sont propres.

Severn arrive dans la clairière près du camp. Il dépose délicatement Isabella, qui n'a pas apprécié le voyage à hypervitesse. Elle rend son maigre déjeuner à dame Nature et c'est dégoûtant. Severn, en preux chevalier, lui frotte le dos en murmurant des excuses. Mais c'est terrible ce qu'un homme amoureux peut devenir chiant. Il en est complètement ridicule. Même la pauvre Isabella semble agacée par Monsieur. Elle se redresse et d'un ton sec lui lance :

— C'est bon, tout va bien ! Je n'aurais pas dû manger avant de partir.

— C'est en partie de ma faute !

Isabella lève les yeux au ciel et ce n'est pas passé inaperçu. Severn fronce les sourcils et lui demande :

— Tu as l'air différente depuis que je t'ai parlé de te transformer. Tu comptes les rejoindre ?

Isabella se fige sur place et le regarde dans les yeux. Elle ne cille pas une seule seconde et lui lance :

— C'est vrai que je n'ai pas apprécié ce que tu m'as proposé. Je ne vais pas te mentir. Par contre, je ne remets aucunement notre avenir en question. Nous en avons longuement discuté hier soir. Je suis nerveuse d'aller voir mon ancienne meute, je pense que tout m'agace, mais je ne te reproche rien.

Elle serre les dents puis lui dit :

— Quand je serai de retour, tout ira mieux ! Attends-moi ici. Si je ne reviens pas dans l'heure alors tu pourras brûler leur camp.

— Voilà ! C'est la femme avec qui je veux faire ma vie. Fonce, bébé, et va chercher des informations. MacGregor devrait apprécier.

Il s'avance vers elle et l'embrasse fougueusement. Elle arrive à s'extirper de son étreinte, lui caresse la joue avant de trottiner en direction du camp. Il ne lui faut pas longtemps pour repérer l'énorme installation que ses camarades ont créée hier. Elle pousse un hurlement. Il est aussitôt suivi d'un autre beaucoup plus puissant. La meute sort du baraquement et hume l'air dans tous les sens. Isabella les attend à la lisière de la forêt. Gabriel l'aperçoit et se précipite sur elle. La jeune femme ne bouge pas, elle regarde le sol et se replie sur elle-même. L'alpha se jette sur elle et la serre dans ses bras. Il lui attrape la tête et lui dit :

— Tu ne repartiras pas d'ici !

Ses yeux scintillent et sa voix est rauque. Les autres, qui étaient en train de se lever, se précipitent dehors. Ayden murmure à Carmilla :

— Merde ! On va avoir des problèmes !

— Pourquoi ?

— Il ne la laissera jamais retourner avec Severn et je ne suis pas sûr de pouvoir désobéir cette fois-ci.

— Allons voir surtout ce qu'elle veut.

Gabriel ne lâche pas Isabella, les autres se massent autour d'elle, mais elle n'aperçoit pas Lucas. Elle demande avec anxiété :

— Lucas et June ne sont pas revenus. Dites-moi qu'il ne les a pas tués.

Ses yeux s'embrument et des sanglots accompagnent la fin de sa phrase. Gabriel ne lui répond pas, prolongeant encore plus son état d'angoisse. Ethan baisse la tête, car il comprend ce qui se passe. L'alpha la punit, en quelque sorte. « Tu as quitté la meute, tu ne mérites pas de savoir. » Derek lève les yeux au ciel et dit avec agacement :

— Ils vont bien, mais June a été blessée, il veille sur elle dans la cabane. Gabriel, pourrais-tu relâcher ton étreinte ? Je crains qu'Isabella n'étouffe.

Comme seule réponse, il a un grognement légèrement agressif. Derek soupire et s'éloigne vers Ayden en murmurant :

— À toi de jouer ! Il est chafouin, ce matin, le grand méchant loup.

— Je m'en occupe !

Il s'approche de Gabriel et lui pose une main sur l'épaule en chuchotant :

— On doit savoir où est Severn. S'il l'observe, on est foutus.

Gabriel relâche son étreinte, mais ses yeux sont animés d'une flamme ambrée. Il hume l'air dans toutes les directions avant de dire :

— Je ne sens pas son odeur de chacal !

— Il est dans la clairière, je suis venue seule pour vous demander un kit de prélèvement de sang. Il commence à avoir des soupçons sur ma loyauté, mais j'ai réussi à endormir sa méfiance. MacGregor arrive à l'aube du quatorzième jour. J'ai essayé de contacter une fée pour vous le dire, mais personne.

— Les fées ont quitté l'île et ne prennent pas parti dans le conflit. Il n'y a que June qui est traitée comme nous tous, c'est-à-dire en candidate. Les caméras sont des dispositifs qui se pilotent en ligne. On est tout seuls contre ce monstre, lui explique Ayden.

Isabella digère la sinistre nouvelle, mais Gabriel ne l'a pas lâchée. Il lui dit avec férocité :

— C'est trop dangereux et nous avons toutes les informations dont nous avons besoin. Les fées vont faire entrer MacGregor et il ne pourra plus sortir. On a la date, donc tu restes ici.

Isabella se tasse sous le poids de l'ordre de son alpha. Carmilla lui demande :

— Tu veux faire quoi ?

— Si je ne suis pas de retour dans une heure, il vient brûler votre camp.

— Parfait ! On l'attend avec impatience. Il va avoir du mal à jouer avec le feu puisqu'il a le pouvoir du clan de l'eau, lance Derek.

— Voilà pourquoi je dois y retourner. Il semble avoir oublié tout ça. S'il boit mon sang, il ne pourra plus s'en servir. N'est-ce pas, Carmilla ?

— Oui, mais Severn est très intelligent et stratège. Je redoute que ce soit un test. Tu es peut-être plus en danger que tu ne le penses. Gabriel a raison, nous avons toutes les informations et je suis sûre qu'il te teste pour savoir si tu vas insister pour qu'il se nourrisse de ton sang pour annihiler les pouvoirs qu'il a chèrement obtenus.

— Je suis son alpha et elle n'a pas son mot à dire. Le problème est réglé, elle n'y retourne pas, hurle Gabriel.

Pour montrer que son ordre ne se discute pas, il entraîne Isabella vers le camp, laissant les autres avec un air inquiet.

Cette fois-ci, ce n'est pas une blague. Il est déjà temps pour nous de nous quitter. Quel rebondissement ! Dès que Severn lui a parlé de la tuer pour la transformer en vampire, elle a couru pleurer dans les pattes de son alpha. S'il vous plaît, ne me prenez pas pour une idiote. Isabella a vu une opportunité de fuir sa situation et elle a très vite compris que, entre la peste et le choléra, il valait mieux choisir la maladie que l'on connaît et qui a un traitement. En retournant avec son alpha, elle sait à quelle sauce elle va être maltraitée ; je doute que celle des vampires soit moins épicée. Et puis, il était collant à vomir, ce Severn, avec elle. Moi aussi je serais partie si loin que mes ailes se seraient décrochées de mon corps. Je ne devrais pas dire ça. June n'est toujours pas là et je m'inquiète terriblement. Sinon, tic tac, tic tac, le temps passe et l'heure va s'égrener comme la semoule du couscous. Severn risque d'être très en colère quand il découvrira la supercherie, et je doute qu'ils soient prêts à le recevoir. En tout cas, vous connaissez la rengaine... la suite au prochain épisode.

Épisode 17

Judith Mikelson

« Bonjour, les amis, quelle joie de vous retrouver pour le programme le plus regardé de ces dernières décennies ! C'est simple, nous n'avons jamais eu autant de sponsors prêts à mettre des millions pour diffuser un spot publicitaire. Et on remercie June qui a brillamment monté le projet. Quoique la pauvre, elle est en train de payer très cher son succès. Est-ce que je dirais le fond de ma pensée sur le roi des fées ? Non, je tiens trop à mon poste pour le faire. On me fait signe d'enchaîner et de me taire alors, place à nos candidats… »

Épisode 17

Sous la cabane, Lucas ne se doute pas que sa sœur arrive sur le camp. Il a déposé June sur une peau tannée, il lui caresse les cheveux et guette le moindre signe de retour à la vie. Parfois, il se penche pour entendre sa respiration. Se sentirait-il coupable du sort de notre petite June ? À moins que le rapprochement physique de cette journée et cette nuit près de Severn lui aient donné envie de voir ses ailes de plus près. D'ailleurs, il ne peut s'empêcher de passer sa main sur l'aile encore noire de June. Elle frémit et grimace sous son contact. Vraiment, les loups-garous n'ont de respect pour rien. Je suis outragée devant eux. Ils mériteraient le même génocide qu'ont subi les lycanthropes. Il se permet de toucher des ailes, alors que la pauvre enfant est dans un sommeil de guérison.

Soudain, il entend des bruits venir du camp et il s'étire pour voir ce qui se passe. June grogne un peu, cependant elle ouvre enfin les yeux. Elle essaie de s'asseoir, mais elle est encore étourdie. Elle n'a pas assez de force et Lucas retient sa tête avant qu'elle ne tombe sur le sol.

— Doucement, June ! Tu as été salement amochée.

— Ne t'en fais pas, je n'ai pas perdu la mémoire et je me souviens.

— Je suis terriblement désolé, j'aurais dû…

— Ce n'est pas ta faute, mais je dois me lever et boire de l'eau. Puis il faut réfléchir à un plan. J'ai dormi combien de temps ? Et comment tu as réussi à me ramener au camp ?

— Tu parles trop ! Attends !

Il hurle à Thya de venir tout de suite. La chamane se précipite sous la tente. Elle se jette au chevet de June qui proteste. Thya prend une gourde et l'approche de la bouche de la jeune fée qui repousse le contenant en s'indignant :

— Vous avez mis quoi dans les gourdes, elles ont une odeur nauséabonde !

— C'est une tisane froide de plantes, elle va t'aider à te remettre sur pied ! Fais-moi confiance et arrête de te plaindre, sinon j'appelle Gabriel pour qu'il t'oblige à la boire.

Lucas grimace, l'idée est loin de lui plaire. Il arrache la bouteille des mains de Thya et l'apporte à la bouche de June tout en lui tenant la nuque pour l'épauler sans la contraindre.

— C'est bon, je m'en occupe ! On n'a pas besoin de Gab…

Il ne finit pas sa phrase, car son alpha vient de passer la tête par l'entrée de la cabane. Il a toujours les yeux ambrés, Lucas fuit son regard et se concentre sur June. Il questionne son alpha :

— Elle veut quoi ?

Isabella s'engouffre dans la cabane et s'agenouille près de June, sans même un regard pour son frère. Elle lui demande :

— Comment tu vas ? Je suis terriblement désolée, c'est en partie de ma faute si tu as été blessée.

— Mais non, tu n'as rien fait. Tu prends d'énormes risques en restant avec Severn. Je vais bien, il n'y a pas eu de dégâts.

Alors qu'elle prononce cette phrase, elle jette un regard au-dessus de son épaule et observe son aile toujours noire. Elle grimace avant d'ajouter :

— En tout cas, rien d'irréparable. Mais pourquoi tu es au camp, Isabella ?

— Officiellement, je suis là pour négocier avec vous pour récupérer un kit de prélèvement pour que Severn se nourrisse de mon sang et perde les pouvoirs d'Artémis. Et je vous espionne pour lui donner des informations sur votre camp et votre défense.

Lucas regarde sa sœur avec colère et lui hurle :

— À force de jouer avec le feu, tu vas te brûler les ailes ! Tu nous as éjectés sans même avoir un plan, et maintenant tu reviens pleurer dans les pattes de ton alpha. Je ne sais pas quel jeu tu joues, Isabella, mais il est dangereux. Tu as réussi à me faire douter de ta loyauté.

Quand je vous le disais ! Même son frère a des soupçons. Si elle est retournée affirmer sa loyauté, c'est parce que Severn lui a fait peur avec son idée de la transformer en vampire. Est-ce le seul lucide sur la situation ? Gabriel ne semble pas du même avis. Il jette des regards noirs vers Lucas. Tout ce que je peux vous dire, c'est que la tension monte d'un cran dans la cabane. D'ailleurs, l'alpha lance :

— Lucas, ne doute pas de ta sœur ! Elle se sacrifie pour l'équipe, elle ne mérite pas tes accusations. De toute manière, la question est réglée, elle ne retourne pas vers lui. On sait que MacGregor attaque dans quatre jours. On n'a pas besoin d'en savoir plus, et s'il veut venir chercher Isabella, on est suffisamment nombreux pour le tenir à distance.

Personne ne dit rien, mais les jeux de regard en disent long. Je doute que Gabriel garde son oméga auprès de lui. Soudain, on entend Bibu jurer comme un charretier vers l'entrée du camp :

— Sacré nom de Zeus, ce n'est pas permis d'être aussi con ! Il n'y en a pas un pour rattraper l'autre, ce sont tous des égoïstes ! On doit penser à l'équipe si on veut avoir une chance de rester en vie ; mais non, elle fait que des conneries et le loup ne vaut pas mieux !

Tous sortent de la cabane, June est aidée par Lucas. Le rapprochement de ces deux-là va faire couler beaucoup d'encre. À vous de jouer, les tabloïds… Gabriel demande au gobelin :

— Qu'est-ce que tu as à bougonner ?

— Vous êtes tous aussi bêtes que vos pieds ! Toi avec la pauvre Isabella et Carmilla avec Severn !

— Pourquoi ? questionne June en grimaçant.

— Elle est allée le rejoindre dans la clairière. C'est se mettre en danger pour rien, elle est débile à manger du foin.

— Tu ne parlerais pas d'elle de cette manière si elle était là ! Je te conseille de tenir ta langue si tu ne veux pas qu'elle te l'arrache, lui dit Thya avec amusement.

Cela ne semble pas au goût de Bibu qui la regarde d'un œil mauvais avant de lancer avec agacement :

— Je vais vous dire le fond de ma pensée. Vous n'êtes que des écervelés qui ne réfléchissent pas plus loin que le bout de leur nez. Vous ne pensez qu'à vous. Gabriel veut garder Isabella pour sa puissance de meute. On sait tous que nous avons besoin d'elle en infiltrée. Elle peut nous obtenir des informations très précieuses. Carmilla n'a que la vengeance dans la bouche et agit en solo. Nous avons besoin d'elle pour tuer MacGregor, mais elle est allée s'exposer aux crocs acérés de Severn. Il va falloir penser à la jouer collectif et moins individuel.

Les paroles de Bibu font tomber une chape de plomb sur le camp. Tous se tournent vers Gabriel qui est déjà sur une pente savonneuse. Ses pupilles scintillent plus qu'une guirlande de Noël et il a toujours le bras autour du cou de la pauvre Isabella qui est complètement ratatinée sous le poids de ses responsabilités d'alpha. Mais avant de vous dire si Gabriel va éclater de colère comme un bouchon de champagne le Premier de l'an, retrouvons notre reine vampire qui vient de bondir dans la clairière.

Nous avons dû tellement ralentir les images pour voir la scène que je m'excuse de la qualité. Clairement, Carmilla est arrivée comme un missile sur Severn qui a juste eu le temps de se retourner. Elle le pousse si violemment que son corps est éjecté sur plusieurs mètres, couchant tout sur son passage. Il traverse les arbres plus vite que son ombre. Après avoir roulé une bonne dizaine de mètres au sol, il se redresse et s'élance vers Carmilla à toute vitesse. Celle-ci se tient droite comme un piquet de grève le jour du 1er Mai et hurle :

— STOP !

Le vampire s'arrête net, avec une lueur de peur dans les yeux. Carmilla sourit et lui lance avec un plaisir non dissimulé :

— Tu me crains bien plus que je ne le pensais. Tu sais ce que je fais de mes ennemis ; j'ai une question pour toi. Quelle signification donnes-tu à toutes ces années passées à mes côtés ?

Severn ne répond pas, il observe le moindre mouvement de Carmilla. Elle commence à tourner autour de lui. On dirait un chat jouant avec une souris piégée. Je ne connais pas la mesure du rythme cardiaque d'un vampire au repos, mais je peux vous assurer que celui de Severn doit battre des records. Le sourire de Carmilla est diabolique, elle veut clairement jouer avec son ancien bras droit. Son rire me glace le sang, il est doux, cristallin, digne d'un tueur en série. Je pourrais jurer voir Severn trembler. Elle reprend :

— Tu sais que tu ne sortiras pas vivant de cette île. Mais je ne vais pas te tuer aujourd'hui. Je souhaite la tête de ton maître ! Et puis, j'ai promis au sorcier de feu qu'il pourrait te brûler. Ta mort sera d'une souffrance sans nom, et je me délecte déjà de cette idée.

— Vous pensez avoir une chance face à MacGregor ? Vous n'êtes qu'une bande de fous. Tu as encore le moyen de t'en sortir. Rejoins-moi et demande pardon. C'est un homme bon et tu as toujours une place dans son cœur.

Elle feule comme un félin, son visage se marbre et ses yeux scintillent comme deux rubis. Elle passe sa langue sur ses canines acérées et lui lance :

— Avec Ayden, vous n'avez aucune chance. Au pire, vous assassinerez quelques-uns d'entre nous, mais nous vous vaincrons, et je sais que MacGregor me veut vivante, je n'ai rien à perdre. Ce n'est pas son cas !

— Tu te trompes sur ses intentions. Si tu n'acceptes pas de repartir avec lui, il te tuera.

— Alors, dis-lui que ce sera toi ou moi. Mais avant de te laisser avec ta belle, je vais t'offrir un dernier cadeau.

Elle disparaît pour réapparaître derrière lui. Il n'a pas le temps de bouger, elle lui plante ses crocs dans le cou et arrache la chair ainsi que la carotide. Severn essaie de l'attraper, mais elle est déjà en face de lui, le menton couvert de son sang. Il porte une main à son cou pour tenter d'arrêter le saignement. Son cœur bat si faiblement que l'hémorragie n'est pas très abondante, mais un flot régulier s'échappe de la plaie. Carmilla exulte, elle recommence et, cette fois-ci, elle saisit sa main et plante ses crocs au niveau de la veine radiale. Elle arrache juste ce qu'il faut pour qu'une nouvelle hémorragie suinte. Cette fois-ci, Severn l'attrape par les cheveux et tente une morsure sans succès. Carmilla est hors de portée, il n'a que des cheveux dans la main. Il hurle de rage avant de lui dire :

— Ne sois pas présomptueuse. Je connais tes techniques de tueuse.

— Je ne te donnerai pas la mort, mais jusqu'à l'arrivée de ton maître tu vas avoir très faim avec tout le sang que tu as perdu. Je me demande si tu sauras te maîtriser en pompant le sang de la louve. D'autant plus que c'est le genre de repas un peu lourd qui nous reste sur l'estomac et qui nous affaiblit.

— Voilà donc ton plan, me forcer à me nourrir pour anéantir les pouvoirs de la sorcière que j'ai exécutée. Je n'en ai pas besoin pour tous vous abattre.

— Je veux surtout que tu boives le sang de la louve jusqu'à la tuer. Tu as l'air de l'apprécier tout particulièrement. Je te connais suffisamment pour savoir que tu ne te remettras pas de sa mort à cause de la soif.

— Mais tu ne me connais pas ! Qu'est-ce que tu ne comprends pas ? Je ne suis pas la personne que tu connais. Je n'ai fait que jouer la comédie.

— On verra bien ! Bon courage, tes blessures commencent à se refermer. J'espère que la fièvre de la soif n'aura pas raison de toi. Je te souhaite une longue agonie jusqu'à ce que le sorcier te tue.

Elle lui tourne le dos et se prépare à disparaître quand il lui hurle avec angoisse :

— Attends ! Isabella ?

— On va la garder dans notre camp quelque temps. Je te l'enverrai quand tu crèveras de faim et que je serai sûre que tu ne la verras que comme ton futur repas. Je ne te connais peut-être pas mais, toi, tu sais la cruauté dont je fais preuve envers mes ennemis. Alors que tu pleureras sur son cadavre, et que ton maître arrivera, dis-lui que je ne suis plus la petite fille naïve et qu'il m'a transformée en une guerrière redoutable. Je ne te souhaite pas une bonne continuation.

Avant qu'il ne puisse ajouter quoi que ce soit, elle disparaît. Severn tombe à genoux en tenant toujours son cou tandis qu'un filet de sang s'en échappe. Son poignet opposé repose sur le sol au milieu d'une mare de sang. Son regard en dit long sur sa situation. Il transpire la panique. Lorsque son cou a cicatrisé, il retient le sang qui coule de son poignet. Il regarde autour de lui et lance avec rage :

— Petites fées ! Je vous maudis ! Je sais que vous les aidez, mais je vous jure qu'aucune d'entre vous n'en sortira vivante. Quant à toi, June, je te remercie d'avoir créé une telle opportunité, le monde verra la grandeur de MacGregor et vous vous inclinerez tous devant sa supériorité.

Nom d'une punaise enragée ! C'est fou ce qu'une bête blessée peut dire comme conneries. Je ne relèverai pas ces dernières paroles, car elles n'ont aucun intérêt. Mais je doute que l'action de Carmilla soit appréciée de ses congénères. J'ai hâte d'entendre son explication. Ce qui m'étonne, c'est que Severn ne s'est pas vraiment défendu. Aurait-il reçu des ordres de MacGregor ? Je pense fortement que notre reine vampire est intouchable, et si elle en a conscience, elle pourrait bien faire vivre un véritable enfer à Severn, en tout cas jusqu'à l'arrivée de son maître. Elle revient au camp, et je peux vous dire que l'accueil est quelque peu glacial. Il faut dire qu'elle a le bas du visage et le haut de sa robe couverts de sang poisseux. Ses cheveux sont en désordre et ressortent des tresses à l'endroit où Severn l'a attrapée. Elle ressemble à une guerrière rentrant d'un champ de bataille. Derek se précipite vers elle et lui hurle :

— Tu l'as tué ? Pourquoi ? À quoi tu joues ?

— Détends-toi, il n'est pas mort. Je te le laisse, tu le crameras en temps voulu.

Elle regarde Isabella et lui annonce :

— Je ne te conseille pas de retourner vers lui. Il va crever de faim et je crains fort qu'il t'exécute, malgré ce qu'il ressent pour toi. Il en a conscience, et pour ne pas griller ta couverture, je l'ai informé que nous te gardions en otage. Je te renverrai quand je serai sûre qu'il ne pourra pas résister et qu'il te videra comme un enfant avec une brique de jus de fruits.

— Mais il avait dit qu'il viendrait brûler le camp.

— Il ne peut pas, en tout cas pas avant une bonne journée. Il va être affaibli, on est tranquilles jusqu'à demain soir. Par contre, après, nous allons avoir une véritable bête sauvage, car il va souffrir de la soif. Je vous conseille d'être prudents. Maintenant, je vais aller me baigner et retirer son sang crasseux de mes vêtements. Je crains d'en faire une indigestion !

Elle se dirige vers la plage. Gabriel lâche enfin Isabella et se précipite derrière la reine vampire.

— Je t'accompagne !

— Tu n'as pas autre chose à faire ? Je ressemble à une jeune fille, mais je suis loin d'être en détresse, alors calme tes ardeurs le loup !

— Ce n'est pas pour ça et je sais très bien que tu n'es pas une demoiselle à sauver, tu fais partie des prédateurs, pas des proies. Je dois te parler !

— OK !

Ils s'éloignent, laissant les autres encore choqués de la scène. Bibu finit par briser le silence :

— Ils se prennent pour qui tous les deux ? Pour donner des ordres et n'en faire qu'à leur tête, ils sont forts, mais pour mettre la main à la pâte et nous inclure dans leur petit plan, que nenni. Il est alpha, elle est reine des vampires dans la vraie vie, mais sur l'île, on est tous sur un pied d'égalité.

— Arrête de bougonner, lui dit Thya. Il nous faut un chef pour mener à bien notre plan.

Elle retourne à son poste et recommence à tailler les pieux. Les autres font de même sans ronchonner, laissant le gobelin seul. Il finit par creuser un trou très profond au milieu du camp.

Vous me voyez venir, n'est-ce pas ? Eh bien oui, nous ne saurons pas ce que vont se dire Gabriel et Carmilla. Pourquoi ? Tout simplement parce que j'ai une vie aussi et que je souhaite me reposer. Si vous voulez connaître la suite, il vous faudra patienter jusqu'à demain. Je vais vous révéler un secret : nous sommes en train de préparer une petite fête à la sauce des fées pour les survivants de l'île. À l'heure où je vous parle, je ne sais pas s'il y en aura… enfin si, peut-être MacGregor ! Mais je ne vous en dis pas plus… je ne voudrais pas vous spoiler ! Allez… la suite au prochain épisode !

Épisode 18

Judith Mikelson

« Bonjour, mes très chers téléspectateurs ! C'est une joie de vous revoir. J'ai pour ordre de ne plus vous parler de la fête que nous préparons ! Alors, ne me posez plus la question, je serai muette comme une tombe. Nous avons eu droit à une démonstration de force de la reine vampire. Il vaut mieux l'avoir dans son camp que contre soi. Par contre, je suis surprise de Severn. Vous savez à qui il me fait penser ? Au petit chien qui jappe sans arrêt et se montre très agressif avant de courir se cacher dans les pattes de son maître. Oui, il a certainement reçu l'ordre de ne pas toucher Carmilla, mais tout de même !

Vous commencez à connaître mon aversion pour les gobelins mais, pour une fois, je suis du même avis que Bibu. L'attitude de Gabriel et de la reine vampire est détestable. Mais pour qui ils se prennent ?

Je vous promets de vous donner des nouvelles de June, et surtout de la relation quelque peu étrange qu'elle entretient avec Lucas. Je vous rappelle qu'elle l'a laissé regarder ses ailes, certes pour une blessure, mais tout de même. Le jeune homme est resté à son chevet alors qu'ils avaient toute la défense du camp à organiser. Évidemment, il est en partie responsable de ses blessures, mais il y a anguille sous roche. Vous ne trouvez pas ?

Allez, fini de jacasser comme une vieille pie assise sur le banc du village… Place aux candidats. »

Épisode 18

Je ne vais pas vous faire languir, nous allons tout de suite rejoindre Carmilla et Gabriel. Tandis que celle-ci se déshabille et se met en sous-vêtements, l'alpha détourne le regard, quelque peu gêné. Elle lui lance :
— Qu'est-ce qu'il y a, je ne te plais pas ?
— Non, je me pose juste une question. Pourquoi es-tu venue en dentelle sur une île déserte ?

Elle rit aux éclats et ne prend pas la peine de répondre. Elle s'immerge dans l'eau et s'attelle à nettoyer sa robe. Entre le tissu noir qui remonte à la surface, et la couleur de l'eau qui se teinte tout autour d'elle comme un thé aux fruits rouges, on dirait qu'une bête sous-marine égorge une pieuvre cracheuse d'encre. Gabriel reste sur la plage, et je le comprends ! Qui voudrait entrer dans une eau ensanglantée ? Après une bonne demi-heure à frotter ses vêtements et faire trempette, Carmilla revient vers lui dans une tenue si sexy qu'elle ferait rougir n'importe quelle créature. Eh oui, mesdames, c'est au tour des messieurs de se rincer l'œil. Elle étend sa robe sur un cocotier qui pousse à l'horizontale et s'installe près de l'alpha qui fixe l'horizon. Elle pose sa tête sur son épaule et lui dit :

— Je sais que tu n'es pas très à l'aise, mais je viens de torturer mon meilleur ami. Alors, laisse-moi trouver un peu de chaleur.

— Je ne suis pas gêné, la nudité chez les lycanthropes, c'est comme un berger avec son troupeau, c'est indissociable. Mais je dois reconnaître que ce sont plus tes sous-vêtements qui sont déstabilisants. Je ne te pensais pas aussi sexy.

Elle sourit et lui dit :

— Je donnerai des cours à Isabella.

L'alpha semble se renfrogner avant de reprendre :

— Je n'aime pas ce que je ressens au fond de mes entrailles. C'est mon amie, et pourtant j'ai envie de la secouer tout le temps. Je lui ai promis de faire d'elle ma compagne si elle devenait mon oméga.

— Je ne connais pas vos coutumes et vos mœurs, mais tu ne devrais pas sacrifier ta vie, ou du moins passer à côté d'un véritable amour.

— Je ne veux pas qu'Isabella subisse le harcèlement de toute une meute, encore moins la mienne. Faire d'elle ma compagne est le seul moyen de contrer tout ça. Ainsi elle sera plus haute dans la hiérarchie et elle n'aura que moi au-dessus d'elle.

— J'ai toujours su que tu préférais être au-dessus.

Ils éclatent de rire avant de reprendre plus sérieusement :

— Je n'ai pas grillé sa couverture, elle va pouvoir rester dans le camp. Severn n'a pas assez de force pour attaquer. Mais mon plan comporte une faille. Demain, il aura une telle soif qu'il deviendra fou et cherchera à boire coûte que coûte. Si Isabella retourne vers lui, il la tuera sans pour autant le souhaiter.

— De toute manière, je ne vous laisse pas le choix. Elle restera auprès de moi. Ce n'est pas une suggestion, c'est un ordre. Carmilla, je ne veux plus qu'elle fasse l'appât, l'espion ou autre chose.

— J'aimerais te dire que ce sera le cas, mais j'en doute. Nous allons avoir besoin d'elle pour espionner MacGregor quand il arrivera sur l'île. J'ai juste souhaité lui laisser assez de temps pour qu'on trouve une solution de communiquer ensemble. Elle a rejoint Severn sans que nous n'ayons un système de communication, et avec ces trouillardes de fées qui se sont repliées, nous devons mettre en place une stratégie.

Gabriel reste silencieux, il a son bras autour de Carmilla. Il lui caresse l'épaule, comme un amant le ferait après une nuit torride. Il lui dit d'un ton très calme :

— Elle ne retournera pas auprès de Severn. Si elle part dans mon dos comme la dernière fois, je tue Ayden. Maintenant, je te laisse déplacer les pions sur ton échiquier, mais tu ne te serviras plus de ma meute.

Ils sont là, silencieux, comme un couple regardant l'horizon qui se dessine devant eux. Malgré la menace de Gabriel, Carmilla n'a pas bougé. Sa tête repose sur son épaule. Ayden les observe à travers la muraille du camp. Il garde la seule ouverture, le reste est entouré d'une palissade de plusieurs mètres de haut. Il n'en a pas conscience, mais son alpha vient de le menacer de l'assassiner sous les yeux de son ancêtre qui est resté de marbre. Je doute que le petit soit en sécurité. Il est peut-être au milieu d'un nid de vipères, et c'est lui le pion de l'histoire.

Pendant ce temps, dans le camp, Lucas aide June. Celle-ci a bien du mal à se mouvoir. Il exige à plusieurs reprises qu'elle retourne s'allonger, mais celle-ci proteste. Elle finit par s'emporter contre lui :

— Lâche-moi ! Je vais bien. Je dois parler à Carmilla et Gabriel.

— Mais ils sont sur la plage !

— Par la poudre de Merlin ! Pourquoi ont-ils besoin de s'isoler de la sorte ?

Ayden hausse les épaules et ne dit rien sur l'éventuel rapprochement physique. June est beaucoup trop faible, elle s'installe près du feu. Isabella a commencé à tailler des pieux avec Lévana et Thya. Lucas est toujours auprès de la fée. Il guette le moindre signe de faiblesse, mais il ne peut s'empêcher de scruter son dos. On aperçoit l'aile encore noircie par l'énorme contusion. Il s'approche d'elle et lui demande :

— Ne faudrait-il pas que Thya ausculte ton aile ?

— Oui, tu as raison. Mais je veux qu'elle la regarde dans la cabane. Je ne suis pas très à l'aise de m'exposer de la sorte devant des caméras.

— Tu es l'ancienne productrice, tu sais qu'il y en a dans la cabane.

Elle ne dit rien et baisse la tête. Il semblerait qu'elle ait oublié certaines informations avec sa chute. Elle se lève et tente de faire un pas, mais elle vacille. Lucas la rattrape et la soulève comme une plume. Il demande à Thya :

— Viens avec nous dans la cabane ! Il faudrait que tu l'examines.

— Bien sûr !

June proteste et ordonne à Lucas de la reposer au sol, mais il n'en a que faire. Il la tient fermement contre lui, avec un plaisir à peine dissimulé. Si Severn est au plus mal, les flèches de Cupidon semblent pleuvoir sur le camp de nos candidats, les inondant d'amour. La question que tout le monde se pose : peut-on vivre d'amour et d'eau fraîche ? En tout cas pour l'eau, la seule qui pouvait la faire venir est morte. Enfin, Bibu a une idée de ce côté-là, il devrait vite passer à l'action. Il ne leur reste pas énormément de temps avant qu'une bête assoiffée de sang ne rôde. D'ailleurs, allons jeter un œil à Severn.

Il n'a pas bougé de sa dernière position. Les saignements de ses plaies se sont arrêtés, on peut vraiment dire qu'il ressemble à un cadavre. Sa peau est translucide, ce qui souligne les veines sur son corps. Sa poitrine se soulève de manière irrégulière et le temps entre deux inspirations est terriblement long. Il lui arrive de pousser des râles d'outre-tombe, accentuant la scène d'horreur de la clairière. Ses yeux sont à demi fermés, et on peut l'entendre murmurer « Isa… bella… » L'image est terrifiante et glauque. Je ne vois pas comment il pourrait se relever. Il semblerait que Carmilla ait été beaucoup trop loin, mais vous savez ce que l'on dit, un vampire mort est un vampire brûlé. Pour l'instant, je doute qu'il puisse aider MacGregor en quoi que ce soit. Enfin, nous verrons bien. Après tout, il lui reste un peu moins de quatre jours à patienter avant une aide extérieure. Promis ! Dès qu'il y aura du mouvement, je vous tiendrai au courant. Mais retournons au camp de l'amour…

Carmilla se redresse et donne une tape dans le dos de Gabriel :

— Fini la pause câlin, alpha ! Nous devons nous préparer à la guerre.

— Câlin ? On n'a pas la même définition. Je dirais plutôt réconfort.

Elle lui lance un coup de pied et lâche :

— Pourquoi, tu désirais quelque chose de plus intime, bestial, salace ? Je doute que l'oméga soit d'accord, mais je peux lui en toucher deux mots si tu veux.

— Tu n'es pas vraiment obligée. Plus sérieusement, Carmilla, j'étais sincère sur Isabella.

— J'ai compris, jeune loup ! On est dans le même camp et on la joue loyal. Par contre, ne menace plus mon fils… euh…

— Je me doutais que dans ton esprit les choses se mélangeaient. Ne t'en fais pas, je ne lui dirai rien et je le protégerai comme mon bêta. Mais je ne veux plus qu'il passe outre la hiérarchie de ma meute.

— Parfait !

Elle se rhabille en rouspétant, car la robe est encore mouillée, mais elle paraît beaucoup plus solide que ces derniers jours. Il semblerait que notre reine vampire ait des difficultés avec la solitude et qu'elle ait trouvé un nouveau bras droit. Et qui sait, peut-être qu'une meute accepterait une reine ? Je plaisante, encore une fois l'alpha des alphas a dû s'étouffer en buvant sa bière. Je vais finir par le tuer avec mes blagues. Mais elles sont fondées sur une grande part de vérité.

De retour au camp, Ayden questionne Gabriel, qui lui répond avec un sourire :

— Appelle-moi beau-papa !

Cela ne semble pas au goût du métamorphe qui s'approche de lui avec le regard noir.

— Elle n'est rien pour moi, tu peux faire ce que tu désires d'elle. Ne t'amuse…

Il n'a pas le temps de finir sa phrase, l'ordre tombe comme un couperet :

— Arrête ! Ne me provoque pas ! Je suis ton alpha. Ce n'était qu'une plaisanterie, et je ne veux pas te remettre à ta place pour une broutille.

Ayden baisse les yeux et hoche la tête. Il s'excuse, mais son regard reste noir. Gabriel se contient et parvient à faire redescendre la tension entre eux.

Pendant ce temps, dans la cabane, June est toujours en colère contre Lucas. D'ailleurs, heureusement qu'il n'a pas vu la scène qui se jouait à quelques mètres de lui. Je doute qu'il apprécierait le rapprochement entre Carmilla et son alpha. Il lui en voulait déjà pour moins que ça, il y a encore quelques jours. En même temps, comment réagiriez-vous si votre futur beau-frère avait un tel comportement ? Je peux vous dire que, chez les fées, nous sommes d'une fidélité incroyable. Notre partenaire, nous le choisissons pour notre vie entière. Mais pour l'instant, il est bien occupé à prendre soin de June pour s'intéresser à ce que fait son alpha, sa sœur ou toute autre personne sur le camp. Est-ce la culpabilité de l'avoir blessée ou simplement les prémices d'une idylle ? L'alpha des alphas doit encore avaler de travers, une fée, un vampire et même un métamorphe ! Elle va avoir de la gueule, la meute de Gabriel.

June exige que Lucas sorte, le jeune homme s'exécute. Elle essaie de déplier ses ailes, mais seulement la gauche s'agite. La droite reste contre son dos. Thya tente de la soulever pour qu'elle prenne sa place lorsqu'elle est déployée, mais la grimace de June lui fait arrêter son geste.

— Tu devrais rester au repos. Je ne sais pas soigner les ailes, mais l'hématome est réellement impressionnant. J'espère juste qu'elle ne se nécrose pas, car sa couleur n'est vraiment pas jolie.

— Il y a une solution pour la réparer, mais…

June dévisage Thya et hésite à lui parler. Elle finit par reprendre :

— Pour cela, je vais devoir transgresser un nombre incalculable de lois des fées.

— Ils nous ont laissés ici en nous abandonnant face à des ennemis redoutables, alors… Et puis, la loi des fées, des garous, des vampires… elle ne s'applique pas sur l'île. Nous sommes entre nous, c'est nous qui faisons nos propres lois. Nous respecterons les lois du monde quand nous serons sortis de ce merdier.

June acquiesce, et je n'en crois pas mes yeux. Elle ne va pas faire cela… Si ? Mon Dieu, quel acte de rébellion !

J'espère qu'elle sera sévèrement punie si elle revient de l'île. Je suis sûre que toutes les fées du monde doivent hurler pour qu'on la bannisse à tout jamais. Elle tend son sac rempli de poudre d'or et demande à Thya d'en parsemer sur ses ailes. C'est un acte irréfléchi d'une personne complètement folle. Comment une autre espèce peut-elle manipuler notre objet le plus précieux ?

Thya plonge la main dans le sac, qui ressort brillante. June lui dit :

— Maintenant, secoue-la au-dessus de mes ailes en pensant très fort à ce que tu souhaites.

La poudre tombe comme des flocons de neige sur l'aile noire qui commence à tressauter. Puis chaque grain, agissant comme la lumière à l'état pur, chasse la noirceur. L'aile retrouve peu à peu sa couleur d'origine. June la déploie et l'agite sans souci. Thya lui demande :

— Pourquoi tu n'as pas fait cela plus tôt ?

— Car je ne peux pas l'atteindre.

— Jesmi le pouvait !

— Le secret réside dans la pensée de ce que tu souhaites. Je doute que Jesmi ait assez de concentration pour penser à ma guérison. Je l'aime beaucoup, c'est une amie, mais elle est très frivole. La poudre de fée peut être très dangereuse et nous l'utilisons avec parcimonie. Il suffit qu'une mouche passe au moment où tu fais ton souhait, et je me serais retrouvée avec une aile de mouche. Mais j'ai eu raison de te faire confiance.

— Est-ce que tu veux que nous fassions tes côtes ? Ton bleu est tout aussi inquiétant !

— Non, je dois garder la poudre pour le combat. Elle coûte très cher à mon peuple, et ce n'est pas d'argent que je te parle. Je n'en dirai pas plus, j'ai déjà bien assez transgressé de lois pour aujourd'hui.

Les deux femmes rient encore quand Carmilla tente d'entrer dans la cabane. Mais c'était sans compter sur le garde du corps, Lucas.

— Non, personne dans la cabane !

— Tu ferais mieux de dégager avant que je te saigne comme un porc, petit loup.

— N'insiste pas, Carmilla ! J'ai des ordres de June et je ne te laisserai pas passer.

June rejoint Lucas et le remercie avant de déposer un bisou sur sa joue. Le jeune homme s'empourpre tellement qu'on a l'impression qu'il va exploser. C'est si mignon qu'on pourrait sombrer dans le pathos. Qu'est-ce qu'il y a, vous ne connaissez pas le grec ? Un peu de culture, je vous prie… Carmilla semble de mon avis puisqu'elle lève les yeux au ciel et murmure :

— Qu'est-ce que ne ferait pas un mec pour tremper son biscuit ? Il braverait même la mort !

Thya et June n'ont pas forcément entendu, mais la réaction de Lucas ne laisse aucun doute. Il s'éloigne d'elle en lui jetant un regard noir. Mais qui aurait pensé qu'un visage pouvait prendre une couleur cramoisie ? Carmilla rit aux éclats. Quelle répartie a notre reine ! Elle tend la sacoche de Jesmi et lui dit :

— Cadeau de ton assistante. Je l'ai renvoyée, elle n'avait pas sa place ici et elle serait morte en vain. Elle nous sera plus utile près du roi.

— Tu as raison, merci, Carmilla.

— Elle n'est pas très intelligente, la petite. Elle me l'a confiée alors que je connais l'énorme pouvoir qu'elle contient. J'aurais dû changer un tas de sable en robe, d'ailleurs.

June prend une pincée de la poudre de Jesmi et la saupoudre au-dessus de Carmilla. Sa robe se met à fumer, les fils de dentelle semblent se recoudre, les cheveux se tressent et la vampire retrouve une allure digne d'une grande guerrière.

— J'exauce ton vœu pour m'avoir rendu le sac et libéré Jesmi d'une obligation ridicule. Thya, si tu as besoin de quoi que ce soit, je te ferai le même présent.

— Je ne veux rien, ma récompense est d'avoir aidé une amie. On devrait aller voir Bibu, il est en train de se battre avec une bâche de parachute et je pense qu'il a besoin d'aide.

Mais que fait le gobelin et quelle idée il a en tête ? Je ne me remets pas de l'acte complètement inconsidéré de June. Elle est devenue une criminelle en faisant cela ? Vous vous rendez compte que le meurtre est puni avec moins de sévérité ? Hélas, si elle se sort de cette mission, je doute qu'elle survive aux sanctions que subissent les délinquants dans son genre. Nous sommes à la fin de cette dixième journée et il va encore se passer pas mal de choses ; je vous rassure, le onzième jour est ennuyeux à mourir. Mais ne vous en faites pas... je vous épargnerai les longueurs inutiles... Vous connaissez la rengaine... la suite au prochain épisode.

Épisode 19

Judith Mikelson

« Je tiens à présenter toutes mes excuses concernant le procès que j'ai intenté contre ma compatriote June. Une fois encore, mon attitude n'était ni professionnelle ni neutre. Le roi des fées a reçu toutes vos recommandations, plaintes et menaces, et je vous garantis qu'elle ne sera en aucun cas inquiétée pour avoir sauvé son aile dans un contexte particulier. Je ne peux pas vous promettre que cela ne se reproduira pas, car je suis présentatrice et non journaliste. On sait tous qu'ils doivent rester neutres, mais ce n'est pas mon cas et je vous livre une prestation avec mes tripes. Je referme la parenthèse, reprenons notre émission…

Au crépuscule de ce onzième jour, le camp se prépare à l'accueil de MacGregor ! J - 4 ! Oui, dans quatre jours, il sera là. Et le jeu « Qui survivra à MacGregor ? » sera lancé. Est-ce qu'ils sont prêts ? Je ne crois pas ! Mais il leur reste un peu moins de trois jours. Par contre, vous ne trouvez pas qu'Ayden est aux abonnés absents ? Il est complètement effacé depuis qu'il est le bêta de Gabriel. Commençons notre épisode par une petite explication entre lui et son alpha. Ils ont pas mal de choses à se dire avec les plans dissimulés. Allez… place aux candidats… »

Épisode 19

Pendant que Carmilla tente d'entrer dans la cabane, Gabriel prend une autre direction. Il fait demi-tour et retourne vers Ayden. Il regarde le coucher du soleil par le petit passage d'un mètre. L'alpha l'observe et le métamorphe ne remarque pas sa présence. J'espère qu'il ne va pas lui tordre le cou. Après tout, c'est une solution à envisager ; s'il n'y est plus, MacGregor n'a aucune raison de venir. Par contre, je doute qu'il ressorte en vie, car c'est Carmilla qu'il devra affronter. Mais une pensée me taraude : Ayden n'est pas intégré dans la meute, donc elle n'a pas vraiment de bêta qui fait le garde-fou de Gabriel. Il semblerait que le roi ait pris les pleins pouvoirs.

— Je dois te parler ! lance Gabriel avec un soupçon d'autorité dans la voix.

Ayden sursaute et se retourne, les sourcils froncés.

— Bien sûr ! Je t'écoute.

— Je t'ai menacé de mort, je tiens à ce que tu le saches ! Si tu complotes avec Carmilla dans mon dos et qu'Isabella se retrouve en danger…

— Tu me tues, je ne suis pas dupe ! Nous devions le faire pour plein de raisons et j'accepte ta sentence. Si tu souhaites m'éjecter de la meute, je comprends.

— Non, pour l'instant, je vous considère tous comme les miens et tant pis si cela déplaît à certains, mais je n'ai pas le choix. Mon loup me hurle que ce n'est pas mon combat mais, en estimant que tous sont de ma meute, ça le devient. Alors il me donne la force nécessaire pour faire ce que je dois faire.

— Gabriel, tu n'as pas à te justifier. Je me fous de tout ça. Je voulais que le monde connaisse la vérité sur le génocide des métamorphes et j'ai réussi.

Gabriel saisit la nuque du métamorphe et colle son front contre le sien. Il plante ses yeux luisants d'une lueur ambrée dans son regard et lui dit :

— Tu ne peux pas tenir de tels propos. Une vie, on n'en a qu'une, alors tu vas te sortir les doigts du cul et te reprendre.

Il relâche la pression et Ayden recule de plusieurs pas. Il serre les dents et son regard est noir. Il s'avance vers Gabriel avant de renoncer et de lui tourner le dos une nouvelle fois. Il s'éloigne du camp et s'installe dans le sable deux mètres plus loin. Lévana arrive en courant et bouscule Gabriel. Il l'attrape par le bras et lui lance :

— Laisse-le, il a besoin de réfléchir.

— Mais lâche-moi ! Tu te prends pour qui ?

— Pour ton alpha, alors tu suis les ordres, rentre dans le rang et retourne vers les autres.

— Mais…

Lucas est déjà là. Il ne laisse pas le temps à Lévana de faire quoi que ce soit. Il la saisit par la taille :

— On a besoin de toi, car nous avons des baies, mais certaines ne me semblent pas comestibles.

La pauvre sorcière des bois est conduite loin de l'alpha qui fixe la nuque d'Ayden toujours assis dans le sable. Je n'apprécie pas Gabriel, mais je trouve qu'il a raison. Monsieur Ayden jette un pavé dans la mare et il regarde les vagues chahuter le monde. La vie n'est pas aussi simple, il va falloir assumer. Par contre, je doute que cet incident soit au goût de Carmilla, et vous pouvez faire confiance à un petit rapporteur pour lui balancer l'altercation. Le gobelin qui se battait avec la toile du parachute rentre dans la cabane où Carmilla parlemente avec June et Thya, et lui dit :

— Tu devrais veiller sur ton arrière… petit-fils ! Gabriel semble vouloir lui donner une bonne correction.

— Je sais et je ne compte pas m'en mêler. Enfin, tant qu'il ne le touche pas physiquement. Ayden ne le supporterait pas et je ne souhaite pas interférer dans sa vie. Je n'en ai pas le droit.

— Eh bien, il vient de lui asséner un coup de tête, je ne sais pas si tu considères ça comme une attaque physique.

Elle sort précipitamment, tandis que Bibu se frotte les mains.

— Voilà, les deux maîtres du monde vont s'engueuler et ils nous laisseront peut-être prendre les rênes.

— Tu es incorrigible, lui dit Thya, agacée, avant de s'élancer à la suite de Carmilla.

Alors qu'il va pour la rejoindre, June l'arrête et lui demande :

— Aide-moi à sortir d'ici, s'il te plaît ! Mon aile est soignée, mais pas les côtes.

Le gobelin feint de soupirer, mais son sourire le trahit. Il est vraiment content d'épauler June pour se déplacer. Est-ce qu'elle lui a pardonné son entourloupe pour intégrer l'émission ? Seul l'avenir nous le dira. En attendant, il l'aide à s'asseoir sur un rondin de bois près du feu et il s'assure de son confort. Il lui tend même un verre rempli d'une tisane concoctée par Thya. Par contre, le retour de Carmilla promet de grands chamboulements. Elle s'avance vers lui avec colère, mais Bibu s'excuse auprès de June et saute dans le trou profond qu'il a construit.

— Je vais le tuer ! Ce n'est qu'une question de temps ! lance-t-elle comme une sœur le ferait avec un petit frère quelque peu agaçant.

Le sourire que les autres affichent sur les lèvres nous fait penser que l'ambiance est bonne sur le camp, et après avoir mangé un maigre repas, tous se couchent dans la cabane, sauf ce pauvre Bibu. Carmilla a bouché le puits avec le parachute et on entend la complainte étouffée du gobelin.

Pour Severn, la nuit s'annonce beaucoup plus compliquée. Il est toujours adossé à l'arbre et des râles sortent de sa bouche. Je doute qu'il soit en train de mourir et Carmilla a averti les autres : dans quelque temps, il sera incontrôlable et voudra du sang. Mais pour l'instant, c'est un homme à l'agonie que nous avons. Il murmure parfois :

— Isa… bella… Isabella !

À l'aube du onzième jour, tout le monde dort paisiblement sous l'abri. Enfin, presque tous, car Carmilla guette les environs du haut d'un arbre. Elle est la seule à savoir quelle bête sauvage va ressortir du bois. Elle est en grande partie responsable de cela. Mais elle n'est pas la seule à surveiller les environs ; un aigle se pose à ses côtés et pousse un cri.

— Est-ce qu'il s'est relevé ?

L'aigle remue la tête de gauche à droite pour lui signifier que non. On comprend vite qu'Ayden épie Severn. Grâce à nos caméras, je peux vous dire que la nuit du vampire a été plus que difficile. Nous avions l'impression d'assister à sa mort et à sa résurrection sans fin. Je ne vais pas vous mentir, le pauvre Severn vient de traverser l'enfer et le seul mot qu'il avait à la bouche était Isabella. Je redoute le moment où il deviendra incontrôlable. Carmilla dit à l'aigle :

— Il ne devrait pas bouger de la journée. Dans son état, le soleil va être un vrai supplice. Mais dès la tombée de la nuit, il sera beaucoup plus actif. J'espère que nos défenses tiendront.

L'aigle retourne près du feu, et un « pop ! » laisse place à Ayden, toujours aussi nu. Son aïeule détourne le regard et le jeune homme enfile rapidement ses vêtements. Il se positionne sous l'arbre et lui demande :

— Je ne comprends pas, pourquoi tu t'en es pris à lui de cette manière ? Il doit aider MacGregor. Et s'il n'en était plus capable ?

— J'ai un plan, ne t'en fais pas. Je veux juste montrer aux autres ce qui les attend. Je les trouve un peu trop confiants, toi aussi d'ailleurs ! MacGregor est beaucoup plus puissant que moi.

— Moi, je me fiche de la suite des événements. Le monde a ouvert les yeux sur le génocide de ma race, pour le reste, je ne me sens pas plus concerné que ça. Je suis seul maintenant et nous ne sommes peut-être pas assez pour que les métamorphes survivent.

— Et alors ? Qu'est-ce qui t'empêche de vivre ta vie ? Arrête de te positionner comme le sauveur de ton peuple et pense à ta propre existence. Les gens se moquent de toi et si tu ne prends pas soin de ta vie, ils ne le feront pas à ta place. Tu ne vas pas te suicider tout de même ?

Ayden semble offusqué par sa dernière phrase. Il lui lance avec colère :

— Certainement pas ! Je ne suis pas un lâche qui abandonne. C'est juste que je n'ai plus de but, je suis un peu perdu.

— Ne t'énerve pas, mais ton attitude laisse penser le contraire ! Je vais t'en donner un : survis à MacGregor et je te présenterai à mon essaim. Il n'y a pas que des vampires, je me suis battue des centaines d'années pour cacher des métamorphes. Je te cherchais, mais personne ne semblait te connaître. Ton peuple, comme tu le dis si bien, n'est peut-être pas en voie de disparition comme tu le crois.

— Qui te dit que Severn ne t'a pas trahie auprès de MacGregor et que, pendant ton absence, ils n'ont pas tous été tués ?

— Severn ne sait rien sur le sujet. Je dois t'avouer que je n'en maîtrise pas beaucoup non plus. Je redoutais d'être capturée et je ne voulais pas les compromettre. Je finance cette organisation, mais c'est tout. Lorsque je te cherchais et que je rencontrais des métamorphes, je leur donnais le numéro de mon contact. Donc je n'en connais pas plus, si ce n'est qu'ils aimeraient un roi pour les représenter. Tu pourrais le faire, si tu gagnais le combat qui s'annonce. Ils auront besoin de quelqu'un pour organiser leur retour.

— Je ne sais pas… On verra.

Ayden se rapproche du feu d'un pas nonchalant, mais je peux vous garantir que son attitude a changé. Je jurerais avoir vu ses yeux gris s'illuminer devant les paroles de son aïeule.

Carmilla a besoin du jeune homme pour vaincre son ex quelque peu possessif et légèrement extrême dans ses réactions. Aurait-elle été capable de lui mentir pour arriver à ses fins ? OUI ! Bien évidemment ! En tant que bonne manipulatrice, il n'en fait aucun doute, et je peux vous dire que personne n'a entendu parler de sociétés secrètes cachant des métamorphes. Si cela a redonné de l'espoir à notre métamorphe éteint, alors pourquoi pas ! Mais je ne voudrais pas être là le jour de la révélation. Afin de ne pas colporter de fausses informations, une équipe de fées reporters est déjà en train de se pencher sur le sujet et de tenter de résoudre cette énigme. Je vous tiendrai informés de l'avancée de leurs travaux. Peut-être qu'un reportage sur les rescapés métamorphes verra le jour, mais je pense plus que cela s'apparentera à la recherche du monstre du loch Ness, une pure légende.

Les candidats se réveillent et, très vite, Gabriel reprend le lead. Il donne les ordres et les autres s'exécutent. Bibu fait toujours sa mauvaise tête. Il regarde l'alpha et lui dit qu'il travaille sur un projet qui pourrait bien les sauver si les combats s'éternisaient. L'alpha fronce les sourcils, mais sa réaction est surprenante. Il lui répond :

— Fais ce que tu souhaites ! Les tranchées sont faites, on n'a plus vraiment besoin de toi !

Il laisse le gobelin surpris et rejoint Carmilla, toujours perchée dans son arbre.

— Est-ce que l'on peut aller chasser ? Je veux avoir un maximum de viande séchée, si l'on doit tenir un siège.

— Oui, mais restez loin de la clairière et prenez Ayden avec vous. Severn doit se cacher et éviter le soleil. Revenez avant que le soleil ne fasse trop d'ombre. On ne sait pas ce qui se dissimule dans la pénombre.

— Si ! Un vampire assoiffé de sang !

Ils rient tous les deux, puis Gabriel part en compagnie d'Ayden, Ethan et Isabella. Il affirme très clairement que l'oméga sera collée à lui pour toujours. Lucas le regarde d'un mauvais œil mais, très vite, l'alpha lui confie la sécurité du camp. Gabriel n'est pas à cent mètres qu'il commence à aboyer des ordres. Décidément, les loups ont un petit côté militaire très désagréable. Bibu lève les yeux au ciel et continue son ouvrage. Les filles s'affairent à fixer des pieux sur la palissade de plusieurs mètres de haut. Lévana se sert de ses lianes, tandis que Thya s'occupe de ceux du bas. Lorsque Bibu a fini, il se dirige vers Lucas qui observe June assise près du feu. Elle continue à tailler des pieux. Le gobelin ricane et lance :

— Je connais un loup qui est tombé sous le charme d'une fée. On pourrait croire à un début de film d'horreur. Tu veux que je te raconte la fin ? Le grand méchant loup a…

Le coude de Lucas rencontre la pommette du gobelin, qui se retrouve sur les fesses.

— Arrête tes âneries ! Tu te l'es coulé douce dans ton trou toute la journée. Finalement, je ne sais pas pourquoi Gabriel t'a libéré au milieu de la nuit.

— Tu ferais mieux de venir voir ce que j'ai fait au lieu de jacasser comme un commandant hystérique.

Lucas ne relève pas et suit le petit homme jusqu'à sa création. Le trou qu'il a creusé la veille est recouvert de la bâche du parachute.

— Quand j'ai entendu ton alpha parler de siège, je me suis dit qu'une réserve d'eau nous serait utile. Le premier puits est trop loin, et Artémis n'est plus. Nous allons devoir le remplir à l'ancienne, et je vais avoir besoin de monde.

Lucas l'observe avec une pointe d'admiration. Il finit par lui lancer :

— Tu n'es pas l'ombre d'un crétin, toi ! Bien joué.

Derek, qui les a suivis, tapote le dos de Bibu, puis retourne à ses occupations. Lucas enchaîne en lui demandant :

— Tu comptes le remplir comment ?

— Avec l'ancien puits mais, si j'ai bien compris, dans quelques heures, nous aurons l'autre taré qui tournera autour du camp. Je pense que nous devons commencer. Il faut les gourdes et la marmite.

— Ah merde ! J'espérais un moyen naturel pour le remplir.

— Je ne suis pas une de ces foutues sorcières d'eau. Je…

Thya les rejoint et lance :

— J'ai une idée. On a les bambous et je suis sûre que Lévana peut nous en faire pousser. Si tu arrives à creuser un tunnel jusqu'au premier puits…

Ils reprennent tous les deux en chœur :

— Nous pourrons faire venir l'eau jusqu'ici.

— Génial ! Je n'y avais pas pensé, en plus le terrain est naturellement en pente. Normalement, ça devrait marcher. Je préfère creuser plutôt que de transporter des barriques et ainsi on sera toujours alimentés. Par la boue des monts d'Auvergne, tu es un génie.

Il attrape la chamane et l'entraîne dans une danse endiablée. Tout le monde cesse sa tâche pour les regarder et Lévana commence à taper des mains, très vite suivie par les autres. C'est le moment choisi par Gabriel et son équipe pour rentrer. Ils restent à l'entrée et observent la scène. Lorsque les autres les aperçoivent, ils s'arrêtent.

— Je vois que l'on s'amuse bien.

— Attends, Gab, lance Lucas, on a travaillé toute la journée. Les pieux sont mis en place et on a une réserve significative qui nous servira de lance. Bibu a construit un puits et il va détourner l'eau du premier pour qu'on ait une source ici. Je ne te laisserai pas dire que nous nous sommes tourné les pouces.

— Ce n'est pas ce que j'ai dit ! On a tous le droit de faire une pause. On a rapporté trois chevreuils, deux serpents, quatre volatiles et un sac de baies.

Les chasseurs déposent leur butin près du feu et s'installent. Ils ont l'air épuisés, mais ils ne mourront pas de faim avant un moment. Thya et Lévana dépècent les chevreuils, tandis qu'Isabella et Ethan fabriquent un fumoir. Carmilla redescend de sa branche, et Bibu ne peut s'empêcher de lui dire :

— Si nous n'avons pas chômé, ce n'est pas ton cas !

— Occupe-toi de tes petites affaires, le gnome. Je dois parler à June.

Je ne sais pas ce que nous prépare la reine vampire. Encore une fois, à ma grande surprise, je suis d'accord avec le gobelin. Carmilla est restée dans son arbre à se prélasser. Certes, c'est un oiseau de nuit, mais tout de même. J'ai adoré ce moment de joie et d'insouciance lorsque Bibu dansait avec Thya. Mais il a fallu que le casseur d'ambiance, Gabriel, s'invite dans la danse. C'est fou comme il peut être adorable et détestable. Est-ce qu'on peut dissocier le loup de l'humain ? Je vous le demande, car j'affectionne Gabriel, mais je hais son loup, ou enfin ses réactions. En tout cas, je peux vous dire que nous ne sommes pas au bout de nos surprises ; il se pourrait bien qu'un Severn affamé et en colère rôde la nuit près du camp. Mais vous connaissez la rengaine... la suite au prochain épisode...

Épisode 20

Judith Mikelson

« Bonjour à toutes et à tous ! Comment vont mes téléspectateurs préférés ? Oui, je sais, l'épisode d'hier était un peu ennuyeux. Et pourtant, je vous ai épargné la partie de chasse soporifique de la troupe de Gabriel. Mais je vous rassure, aujourd'hui, nous allons avoir beaucoup plus d'action. Il se pourrait bien que nos candidats du camp aient quelques petits soucis de sommeil. En tout cas, Severn va rôder, être bruyant, et il aura une requête inattendue. Mais je ne vous en dis pas plus…

Avant de retrouver nos amis sur le camp, je me dois de vous dire que nous avons reçu une lettre étrange. La missive est manuscrite et annonce simplement que Carmilla est la bienfaitrice des métamorphes. Il n'y a rien de plus. Encore une fois, je remercie les gobelins et leur humour décalé. Vous pensez vraiment que nous allons gober vos facéties plutôt douteuses ? Eh non ! On ne rigole pas de la mort de tout un peuple. On peut se divertir avec celle des candidats, mais quand même. Les métamorphes n'ont pas signé une décharge pour cela. Je vous prierai de les respecter. En même temps, notre équipe de journalistes vérifie et pratique une analyse très poussée de la lettre. Place aux candidats… »

Épisode 20

Bibu, agacé, se plante devant Carmilla. Il porte ses mains à ses hanches et lui dit :

— Tu as beau être une reine chez toi, sur l'île on est tous sur un pied d'égalité.

Carmilla sourit et bouscule le gobelin en lui lançant :

— On sera égaux le jour où tu pourras m'arrêter. Je te rappelle que tu as dû obéir à Severn et MacGregor par contrainte. Alors, reste à ta place !

Bibu baisse la tête et ne dit rien. Il retourne près du puits et creuse un petit trou à côté puis disparaît. Thya jette un regard noir à Carmilla, elle va pour ouvrir la bouche, mais Gabriel l'interrompt :

— C'est inutile ! Elle va te rembarrer et vous serez deux à bouder. Crois-moi, elle sait qu'elle l'a vexé et elle s'en fiche complètement !

— Elle est détestable quand elle fait ça !

L'alpha hausse les épaules puis rejoint Carmilla près de June. Elle lui demande avec un ton hautain, pas de doute, la reine est de retour :

— Est-ce que tu peux joindre la régie ?

— Non, je suis comme vous ! Les oreillettes que j'ai prises pour communiquer avec vous ont été déconnectées. Le roi des fées refuse de prendre part à ce combat, je suis donc traitée comme vous tous.

— Génial ! Il veut sa courbe d'audience ! Il ne s'en mêle pas, mais il se régale de voir le pognon qu'il réalise avec l'audimat. On reconnaît bien là le peuple des fées.

June baisse la tête, elle ne rentre même pas dans le débat et on ne va pas mentir, elle a raison. Carmilla n'en a pas fini avec elle.

— Il faut que Jesmi passe un message ! Elle doit encore travailler sur l'émission.

— Oui, je suis sûre que c'est elle la réalisatrice ! Pourquoi ?

— Où est la caméra ?

June lui montre un arbre en face d'elle. Carmilla se plante devant et dit :

— Jesmi, envoie cette vidéo à mon essaim. Je veux qu'il empêche les vampires de MacGregor de pénétrer sur l'île. Il faut qu'il soit seul. Vous connaissez son plan et vous savez par où ils vont entrer. Vos petites fées hypnotisées par Severn ont dû révéler leurs secrets. N'agissez pas seuls, faites venir mon essaim. À tous ceux qui m'ont aimée et soutenue, je vous ordonne de suivre les ordres des fées et de vous battre contre celui que nous redoutons. Nous avons l'opportunité de nous venger et de l'anéantir. J'ai besoin de vous, on a besoin de vous…

Elle montre les autres candidats et reprend :

— Il faut qu'il vienne seul, sinon nous n'aurons aucune chance.

Elle termine sa phrase et s'éloigne du groupe pour retourner s'installer dans son arbre en hauteur. On dirait un suricate surveillant les alentours. June se lève difficilement. Elle se tient les côtes et grimace. Lucas se précipite pour l'aider en murmurant un lot d'excuses. Le jeune homme est étouffé par la culpabilité, mais je le soupçonne fortement d'avoir un faible pour elle, quand même. Elle se dirige sous l'arbre et hurle sur la reine vampire :

— Je ne te comprends pas, Carmilla ! Je ne vais pas te mentir, mais ton message a peu de chance d'être diffusé. Les fées ne prendront pas parti…

La reine vampire saute pour rejoindre June. Elle s'avance d'un air menaçant, Lucas se place devant la fée en position de défense. June le repousse d'une main et lui murmure :

— Je n'ai jamais eu besoin de quelqu'un pour mener mes batailles, ce n'est pas aujourd'hui que ça va commencer.

— Tu n'as jamais eu de bataille, petite fée, lance Carmilla avec colère. Vous vous cachez derrière les caméras. Ne me dis pas que vous ne saviez pas pour les métamorphes. Les garous, je l'entends, leurs esprits ont été manipulés, l'arrogance des sorciers les a fait se détruire et MacGregor en a profité. Mais ton peuple à toi, vous étiez où ? Vos superbes reporters, journalistes et autres… Je ne vous ai pas vus, pourtant vous êtes réputés pour dénicher les derniers scoops, potins ou affaires politiques. Vous vous cachez derrière votre prétendue neutralité. Je suis désolée, tu es jeune et tu ne t'es certainement pas rendu compte de tout ça, mais vous êtes tellement formatés.

— Je me fous de savoir ce que tu penses de mon peuple. Tu es loin de la réalité, je n'ai aucune envie de prendre part à ce débat. Moi, je te parle de tes actions sur l'île. Tu es égocentrique, tu te crois au-dessus des autres. Si tu étais venue me voir avant de faire ton show, j'aurais peut-être pu faire quelque chose. Tu te bats seule, mais nous ne sommes pas des pions que tu disposes à ta guise. Ce n'est pas ton combat, mais celui de tous. Je suis d'accord avec Bibu, tu la joues perso alors qu'il faut qu'on soit une équipe.

Elle se tourne vers Gabriel en grimaçant de douleur et lui dit :

— Cela s'applique à toi aussi ! Au lieu de faire des reproches à tout le monde, je vous conseille de vous remettre en question tous les deux, car si nous nous faisons tous tuer, ce sera de votre faute.

Elle s'éloigne en marchant lentement à cause de la douleur, perdant un peu de son effet. Elle a tellement raison. Ils ne se rendent pas compte, mais si Carmilla et Gabriel ne font que donner des ordres, je doute de leur réussite. Comment vont-ils faire pour dompter leurs côtés alpha ? Pour Carmilla ce sera plus simple que pour Gabriel, son loup ne pourrait pas apprécier la manœuvre. D'ailleurs, il ne semble pas accepter la remarque de June. Ses pupilles s'embrasent d'une lueur ambrée et sa mâchoire se crispe. Lucas et Ayden interviennent et se rassemblent près de leur alpha. Ils essaient de le calmer, en vain, celui-ci les bouscule pour se précipiter sur June qui déploie ses ailes dans un cri de souffrance. Elle halète et tente de s'envoler sous les cris de protestation de Thya. Gabriel se fige devant le spectacle, c'est comme si on venait de le gifler. Il lui demande avec une crainte dans la voix qu'on ne lui connaissait pas :

— Tu penses sérieusement que j'aurais pu m'en prendre à toi ?

Le silence qui suit lui donne la réponse. Meurtri par cette réaction, il sort du camp en hurlant à Isabella de l'accompagner. Thya ne peut se contenir plus longtemps et lui crie :

— Bien sûr qu'on te craint et on te redoute, regarde ce que tu fais subir à Isabella. Tu ne peux t'en prendre qu'à toi-même ! June a raison, remets-toi en question un peu !

Le jeune homme est déjà sur la plage quand elle finit sa phrase. Thya se rend vers le butin de chasse et reprend le travail. Adieu les chants pour remercier la nature et toutes les cérémonies, elle joue avec le couteau comme le ferait un guerrier. Rappelez-moi de ne pas la mettre en colère ou de retirer toute arme blanche des placards, même les économes ! Lévana la rejoint, mais n'ose pas piper mot. Elle entreprend de couper la viande en fines tranches pour le fumoir que Derek et Ethan construisent. Lucas est toujours près de June, partagé entre son chef et la jeune fée qui souffre énormément. Elle s'installe au sol et commence des exercices de respiration profonde. Peu à peu, son visage se détend, et elle finit par sommeiller, appuyée contre le tronc d'un arbre. Lucas regarde Ayden qui observe la plage devant la seule entrée du camp. Il s'approche de lui et demande :

— Tu ne devrais pas les rejoindre ?

— Non, c'est ta place ! Je garde le camp.

Lucas donne une tape dans le dos du métamorphe. Est-ce qu'ils auraient trouvé un terrain d'entente ?

— Surveille June pour moi ! Je m'en veux, elle est dans cet état par ma faute !

— Faux ! C'est Severn qui l'a blessée. Tu as tout fait pour la sauver, elle te doit même la vie. Si Severn l'avait aperçue, il l'aurait assassinée sans se poser de questions. Au lieu de voir le verre à moitié vide, regarde-le à moitié plein.

— Je te retourne le compliment. Ayden, je t'ai connu plus combatif.

— Ne t'en fais pas ! On m'a remis les pendules à l'heure. Allez, rejoins Gabriel, je ne suis pas de votre meute, mais je perçois sa détresse. Je crois que June a tapé là où il fallait.

Alors que Lucas s'éloigne, il lance au métamorphe :

— C'est sûr, il aurait préféré recevoir un coup de pied là où je pense.

Il retrouve sa sœur et son alpha assis sur le sable.

Pendant ce temps, sur la plage, le silence est d'or. Isabella observe Gabriel et sent la colère qui émane de lui. S'il l'a appelée, c'est pour qu'elle contienne sa fureur. Mais elle doit se montrer intelligente, elle peut éviter que cela ne dégénère en soumission et coups. Cela n'arrangerait pas les affaires de Gabriel qui s'en voudrait encore plus. On ne va pas se mentir, June n'a fait que pointer du doigt un ressentiment qu'il éprouve envers lui-même. Lorsque Lucas les rejoint, Isabella ne cache pas son agacement. Il lui grogne dessus avant de lui coller une tape derrière la tête. La jeune femme courbe l'échine et pousse un gémissement de soumission, mais aussi de frustration. Elle n'avait pas besoin de lui pour calmer Gabriel ; encore une fois, son frère la rabaisse de la pire des manières. Elle serre les dents, mais ne dit rien. Ce n'est pas le cas de Gabriel qui ne se gêne pas pour faire la remarque :

— Tu sais que ton attitude est détestable ? Avec ton geste, tu viens de l'humilier et de lui rappeler sa condition. J'essaie de me contrôler et ton attitude n'arrange rien.

— Ne me mens pas, Gab ! Je connais les lois de la meute, elle n'est pas encore ta compagne. Tu te fiches de ce que je viens de faire, sinon tu m'aurais corrigé.

— Je n'aime pas ce que je suis en train de devenir. Le pouvoir de l'alpha…

— Ton père te l'a répété souvent, la couronne est dure à porter pour celui qui ne se contrôle pas parfaitement. Je te rassure, en te suivant, on savait que les premiers temps seraient compliqués. Je suis désolé, car j'ai moi-même pété les plombs et je t'ai abandonné au pire moment.

— Tu as fait ça pour ta sœur !

— C'est faux, j'ai fait ça pour moi. Je ne veux pas éprouver les sentiments que m'inspire l'oméga. C'est ma sœur, je la protège, mais pas contre les loups de la meute, et je n'aime pas ça.

— Je te comprends ! Je ferai d'elle ma compagne et tu ne ressentiras plus ça, car elle sera au-dessus de vous tous dans la hiérarchie.

— Mais je n'avais pas pensé que, toi, tu devrais vivre avec ça.

Isabella les regarde parler d'elle et une larme coule sur sa joue. Elle est donc si insignifiante qu'on bavarde d'elle alors qu'elle est à côté. Gabriel se tourne et le scrute avec appréhension. Il se rapproche d'elle et la prend dans ses bras pour lui murmurer :

— On va trouver notre équilibre, ne t'en fais pas ! Quand ta mère est morte, je t'ai promis mon aide. Ensuite, nous avons prêté allégeance de toujours être là les uns pour les autres. Je tiendrai ma promesse.

Mais ne sont-ils pas adorables, nos petits loups ? Comme on dit, avec des amis pareils, on n'a pas besoin d'ennemis. La loi des lycanthropes peut se montrer si dure. En tout cas, Isabella semble se reprendre et Gabriel a retrouvé un brin de sérénité. Est-ce que l'évocation des promesses passées lui a remis les idées en place ? Je ne sais pas, mais ce que je peux vous dire, c'est que le soleil descend à l'horizon et, certes, la vue est magnifique, mais je doute que ce moment soit si paisible. Une bête sauvage sort d'une longue agonie. Severn s'est redressé, il est debout et un sourire tout droit sorti de l'enfer s'affiche sur son visage. Il a le teint blanc, même ses cheveux semblent avoir pris la teinte d'un blond éclatant. Ses yeux scintillent d'une lueur rouge sang. Il s'appuie sur le tronc d'un arbre et hurle à pleins poumons :

— ISABELLA ! ISABELLA ! Je viens te chercher…

Par les marraines, les bonnes fées ! Il est temps de coucher les enfants. La nuit est tombée et je peux vous dire que les monstres ne sont plus dans le placard, mais bien dans l'ombre. Je me demande comment vont réagir nos candidats face à la menace qui va leur arriver dessus. Je crains fort qu'ils ne soient pas encore prêts. Comment Severn a-t-il pu se relever de la sorte ? Si un vampire pouvait nous donner une explication, je serais des plus intéressés. En tout cas, ce programme nous donne aussi l'étendue des pouvoirs de chaque espèce. Est-ce que je le décrirais comme un documentaire ? Pourquoi pas ? Plus sérieusement, mes chers téléspectateurs, il est temps pour nous de nous quitter et de nous retrouver demain… Pourquoi ? Eh oui ! Notre épisode est plus court et ce sera pareil jusqu'à la fin, tout simplement parce que les grilles des programmes ont quelque peu changé avec cette rentrée. Eh oui, adieu vacances et bonjour le retour de la routine et du boulot. Je dois laisser place aux informations un peu plus tôt. Mais je suis sûre que vous resterez fidèles, d'autant qu'il se pourrait bien que Severn nous capture un membre du camp… Mais vous le saurez au prochain épisode…

Épisode 21

Judith Mikelson

« Bonjour à toutes et à tous ! Quelle joie de vous retrouver aussi nombreux devant ce nouveau programme complètement fou ! Avouez ! Vous avez tellement hâte de savoir qui va subir les foudres de Severn. Je ne vais pas vous mentir, l'image de sa résurrection est très effrayante. Je vous ai vus sursauter de votre canapé, vous pourrez dire que vous avez été actifs. Je plaisante, vous connaissez mon humour. Comme je vous l'ai dit, le grand méchant vampire va rôder et il va prendre quelqu'un dans ses filets. À votre avis, que va-t-il se passer ? Non ! Je ne vais pas vous spoiler, mais il est temps de préparer une nouvelle boîte ! La mort va s'inviter une nouvelle fois dans ce programme… alors, tous à vos pop-corn et vos mouchoirs… place aux candidats… »

Épisode 21

Severn se redresse en poussant un rire sonore. Ce n'est plus le même homme si distingué. Pour faire simple, on est passé du parfait maître d'hôtel au tueur en série des plus barbares. Son attitude est nonchalante, son sourire machiavélique est accroché à ses lèvres. Il me glace le sang. Il vocifère et rit aux éclats, on l'entend crier :

— Mes petits loups, il est temps de sortir de votre cachette ! Il est temps que vous rencontriez une vraie bête sauvage. ISABELLA… rejoins-moi, ma belle !

Il avance doucement vers le camp, mais son premier cri est loin d'être passé inaperçu. Carmilla a sauté de son arbre et hurle à tout le monde de se mettre à l'abri dans les murs. Lorsque le premier cri a retenti, Gabriel a poussé un hurlement en réponse à Severn, puis a ordonné à ses deux loups de retourner au camp. Il s'est alors déshabillé pour entamer sa transition. N'est-ce pas un pari risqué ? Nous savons très bien que les transformations des lycanthropes durent plusieurs minutes. Isabella et Lucas rejoignent le camp. Carmilla se précipite vers eux et donne une série d'ordres :

— Derek, tiens-toi devant la porte avec un mur de flammes. Il est vulnérable au feu plus que jamais et il en a conscience. Il ne devrait pas s'approcher.

Elle se tourne vers Isabella et lui lance avec force :

— Tu ne dois pas le retrouver, il te tuera. Il n'est plus lui-même ! Ne crois pas un mot de ce qu'il va dire et ne te laisse pas manipuler. Tu as passé beaucoup de temps à ses côtés, s'il t'a hypnotisée pour que tu le rejoignes au moindre mot évocateur, on ne pourra rien faire jusqu'au matin. C'est pour ça qu'on va devoir t'attacher.

Lucas et Ethan effectuent un signe de tête pour lui montrer qu'ils ont compris. À l'infime geste déplacé, la louve se retrouvera ficelée comme un rôti sur une broche. Elle n'a pas le temps d'en dire plus, car on entend le rire angoissant se rapprocher. Soudain, Carmilla semble se rendre compte d'un détail, et pas des moindres :

— Où est Gabriel ?

— Il transmute près de la plage !

Je n'ai jamais entendu de telles injures, plus grossières les unes que les autres. Elle disparaît pour réapparaître à côté du loup qui est encore entre deux états. Elle lui lance discrètement :

— J'en ai connu, des crétins, mais de ta stature, certainement pas. Il suffisait de jouer la défense ! Tu comptes faire quoi contre un vampire atteint de la fièvre de la soif ?

Elle n'a pour seule réponse que le silence, elle poursuit :

— Et évidemment, sous cette forme, tu ne peux pas communiquer ! Génial ! Je n'aime pas l'admettre, mais je crois que la fée a raison, on a de gros problèmes de communication.

Le loup termine sa transformation et plante ses yeux dans ceux d'Isabella. Elle lui caresse le menton et lui dit :

— Encore une fois, cela prouve que June avait raison. J'ai compris, j'aurais dû t'avertir que nous jouerions la défense avec Severn. On doit rejoindre le camp avant qu'il soit là, sinon le combat sera inévitable.

Le loup s'élance, suivi de Carmilla, ils donnent tout ce qu'ils ont, mais Severn se glisse comme une anguille entre le camp et eux. Son rire retentit sur toute l'île, tandis que les deux freinent et dérapent dans le sable.

— Quelle alliance contre-nature ! Vous n'avez pas honte ? Je te connais par cœur, Carmilla, tu craques pour le louveteau.

— Ferme-la ! Je pourrais te tuer en une fraction de seconde.

— Non, non, non, tu ne veux pas ma mort. J'ai eu le temps d'analyser la chose pendant ma petite agonie. Tu as encore besoin de moi. Par contre, il y a une chose que je ne comprends pas. Pourquoi m'as-tu fourni la force nécessaire pour tous vous abattre ? La soif me rend si puissant.

— Je sais que tu détestes être hors de contrôle, et c'est le cas ! Je vais te donner une poche de sang, tu ne seras plus victime de la fièvre. Et…

— Et je perds les pouvoirs de la sorcière ! Voilà donc ton plan. Mais tu te trompes si tu penses que je ne suis pas capable de me maîtriser. Enfin… j'ai envie d'une seule chose, le doux parfum de la belle Isabella !

Gabriel grogne de toute sa puissance, il montre les dents tellement fort qu'il en bave. Le rire de Severn retentit de nouveau, il ne prête aucune importance au loup devant lui. Il a conscience que le danger vient d'elle, son ancienne reine. Il la fixe du regard avant de lui dire :

— Tu devrais retenir ton chien, il ne m'impressionne pas. Je l'ai vu te combattre et il ne me fait pas peur.

— Tu étais très distrayant, mais tu deviens agaçant. Je te donne une dernière chance de me laisser regagner le camp avec l'alpha. Dans ton état, tu n'as aucune chance.

— Je ne veux qu'une chose, Isabella. Elle m'obsède. Est-elle soumise à votre pouvoir ?

— Toi qui te prétends chevaleresque et respectueux, avec la fièvre tu n'es qu'un goujat, tu me fais pitié et me donnes envie de vomir. La louve restera à nos côtés, je te le redis, je te donnerai une poche de sang. Maintenant dégage avant que je te tue pour de bon. Après tout, tu as toujours été le personnage secondaire de l'histoire. Je trouverai le moyen de ramener MacGregor moi-même.

Severn se retourne brusquement vers la forêt puis rit aux éclats avant de disparaître. Carmilla jure comme un charretier et s'élance à sa poursuite. L'alpha fonce vers la porte de feu qui émane du camp. Il pousse un hurlement et le feu devient une boule dans la main de Derek qui demande :

— Qu'est-ce qu'il y a ? Où est Carmilla ?

Le loup scrute les autres candidats qui le regardent avec inquiétude. Son regard passe de l'un à l'autre quand, soudain, il semble comprendre quelque chose. Il se dirige vers le puits en parachute de Bibu et se met à renifler. Thya l'observe et, dans un éclair de génie, elle dit :

— Il manque Bibu ! Il doit être vers le puits !

Je crains qu'il soit déjà trop tard et que nous perdions le gobelin. Je vous vois venir, mais je ne me réjouis pas du tout. J'ai toujours été très souriante. Nous nous rendons près du puits, Bibu sort la tête du sable, très fier de lui. Il n'a pas le temps de se féliciter, Severn l'attrape par l'oreille et le soulève du sol.

— Mauvaise pioche, un gobelin ! Ton sang ne m'est d'aucune utilité… Mais tu pourrais me servir de monnaie d'échange. Quoique… je pourrais te tuer pour m'avoir trahi et avoir rejoint ces imbéciles. Tu retrouveras ta sœur dans l'au-delà.

— Ma sœur va très bien et je t'emmerde, suceur de sang.

Il tente de lui planter ses ongles dans les yeux, mais le vampire l'envoie valser. Le pauvre gobelin pousse des couinements de douleur. Carmilla se précipite vers lui, mais Severn l'empêche de le rattraper. Il sourit et montre les crocs.

— Il y a une chose que tu ne peux pas faire, c'est protéger tout le monde. Il est vrai que le camp semble imprenable avec ses pieux disposés de la sorte, mais ils ne resteront pas tous là-bas. Toutes ces espèces réunies dans un endroit clos, je n'aurai qu'à guetter et me servir.

Le regard de Carmilla est déterminé. Severn n'ose pas la lâcher des yeux. Elle fait un petit signe de tête, et le gobelin creuse à une rapidité affolante puis s'éclipse sous terre. Carmilla explose de rire puis lance à Severn :

— Tu as raison de les sous-estimer, la victoire n'en sera que plus belle.

Avant qu'il ne réponde, elle disparaît de nouveau. Severn pousse un cri de rage et de frustration. Dommage, le gobelin s'en est sorti indemne. Enfin, cela reste à voir. Carmilla rejoint la porte et demande à Derek de la laisser passer. Lorsqu'elle entre, le sorcier est complètement exténué. Il lui dit :

— Je ne tiendrai pas toute la nuit !

— Tu peux arrêter, il ne viendra pas vers la porte. Il suffit que deux personnes restent devant avec des pieux. Cela devrait le dissuader. De toute manière, il a une mission et il ne la mettra pas en péril. S'il est trop blessé, il ne pourra pas faire venir son maître, et crois-moi, la peur de sa sanction est plus effrayante que la mort elle-même.

Thya est penchée au-dessus du puits et appelle le gobelin avec beaucoup d'angoisse dans la voix. Carmilla la rejoint. Je lis aussi l'inquiétude dans ses yeux. Elle demande à la jeune femme de se préparer, car il y a de fortes chances qu'il ait besoin de soins. Bibu apparaît enfin mais, étrangement, il ne semble pas souffrir. Il les regarde avec un air moqueur et dit avec assurance :

— Je l'ai échappé belle, j'ai bien cru qu'il m'arrachait l'oreille ! Merci, reine vampire, pour ta diversion.

— De rien ! Mais tu vas devoir te montrer prudent.

Ethan et Ayden gardent la porte avec concentration, tandis que Gabriel, sous sa forme de loup, est assis devant. On dirait deux vigiles avec leur chien devant le hall d'un aéroport. Les autres sont rassemblés près du feu, ils écoutent les rires angoissants de leur assaillant. Soudain, le grognement de Gabriel est assourdissant, Ayden hurle :

— Il est hors d'atteinte, mais il peut fondre sur nous en une fraction de seconde.

— Tout doux, le métamorphe ! Je ne vais pas attaquer. Je vous annonce que MacGregor ne va plus tarder, il avance sa visite. Pourquoi ? Carmilla, tu lui manques terriblement. Il a hâte de fêter vos retrouvailles. Isabella, il faut passer à l'action…

À peine le temps de le dire qu'Isabella tient deux machettes entre les mains. Elle attrape June, qui pousse un cri de douleur, et l'entraîne contre la palissade. Isabella a les bras croisés autour du buste de June, et les deux machettes sont de chaque côté de son cou. Si la fée bouge, ne serait-ce que de quelques centimètres, elle se fera trancher la gorge. Tout le monde reste tétanisé et Carmilla ne peut s'empêcher de pester. Elle disparaît pour réapparaître vers Gabriel, qui fixe Severn en grognant, et lui murmure :

— Arrête ! Calme-toi ! Je crains que tu n'aimes pas la suite ! Le véritable combat se passe dans le camp.

Elle s'approche de la traîtresse et lui demande :

— Qu'est-ce qu'il t'a promis ?

Mais ce n'est pas elle qui répond, Lucas se jette à genoux entre sa sœur et Carmilla, il hurle :

— Il l'a hypnotisée, c'est impossible autrement. Isabella, lutte contre lui, tu en es capable.

Carmilla le repousse d'un simple mouvement de jambe avant d'avancer de nouveau vers la preneuse d'otage et sa victime. June semble souffrir le martyre, on voit très nettement sa cage thoracique bleutée haleter sous la douleur. Sa geôlière ne se soucie pas de tout ça, elle prend la parole :

— Laissez-moi sortir avec June ! Je n'hésiterai pas à l'exécuter même si je sais que je suis morte derrière.

— Petite sotte ! Comment peux-tu croire ses mensonges ? Je ne me suis pas méfiée de toi, pensant que le lien avec la meute était plus fort. Tu n'es pas sous son emprise ! Tu as conscience que, si tu le rejoins maintenant, il te tuera ?

— Pas si je le rejoins avec une autre personne.

— Alors tu t'es trompée de personne. Le sang des fées est certes délicieux, mais il nous rend faibles. C'est comme une drogue pour nous. En plus, il nous rend dépendants. S'il y touche, il causera sa propre mort.

Elle semble marquer un temps d'hésitation, mais elle resserre sa prise sur June qui pousse un nouveau cri de douleur.

— Je ne te crois pas et je m'en fiche ! Je sais que, en retournant avec Severn, je peux m'en sortir et être libérée de la malédiction de la lune.

— Et quoi ? Tu vas prendre la malédiction des damnés à la place ! Je ne suis pas sûre que ce soit le meilleur choix.

Gabriel se tient derrière la reine vampire. Ses yeux sont ambrés. Ethan est à sa gauche et Lucas la rejoint à sa droite. Ayden est resté face à la porte et ne quitte pas du regard Severn qui rit du spectacle affligeant qui se déroule devant lui. Carmilla fixe toujours Isabella, mais murmure au loup qui est près d'elle :

— Je suis terriblement désolée ! Je ne peux rien faire. Si elle avait été hypnotisée, j'aurais peut-être pu, mais là !

— Ne t'en fais pas, dit Lucas ! Nous savons ce que nous devons faire !

Son ton est dur et violent. Je l'avais pourtant annoncé depuis le début. J'aime tellement avoir raison. Isabella a toujours été du côté de Severn, mais elle ne savait pas ce que les fées transmettaient, alors ils ont joué une comédie. Quand ont-ils mis leur plan à exécution ? Personne n'a retrouvé ces images. Il faut dire que nous avons perdu quelques rushs à cause de nos petites fées victimes de Severn. Je suis sûre que l'une d'elles a dû les effacer. Je me demande ce qu'a prévu la meute mais, surtout, la pauvre June semble valser avec la grande faucheuse en personne. Je suis folle d'inquiétude pour elle, littéralement. Qui va mourir ? June ou Isabella ? Et surtout, quand est-ce que MacGregor va arriver ? La jeune femme leur a annoncé qu'il sera là dans quatre jours, mais c'est un mensonge. Je suis obligée de vous laisser sur ce suspense insoutenable… Ne me haïssez pas… la suite au prochain épisode…

Épisode 22

Judith Mikelson

« Bonjour à toutes et à tous ! Comment allez-vous ? Vous êtes rongés par le stress, je suppose. Qui va donc mourir entre June et Isabella ? À moins que ce ne soit quelqu'un d'autre… Mais avant de rejoindre nos candidats, faisons le point sur l'enquête concernant les métamorphes. Quoi ? Je vous sens impatients ! Je plaisante, bien sûr. Trêve de bavardages, le suspense a assez duré… Place à nos candidats… »

Épisode 22

Eh oui ! Isabella n'était pas une espionne infiltrée. Enfin si, c'est un agent double, triple… je ne sais même plus. Elle tient June entre ses deux machettes, et je peux vous dire que la petite fée souffre le martyre. Isabella s'est mise en retrait, et maintenant la lycanthrope affronte sa meute. Comment une oméga peut-elle faire face à son alpha de la sorte ? Il y a quelque chose qui nous échappe dans cette affaire. Il semblerait que Lucas apporte un début de réponse.

— Tu as perdu le contrôle et tu as laissé ta louve aux commandes. Si tu devenais une oméga, Gabriel aurait pu t'aider ! Maintenant tu vas évoluer comme maman et représenter un danger pour nous tous.

— Tu me fais rire, Lucas ! Tu es si soumis à ton alpha qui ne pense qu'à se taper la reine des vampires. Regarde l'état de sa meute, son bêta est un métamorphe. Je mérite mieux.

— Tu as encore une chance de t'en sortir vivante ! Laisse revenir Isabella et nous trouverons une solution.

— Comme notre mère ! Elle a été assassinée parce qu'elle devenait sauvage. J'ai une autre solution : être un hybride, un vampire. Si ça ne fonctionne pas, je meurs, sinon je serai libérée de cette tare.

— Et nous ?

Elle se met à rire tout en resserrant la prise sur sa proie, puis reprend :

— Vous êtes condamnés ! Ce n'est pas ce ridicule camp qui va les arrêter. Je connais leur plan, vous n'avez aucune chance. Au départ, j'ai négocié pour vous, mais Gabriel n'attaquera jamais l'alpha des alphas pour prendre sa place. Donc il n'est d'aucune utilité à MacGregor. J'ai eu un espoir quand tu m'as rejointe. Je devais te convaincre, mais June était à tes côtés. Alors je me suis arrangée pour te renvoyer. Lucas, sois honnête, si tu devais choisir entre moi et lui…

D'un geste, elle montre le loup aux yeux incandescents qui ne bouge pas, puis reprend :

— Ne te fatigue pas, je connais déjà la réponse. Alors, j'ai choisi aussi à mon tour, je me sauve. Au lieu de vivre une existence minable, je tente ma chance ailleurs. Vos promesses faites quand nous n'étions que des gamins, vous pouvez vous les mettre où je pense.

La réponse ne se fait pas attendre ; Gabriel grogne et avance doucement vers Isabella. La jeune fille se colle contre la balustrade. Lucas se positionne sur la gauche, tandis qu'Ethan la bloque sur la droite. Elle est clairement encerclée par sa propre meute.

— Vous aviez l'air de tenir à la petite fée, je vous conseille de me laisser quitter le camp si vous ne voulez pas que je lui tranche la tête.

Elle n'obtient aucune réponse, si ce n'est Thya qui ne peut s'empêcher de faire une remarque à Bibu. Elle est presque inaudible, mais je suis sûre qu'avec l'ouïe surdéveloppée de la plupart des créatures, tout le monde l'a entendue.

— Eh bien voilà ! On paie les mauvais traitements de ces cons sur cette pauvre fille. C'est comme ça qu'on crée des psychopathes. Qu'est-ce qu'on fait ?

Le gobelin ne répond pas, il hausse les épaules avec un air résigné. Ils le savent tous les deux, ils n'ont aucune chance dans un combat direct contre eux. Ils sont en alerte, mais se tiennent à bonne distance des combats. Ce n'est pas le cas des deux sorciers, qui se font discrets, mais ne restent pas passifs. Ils échangent un regard et, une nouvelle fois, une liane pousse au pied de Lévana. Elle progresse très lentement en direction du pied de June. Lors de son déplacement, Lucas l'a vue, il tente une diversion afin que la sorcière atteigne en toute discrétion la fée. Il lance à sa sœur :

— Depuis quand as-tu perdu le contrôle ? En fait, tu ne l'as jamais récupéré après les énigmes du roi des fées.

— En effet, c'est sous l'eau que j'ai compris que je devais vivre et non survivre.

Elle se déplace en longeant la muraille de bois, tout le monde suit le mouvement. Lévana prend un air satisfait. Le pas de côté qu'a réalisé Isabella l'a rapprochée de son piège finement ficelé. L'alpha grogne, Lévana et Derek tirent sur la liane de toutes leurs forces, ce qui surprend la jeune femme qui relâche juste ce qu'il faut pour que June soit projetée vers l'avant. La scène qui suit est d'une violence inimaginable et je refuse de la diffuser... Je plaisante bien sûr. Je vous vois dans vos fauteuils hurler « du sang... du sang... »

Gabriel se jette sur Isabella et pose ses deux pattes sur ses épaules. Il plante ses yeux dans les siens et marque un temps d'hésitation. Elle ne compte pas en rester là. Elle s'empare de la machette et tente d'éventrer le loup qui bondit maladroitement en arrière. Une giclée de sang s'échappe du loup. Isabella a touché son ancien alpha. Il se redresse et tourne autour d'elle. Lucas et Ethan ne lui laissent aucune échappatoire. L'altercation se transforme en duel. Isabella sourit et lui lance :

— Tu es prêt à jouer un coup de poker ? Est-ce que les autres se rendent compte du risque que tu prends ?

— On sait très bien ce qui se passe ! Et nous lui faisons entièrement confiance, lâche Carmilla, d'un ton détaché.

— C'est toi qui dis ça ! Tu es si prévisible que Severn a anticipé tous tes coups ! Si c'est ce que vous voulez alors très bien ! Faisons ce duel, si tu gagnes, je meurs, et si je gagne, tu meurs et je deviens alpha. On m'a dit qu'une jeune louve alpha était en train de changer le monde des lycanthropes. Pourquoi pas moi ?

Le rire de Severn s'arrête net en entendant ces paroles. Il hurle :

— À quoi tu joues ? Ramène-toi ici, Isabella ! Tu vas te faire tuer !

C'est Carmilla qui rit maintenant et, en toute franchise, ils pourraient concourir tous les deux au rire le plus glaçant et diabolique. Elle s'approche de la porte et d'Ayden et lui lance :

— On dirait que ton plan tombe à l'eau, Severn ! Pourquoi faire confiance à une louve qui perd l'esprit ? Je te pensais meilleur stratège !

— Isabella, reviens ! s'époumone Severn. Tu n'as aucune chance face à lui. Je te promets de faire de toi l'alpha des alphas, mais tu dois patienter.

— Trop tard, rigole Carmilla.

Severn tente une approche, mais Ayden lance un pieu qui le frôle. Il s'arrête et se tourne, mais il n'est pas assez rapide. Une gifle l'atteint, le faisant voler à une dizaine de mètres de là. Lorsqu'il cesse de rouler et qu'il se reprend, Carmilla est à côté d'Ayden, comme si elle n'avait jamais quitté le camp. Son sourire et son air suffisant le font renoncer. Il s'éloigne suffisamment loin pour anticiper tout mouvement de la reine vampire.

De l'autre côté, c'est beaucoup moins rapide, mais plus sanglant. Gabriel saigne au niveau d'une patte. Elle a dû lui trancher un sacré morceau, il perd une quantité importante de sang. Il ne semble pas perturbé pour autant, car il continue de tourner autour d'Isabella qui le suit du regard en jouant avec ses machettes. Le loup s'élance et lui plante ses crocs dans le bras. Isabella lâche sa première machette mais, d'un geste vif, elle assène un coup de crosse sur le crâne du loup qui relâche sa prise. Lucas se jette sur l'arme et la retire du combat. Ethan lance :

— Une de moins, nous pouvons intervenir pour supprimer les armes, car elles sont prohibées lors de combats pour le statut d'alpha.

— Va te faire… je me fous de vos lois et de vos règles !

Le loup secoue la tête et reprend sa ronde effrénée. La jeune femme tente des approches, mais elle n'est pas assez rapide pour le surprendre. Soudain, elle approche trop son bras armé et Gabriel lui attrape le coude. Il saute sur le côté et le bruit d'un os qui se déboîte est un son auquel je ne m'habituerai jamais. Isabella pousse un hurlement de douleur avant de relâcher la deuxième machette. Ethan se jette pour la récupérer. Gabriel continue de mordre le bras d'Isabella, qui lui donne des coups de poing dans les côtes avec son autre membre valide, en vain, il ne desserre pas la mâchoire. Soudain, le bras tombe au sol et une mare de sang se forme autour du moignon. Lucas lui demande :

— Veux-tu en rester là ? Soumets-toi et entre dans le rang !

Bibu s'offusque et lance :

— Elle ne va pas revenir la bouche en cœur. Elle va nous trahir à nouveau !

Lucas ne lui répond pas et lui fait signe de se taire. Il explique cependant pour les autres :

— Nos lois sont dures, mais justes. Elle peut arrêter le combat et se soumettre à Gabriel, alors elle devra quitter la meute en étant un cabot si l'alpha ne souhaite pas qu'elle reprenne sa place dans le groupe.

— Tu crois vraiment que je vais me soumettre à votre bande de dégénérés ?

Elle se jette sur le loup qui lui attrape l'autre bras et recommence la même attaque. La jeune femme hurle de douleur, de l'écume se forme sur ses lèvres, des larmes coulent sur ses joues. Elle murmure dans un souffle presque inaudible :

— Désolée, je n'ai pas pu résister. Achève-moi !

Gabriel se tourne vers Lucas qui lui fait un signe de tête. L'alpha attrape la gorge d'Isabella et la broie dans sa gueule. Alors qu'Isabella gît dans une mare de sang, Gabriel pousse un hurlement en direction de la lune. La promesse est faite, Severn devra payer pour ce qu'il vient de faire. Lucas n'a pas détourné les yeux, contrairement aux autres. Il a regardé la mort de sa sœur sans sourciller. Il s'approche de son corps et s'agenouille dans son sang. Il lui ferme les yeux et chantonne une berceuse en pleurant. Ses larmes tombent sur le visage de sa sœur meurtrie. Gabriel pose son museau sur elle. Ethan ne bouge pas, il est figé, tenant encore la machette dans ses mains. Il finit par retourner vers Ayden, guettant le seul ennemi qu'il souhaite voir mort. Il murmure :

— Sur la malédiction de la lune, il va le payer !

Ayden lui tapote le dos, mais ne le regarde pas. Lui aussi a des larmes qui coulent. Est-ce qu'il se sent en partie responsable ? Après tout, c'est lui qui l'a envoyée vers Severn ! Enfin, on ne sait pas comment le plan s'est mis en place. Peut-être que la jeune femme s'est proposée. Tout ce que l'on peut dire, c'est qu'Isabella est morte de la gueule de son alpha, et je ne suis pas sûre qu'il se remettra de ce combat.

Thya s'approche de lui, il redresse la tête et elle se jette pour le prendre dans ses bras. Elle lui murmure :

— Je suis terriblement désolée. Cela a dû être tellement dur. Je vais soigner tes blessures, tu saignes à la patte.

Il lui fait signe que non et part en boitillant. Il passe devant Ethan et Ayden, qui ne le regardent pas. Il sort et s'allonge à quelques mètres et lèche sa patte comme tout animal blessé. Carmilla le rejoint et dit aux deux garçons :

— Retournez au camp et occupez-vous de nos réserves, je vais gérer ici.

Ils s'exécutent sans se poser de questions. Est-ce qu'il la considère déjà comme la femelle alpha ? Près du corps d'Isabella, Derek demande à Lucas :

— Est-ce que tu veux que je brûle son corps ?

Lucas se redresse et essuie ses yeux avant de reprendre contenance.

— Oui, de toute manière, avec ce qui s'est passé, elle n'a pas le droit d'être enterrée dans notre cimetière. June, j'aimerais…

— Je le ferai, répond la fée avant qu'il ne finisse sa phrase.

Elle le prend dans ses bras et l'emmène un peu plus loin, pendant que Derek brûle le corps d'Isabella. Bibu et Thya se rapprochent du bûcher funéraire, suivis par Lévana et les autres. Les filles entament un chant mélodieux qui accompagne la fumée.

Lorsqu'il ne reste plus grand-chose, June parsème de la poudre de fée, et ce qui reste du corps scintille comme des lucioles à la tombée de la nuit. Elles prennent leur envol et se dirigent vers la plage, mais avant de partir, elles enveloppent un loup meurtri qui se trouve sur leur passage. Est-ce un message d'amour et de paix de l'âme d'Isabella ou un souhait de la fée qui manipule la poudre ? Nous ne le saurons jamais. Ces jolies boules de lumière prennent ensuite la direction de la lune qui est pleine ce soir. Voilà les dernières images que nous aurons d'Isabella !

Severn était là, lui aussi ! Il s'était rangé derrière la muraille, et je jurerais l'avoir vu sangloter. Carmilla avait raison, elle le connaît trop bien. Elle savait que la mort de la jeune femme le toucherait au plus haut point. Il serre les dents, et lorsque les ultimes lueurs d'Isabella s'éteignent, il pousse un cri qui réveillerait les morts. Alors il hurle pour les habitants du camp :

— Je vous tuerai tous jusqu'au dernier.

Il s'éloigne pour retourner dans la clairière, toujours affamé. Demain va être une rude journée pour lui. Il est de nouveau seul. Il devra surtout éviter le soleil, à moins qu'on ne le nourrisse pendant la nuit.

Le hurlement de Severn les aura tous remis au garde-à-vous. Après avoir fini la viande et qu'elle soit sur le fumoir, tout le monde se couche alors que le soleil commence à pointer à l'horizon. En même temps, ce n'est pas le jour qu'ils sont le plus en danger ? Carmilla leur demande de se reposer dans la cabane, elle veillera ce soir autant sur le feu que sur le loup, qui est toujours allongé devant la porte. Ils acquiescent tous sauf Ethan, qui se rend vers son alpha et pose sa tête sur son flanc. Le loup ne bronche pas. Il l'écoute parler des constellations qu'il voit encore. Lorsqu'il fait clair, Ethan est assoupi et Carmilla se rapproche de l'alpha.

— Je suis sincèrement désolée, louveteau ! Je sais combien c'est dur de perdre un membre de sa meute.

Le loup redresse légèrement la tête et elle glisse sa cuisse dessous. Il finit lui aussi par s'endormir sous les caresses bienveillantes de la reine vampire.

Tout comme nos candidats, il est temps d'aller se coucher après cet épisode si… génial ! Arrêtez de mentir ! Vous avez adoré… Il y avait de tout, de la trahison, du sang, des larmes, de l'amour… Je vous ai promis des épisodes plus courts et plus intenses, et ce n'est que le début, car demain il se pourrait bien que notre invité tant attendu arrive enfin. Mais je ne veux pas vous faire de fausses promesses, nous allons nous quitter quelque temps après l'épisode suivant. Eh oui ! Il faut réaliser le montage et tout ce qui suit. Mais nous en reparlerons, promis… Vous savez… la suite au prochain numéro…

Épisode 23

Judith Mikelson

« Bonjour, mes téléspectateurs préférés ! Je suis si heureuse de vous retrouver. Je dois vous l'annoncer, mais il va falloir être patient de nouveau. Le roi des fées, dans son infinie diablerie, a décidé de créer du suspense. Ce soir est le dernier épisode, vous nous retrouverez ultérieurement pour la suite de l'aventure de nos treize candidats. Enfin, nous ne savons plus trop combien ils sont. Avouez ! Vous êtes comme moi et vous avez adoré la mise à mort de la belle Isabella. Sa trahison n'est une surprise pour personne, mais de là à ce que son alpha l'égorge… Je vous assure que je suis restée scotchée au divan.

Je ne vous promets pas un épisode aussi explosif, mais il y aura quelques rebondissements. Et puis, vous connaissez la règle : quatre mariages pour un enterrement… Les couples évoluent et se forment, mais en toute discrétion. Allez, je vous laisse avec nos candidats préférés… Le réveil va être difficile… »

Épisode 23

Severn est de nouveau au plus mal, roulé en boule dans un ancien terrier. Maintenant, nous savons que les vampires craignent le soleil, mais uniquement quand ils sont affamés. Il pousse des râles d'outre-tombe. À moins que ce ne soient des sanglots retenus, c'est difficile à dire et il ne semble pas en état de tenter quoi que ce soit.

Gabriel n'a pas bougé. Il a toujours sa tête posée sur la reine vampire qui le papouille. Ethan a disparu, il a rejoint la cabane, mais il n'a pas pu trouver de réconfort auprès d'un membre de sa meute. Ces messieurs se sont offert une meilleure compagnie. Ayden a pris sa forme d'ours et Lévana est entre ses pattes bien chaudes. La jeune femme dort d'un sommeil de plomb. Thya est collée à son dos, tandis que Bibu tente de s'approprier une patte. La nuit a dû être fraîche pour que le gobelin se sente obligé de dormir près des parties intimes d'un ours. Sa tête n'est qu'à quelques centimètres. Mais c'est surtout l'autre côté qui nous intéresse… Vous voyez de qui je veux parler… Lucas ne dort pas, il est adossé au mur de bois de la cabane, le regard dans le vide. Il caresse machinalement les cheveux de la personne qui roupille… dans ses bras. Eh oui ! June est complètement enlacée à lui. Certes, la douleur et la gravité de sa blessure nécessitent un sommeil magique que seules les fées pratiquent, celui de la guérison, mais tout de même, un peu de décence.

Lucas s'assoit à côté d'eux et murmure :

— Tu as réussi à dormir ?

Il fait signe que non, puis il porte son doigt à sa bouche pour lui intimer le silence. Ethan hoche la tête et ressort pour s'installer près du feu. Derek est déjà debout, il alimente les flammes avec du bois. Il demande à Ethan :

— Pas trop difficile ce matin ?

— Non, elle n'a eu que ce qu'elle mérite. Je ne vais pas pleurer pour elle.

— Je te trouve dur, elle a été manipulée par un vampire !

— Carmilla a clairement dit qu'elle n'avait pas été hypnotisée. Elle a fait des choix, elle nous a trahis.

Le dernier mot reste bloqué dans sa gorge. Derek ouvre la bouche pour dire quelque chose, mais il se ravise. Il va vérifier le fumoir qui continue de sécher une grande quantité de viande, puis il revient et se lance :

— Ne cache pas ta tristesse de la perte d'une amie par une colère vide de sens. Isabella est morte sur le radeau quand sa louve a pris le contrôle.

— Tu choisis la facilité, mais je suis un lycanthrope tout comme elle. Je sais que nous ne faisons qu'un avec notre loup. Elle avait le choix de rester avec ses amis qui ont toujours été là pour l'aider, mais elle a décidé de rejoindre un clan de manipulateurs, meurtriers et assoiffés de pouvoir, de violence et de chaos.

— Vous avez failli la tuer après le jeu ! Thya a raison, vous l'avez poussée à ça !

— C'est faux ! Nous aurions pu la lyncher en public, l'humilier et la battre mais, contrairement à ce que vous pensez, Gabriel l'a mise en sécurité. C'est lui qui a demandé l'aide de Carmilla, car il savait que nous perdions pied. Lorsque nous sommes partis en folie, nous n'avons pas suivi la trace d'Isabella. Severn ne l'avait pas emmenée à l'autre bout de l'île comme il l'a dit, mais seulement à deux cents mètres. Nous savions où elle était, mais nous sommes allés à l'opposé pour ne pas la blesser. Nous avons pris en chasse un faisan qui passait. Je peux te dire que nous avons lutté comme des fous pour ne pas la rejoindre… On aurait peut-être dû, elle ne se serait pas acoquinée avec l'autre minable…

Derek lui donne une tape dans le dos et s'assoit à ses côtés. Ils regardent la bûche de bois se consumer dans les flammes. Ethan pleure en silence sous la surveillance de Derek. Après vingt bonnes minutes, il lui murmure :

— Les autres se lèvent !

Ethan essuie ses larmes avec son tee-shirt et tente un sourire peu naturel. Il dit au sorcier :

— Merci, je dois montrer que je suis fort.

— J'ai bien compris, la place d'oméga est libre…

Ce n'est pas aussi simple, car certaines meutes n'ont pas d'oméga. Ethan est devenu le loup le plus bas de la hiérarchie, et tout signe de faiblesse pourrait lui coûter cher. Une complicité et un soutien ne seraient-ils pas en train de naître entre lui et le sorcier ? Décidément, ce mélange des espèces est plus qu'intéressant d'un point de vue sociologique et psychologique, ne trouvez-vous pas ?

Pendant ce temps, sur la plage, un loup bien réveillé se laisse caresser par une Carmilla très douce en ce matin du douzième jour. Elle brise le silence :

— Tu dois reprendre ta forme humaine ! Ce n'est pas la solution de prendre la fuite en restant sous ta forme de loup. Tes hommes vont avoir besoin de toi.

Il pousse un soupir comme seule réponse, mais ne bouge pas. Elle lui demande avec une certaine appréhension dans la voix :

— Est-ce que tu m'en veux ?

Gabriel surélève la tête juste ce qu'il faut pour planter ses yeux dans les siens. Ses pupilles sont vertes et ne scintillent pas de cette couleur ambrée. Il n'est pas en colère ou nerveux, donc il ne lui en veut pas. Elle poursuit toujours avec cette voix tremblotante :

— Je suis en partie responsable, j'ai accepté le plan d'Isabella quand elle me l'a soumis. J'aurais dû me méfier et anticiper la manipulation de Severn. Ayden ne voulait pas, car elle demandait de te mentir, ou tout du moins d'omettre de te donner certaines informations.

Le loup se redresse et entame sa transition dans un bruit de craquement d'os et de halètements. Je ne m'habituerai jamais à ce bruit si atroce et détestable. Après un long moment, il se retrouve nu devant Carmilla. Elle est loin de fermer les yeux et semble admirer la marchandise. Pour une personne qui est censée être dans ses petits souliers, je ne la trouve pas si désolée que ça. On sent clairement la tension sexuelle entre ces deux-là, mais ne vous inquiétez pas, je vois un casseur d'ambiance pointer le bout de son nez. Ethan jette les vêtements à son alpha et lui lance :

— Il faut que Bibu finisse le puits rapidement. Si nous n'avons pas d'eau, ils nous cueilleront comme un maraîcher avec ses légumes.

Gabriel, les joues rouges, enfile son pantalon et acquiesce. Il tente de reprendre un brin de confiance avant de dire :

— Réunis tout le monde ! June a raison, nous allons devoir travailler en équipe.

Il tend une main à Carmilla qui la saisit avec un sourire sarcastique sur les lèvres. Il l'aide à se relever, elle en profite pour lui susurrer à l'oreille :

— Dommage !

Elle avance jusqu'à Ethan et se retourne pour lui faire un clin d'œil sans équivoque. Je jurerais voir une flamme dans les pupilles de Gabriel. Encore une fois, je m'excuse auprès de l'alpha des alphas qui, cette fois-ci, a dû boire sa bière de travers et la rejeter par les narines. Je crains fort que le petit nouveau souhaite transgresser une des lois : on ne couche pas avec un membre d'une autre espèce. Je ne vais pas le défendre, mais Carmilla en fait des tonnes, vous ne trouvez pas ? En même temps, elle ne risque pas grand-chose, en tant que reine de l'essaim, c'est elle qui fait les lois.

Ethan appelle tout le monde, la cabane semble surpeuplée, tellement les bruits de surprise résonnent. June ouvre les yeux et se détache du torse de Lucas, quelque peu gênée. Il faut dire qu'elle a passé la main sous son tee-shirt. Mauvaises langues que vous êtes, ce n'était pas pour tâter ses muscles et abdos, mais parce qu'elle grelottait de froid. Tout de suite, vous imaginez le pire ! Ça y est, on m'annonce que l'alpha des alphas, autrement dit le plus haut commandant des loups, est en réanimation suite à un saignement de nez trop important. Je plaisante, bien sûr ! Mais il a du souci à se faire, quoique. Gabriel, c'est le coup d'un soir et on n'en parle plus. Je ne suis pas sûre qu'entre Lucas et June ce soit aussi simple. D'ailleurs, le roi des fées pourrait lui aussi en perdre ses ailes. Bref, nous suivrons ces histoires de près, croyez-moi, j'en fais une affaire personnelle !

Très rapidement, tous les candidats du camp se retrouvent autour du feu. Les visages sont tirés, les regards fuyants, et le malaise est palpable. Alors que Gabriel s'apprête à parler, Derek lui demande de se taire et pose son doigt sur son oreille.

— Qu'est-ce qu'il t'arrive ?
— Chut !

Les yeux de Derek sortent de sa tête, puis ses sourcils se froncent. Son air est grave. Soudain, il serre les dents, puis un grincement semble s'échapper de son tympan. Il se hâte de retirer l'oreillette et la jette au sol. Il regarde les autres avant de déclarer… « Il est là ! »

Je vous vois venir ! Mais qui est là ? C'est MacGregor ! Depuis le temps qu'on l'attend… Mais vous n'aurez aucune confirmation… Je viens de vous donner un avant-goût de ce qui vous attend dans la suite de « Treize, Saison 3 ». Mais pour connaître la suite, vous allez devoir vous montrer patients. Tout ce que je peux vous dire, c'est que la dernière partie de votre émission vous promet son lot d'intrigues amoureuses, de sang, et bien évidemment de grandes révélations. Que va-t-il se passer entre Carmilla et Gabriel ? June et Lucas ? MacGregor va-t-il venir seul ou accompagné ? Qui communique avec Derek ? Est-ce que Severn va trouver de quoi se nourrir ? Toutes ces questions trouveront leur réponse, mais vous connaissez la rengaine… au prochain épisode de « Treize, Saison 3 ».

Remerciements

Mes premiers remerciements vont vers mes parents qui me soutiennent dans cette aventure. Ma maman par ses soirées à lire et corriger mes fautes et mes tournures de phrases et à mon papa qui partage son bureau avec moi provisoirement.

Merci à mes bêtas lectrices qui sont là depuis mon premier livre, Virginie, Corinne et Manon. J'adore vos textos et vos réactions sur ce que je fais subir à mes personnages.

D'ailleurs, je tiens à remercier mes personnages et m'excuse de tout ce que je leur fais subir, en sachant les épreuves qui les attendent.

Je remercie ma cousine Elodie qui lit mes livres en avant-première et qui m'envoie plein d'encouragements.

Un énorme merci et ce mot ne suffirait pas à mon tonton Armand pour tout ce qu'il fait pour moi et ma famille. Et merci à tous ceux qui sont là les Week end avec une bétonnière ou un marteau, Jean-Pierre, Lilou, Jean-Marc, Pascal, Nico, Mick, Romain, Fred, Julien, Erwan, Axel, Thomas et Damien.

Et je termine avec un énorme merci à toi Lecteur, sans toi je ne vivrais pas mon rêve…

Compte Instagram :

JULIA_MACFOLAGAN

Facebook et TikTok :
@JuliaMacFolagan

Si le livre vous a plu, n'hésitez pas à laisser un commentaire sur Amazon.
Cela fait vraiment plaisir et nous permet de gagner en visibilité.

Si vous souhaitez en savoir plus sur moi et mon univers, je suis disponible sur les réseaux. Je me ferai un plaisir de répondre à vos questions.

Vous pouvez aussi vous abonner à ma newsletter et recevoir des nouvelles, des cadeaux et des exclusivités sur https://juliamacfolagan.com